어느 영국 여인의 일기 네 번째, 전쟁 속으로

어느 영국 여인의 일기 네 번째, 전쟁 속으로

초판 1쇄 발행 2025년 6월 21일

지은이	E. M. 델라필드
옮긴이	박아람
일러스트	정호진
북디자인	김정환
교정교열	정진라
제작	세걸음

펴낸곳	이터널북스
이메일	eternalbooks@naver.com
인스타그램	@eternalbooks.seoul

ISBN 979-11-979168-3-0 04840
ISBN 979-11-979168-0-9 (세트)

이 책의 한국어판 저작권은 도서출판 이터널북스에 있습니다.
저작권법에 의해 한국 내에서 보호를 받는 저작물이므로 무단 전재와 무단 복제를 금합니다.

The Provincial Lady in Wartime

어느 영국 여인의 일기 네 번째, 전쟁 속으로

E. M. 델라필드
박아람 옮김

오랫동안 우정을 쌓고,

모스크바와 런던, 에든버러, 잉글랜드 남서부에서 많은 시간을 함께한

피터 스터클리에게 애정을 담아 이 책을 바칩니다.

일러두기

- 주석은 모두 옮긴이 주다.
- 본문 중 **굵은 글씨**는 원서에서 이탤릭체로 강조한 부분이다.

1939년 9월 1일

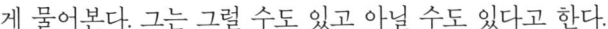

우리가 살고 있는 이 시대를 생각하면 일상의 사건을 기록한 일기가 후대에게 굉장한 역사적 가치를 갖지 않겠냐고 남편 로버트에게 물어본다. 그는 그럴 수도 있고 아닐 수도 있다고 한다.

나는 설명을 덧붙인다. 국가적으로 중요한 사건을 말하는 게 아니다. 그런 건 언론에 맡기는 편이 안전하다. 다만 이제는 전쟁이 불가피해 보이니 평범한 영국 시민이 어떻게 반응하는지 기록해 두면 좋겠다는 뜻이다.

로버트는 그저 이렇게 대답한다(대답이라 할 수 있을지 모르겠지만). 요리사한테 중형 방독면이 맞을까? 솔직히 특대형은 아니더라도 대형은 되어야 할 것 같은데. 도움이 될지 안 될지 모르는 나의 문학적 열정보다는 요리사의 방독면이 훨씬 더 중요한 문제라는 건 인정하지만 그래도 부아가 나는 건 어쩔 수 없다. 다행히 나는 얼른 마음을 가라앉히고 당장 요리사를 불러 문제를 해결하자고 제안한다. 로버트는 종을 울리려 하지만 내가 말리고는 직접 부엌 통로 문으로 가서 요리사에게 잠깐 와달라고 부탁한다.

요리사가 오자 로버트는 며칠 동안 서재 한구석에 쌓여 있던 물건들의 더미 속에서 무섭게 생긴 장비 몇 개를 골라 온다. 아래쪽에 운모로 된 작은 창이 튀어나와 있다.

로버트가 그중 하나를 요리사의 머리에 씌운 뒤 탄탄한 띠로 고정하고 어떠냐고 묻자 요리사는 방독면 안에서 수줍어하는 목소리로 잘 맞는 것 같다고, 고맙다고 대답한다. (울리는 목소리가 마치 무덤 속에서 말하는 것 같다.)

로버트는 여전히 만족하지 못하는 듯 내게 말한다. 코의 위치가 안 맞잖아. 그럴 줄 알았다니까. 아무래도 대형이 맞을 것 같아. 그가 중형 방독면을 벗기자 요리사는 벌건 얼굴을 드러내며 모두가 중형을 쓴다면 자기도 중형을 쓰겠다고 우긴다. 그러곤 어쨌든 지금은 생선 완자 요리를 망치기 전에 가봐야 한다고 서둘러 말한다. 로버트는 지역 공습 대비대* 조직책답게 엄중한 상황을 인지하지 못하는 요리사를 호되게 꾸짖는다. 그러곤 기어이 다른 방독면을 씌워 보고는 훨씬 낫다고 한다.

요리사는 (로버트의 행동이 어이없다고 생각하는 것 같지만) 어쨌든 그게 아름답게 맞겠네요, 하고는(어휘 선택이 조금 이상하지 않

---

* Air Raid Precautions (ARP). 1930년대 영국에서 공습의 위험으로부터 민간인을 보호하기 위해 마련한 일종의 광범위한 민방위 체계로, 지역별로 시민들을 모집해 공습 예방에 필요한 다양한 역할을 맡겼다.

나?) 귀한 시간을 낭비했다는 표정으로 돌아간다.

요리사의 방독면이 마분지 상자에 담기고 그녀의 이름이 적힌다. 로버트는 모든 집안사람의 방독면을 비슷하게 정리한 뒤 아리송하게 말한다. **이 정도면** 됐어.

전화벨이 울리자 비키가 달려가는 소리가 들린다. 잠시 후 그 애는 들뜬 얼굴로 나타나 숙소 관리 장교 험프리 홀로웨이의 전화라면서 포플라* 동부에서 오는 피난민 아이 셋과 교사 한 명이 오늘 밤 11시에 도착할 예정이라는 소식을 전한다.

오래전부터 예상한 일이라 아주 차분하게 받아들이려 하는데, 비키가 나를 달래듯 "괜찮아요. 당황하지 마세요. 제가 알아서 준비할게요." 하고 나서자 기분이 조금 상한다. (우리 비키는 여러 면에서 큰 위안이 되고 학교에서 기숙사 반장을 맡은 것도 기특하지만, 벌써부터 내가 노쇠하고 무력한 노인 취급을 받는 건 참을 수 없다.)

나는 그렇다면 침구 정리를 도와달라고 강압적으로 말한다. 우리는 함께 로빈이 쓰던 맨 위층 다락으로 올라간다. 비키의 말에 따르면, 로빈은 손님방으로 피신했다.

로빈과 정원사가 자리 뺏기 놀이라도 하려는 듯 방의 네 귀퉁

---

* 런던 동부의 외곽 지역으로 1965년에 런던에 통합되었다.

이에 펼쳐 놓은 침대 네 개를 정돈한 뒤 집 안 여기저기서 남는 이불을 최대한 끌어 온다. 그중 적어도 두 장은 남는 이불이라고 할 수 없지만. 날이 저물기 전에 비키가 자진해서 방마다 꽃을 꽂아 놓고는 내게 벽에 걸린 "어린 사무엘" 그림은 이제 한물갔으니 치워야겠다고 한다. 괜히 서운하고 서글퍼지려는 순간, 비키의 말에 뭉클해진다. 다시 생각해 보니 자기 방으로 옮기는 게 좋겠다는 것이다. 우리는 그 그림을 비키 방으로 옮긴다.

볼일이 있다면서 차를 빌려 마을에 나갔던 로빈이 돌아와 방을 대충 둘러보더니 하는 말, 아주 좋은데요. 예전에 쓰던 놀이방 블라인드에는 그림을 풀로 덕지덕지 붙여 놓았고 골풀을 엮어 만든 초록색 의자들과 조각보, 흰색으로 칠한 가구까지 오합지졸 모아 놨으니 조금 과한 평가가 아닐까 싶다. 로빈은 아주 조심스럽게 바지 전용 다리미를 꺼내 들고 나가면서 피난민 아이들이 자기 책을 마음대로 봐도 좋다고 선언한다. 방을 둘러보니 올더스 헉슬리와 앙드레 모루아의 책 여러 권과, 조지 왕조의 시풍을 계승한 시 모음집, 〈뉴요커〉, 그리스어 교과서가 잔뜩 놓여 있다. 나는 전부 치워 버린다.

다음으로 (역시 피난민 아이들이 쓸) 공부방을 살펴보면서 비키가 흔들 목마와 인형의 집, 다른 장난감은 아이들이 갖고 놀아도 되지만 책장은 잠가 두었다고 한다. 이쯤 되니 내가 한마디해야 하지 않을까 고민이 된다.

(도덕적 교훈을 강조한 페어차일드 씨*의 구식 교육 방식이 절로 떠오르지만 결과가 그리 바람직하지 않을 테니 잊기로 한다.)

비키가 요리사와 위니, 메이에게 "꼬마 피난민들"이 온다고 알릴까 물어본다. 내가 직접 말하지 않아도 된다니 어찌나 마음이 놓이는지. 나는 그러라고 하고는 그 애의 등에 대고 소리친다. 아이들이 오면 따뜻한 식사를 내줘야 할 텐데, 요리사가 원치 않으면 내가 할 테니 기다리지 말고 자라고 해!

얼마 후 답변을 전해 듣는다. 요리사는 라디오에서 무슨 발표가 나올지 몰라서 **어차피** 그때까지 잘 수 없다고 했다는 것이다.

과연 6시가 되자 영국과 프랑스의 총동원 소식이 발표된다.

뭐, 어차피 터질 게 터졌으니 오히려 마음이 편하네. 내가 말하자 로빈은 발칸반도 국가들의 정치적 중요성에 대해 짤막한 연설을 한다. 우리 정부가 그 중요성을 과소평가하고 있다는 것이다. 비키는 전쟁이 나면 학교로 돌아가는 대신 구급 간호 봉사대에 들어가겠다고 선언한다. 로버트는 아무 말도 하지 않는다.

● 도덕적 교훈을 강조한 19세기 영국 아동 시리즈 도서 《페어차일드 가족의 역사(The History of the Fairchild Family)》의 주인공을 말한다.

잠시 후 그는 등화관제 규정을 지켜야 한다고 한바탕 수선을 피우더니, 지금부터 창문 틈으로 불빛이 새 나가선 안 된다고 내게 이른다.

그런 뒤 모두에게 집 안의 불을 끄고 블라인드와 커튼까지 닫아 보라고 하고는 자기가 밖에 나가서 한 바퀴 돌아보겠다고 한다. 우리는 벌써 적의 항공기가 우리 집으로, 오직 우리 집만을 겨누며 날아오는 광경이 목격되기라도 한 듯 황급히 그가 시키는 대로 한 뒤 잠자코 기다린다. 15분쯤 지나자 로버트가 돌아와 모든 커튼에 검은 천을 덧대고 창문 몇 개에는 갈색 종이를 붙여야겠다고 한다. 나는 내일 저녁까지 전부 해놓겠다고 약속하고 양초와 성냥, 손전등 최소 두 개 등을 구비할 물건으로 적어 놓는다.

저녁 식사 후 또 한 번 전화벨이 울리자 세상을 뒤흔드는 중요한 정보를 듣게 될 것이고 비밀 유지 서약까지 해야 할 거라는 확신에 빠진다. 받아 보니 홀로웨이 씨가 피난민들이 자정 전에 도착할 수 없을 거라는 소식을 전한다. 나는 로빈, 비키와 하던 놀이를 이어 간다.

바로 다시 전화벨이 울린다.

런던에 사는 블란셰 이모가 전쟁이 끝날 때까지 우리 집에서 하숙을 하면 어떨까 싶어서 전화했다고 한다. 이모는 급하게 덧붙인다. 폭격이 **무섭다**거나, 히틀러인지 뭔지 악마의 화신이 틀림없는 그 인간이 무슨 짓을 할까 봐 걱정돼서 그러는 건 아니야. 집을 함께 쓰던 친구가 구급차 운전사로 24시간 근무하게 돼서 아델피●의 야전 침대에서 자게 됐거든. 어차피 9월 25일이면 임대 계약도 끝나니까 이사하는 편이 나을 것 같아서. 이모가 알기로 그 친구는 예순다섯이 넘었다. 그 나이에 무슨 일을 하냐고 극구 말렸지만 소용없었다고 한다. 퍼시 윈터개먼이라는 이 친구는 이미 바지를 사고 완장을 받았으며 곧 임무를 수행하게 될 것이다.

나는 (예전부터 싫어했던) 윈터개먼 부인에 대해 진심 어린 비난을 퍼부어 준 뒤 손으로 송화구를 막고 로버트에게 블란셰 이모가 우리 집에서 하숙하길 원한다고 속삭인다. 로버트가 어두운 표정으로 결국 주피터처럼 진지하게 고개를 끄덕이자 나는 블란셰 이모에게 원하는 만큼 얼마든지 묵어도 좋다고 전한다.

이모는 (울먹이는 듯한 소리로) 모두에게 고맙다고 하며 자기는 **공습**이 두려운 게 전혀 아니라고, 그런 건 하나도 무섭지 않다고 한 번 더 말한 뒤 로빈이 아직 열아홉 살이 안 됐냐고 묻는다. 로빈이 열아홉 살이 되려면 꼬박 1년은 더 있어야 한다. 이모는 계속

● 런던 웨스트민스터 지구의 한 지역. 당시 이곳에 서 있던 유명한 건물의 이름을 땄으며, 공식 명칭이 아니라 서너 거리를 포함하는 통상적인 지명이다

해서 친척들과 지인들의 근황을 한참 들려준다.

로버트의 동생 윌리엄은 공습 대비대 감시원이 되었고 아내 앤젤라가 그의 최정예 보조 요원으로 일하고 있다. 에마 헤이는 조직책 자리를 찾고 있는데 정확히 무얼 조직하고 싶은 건지는 모르겠다. 노령의 A 삼촌은 런던을 떠나지 않을 생각이고 육군성 복무를 지원했지만 나이 때문에(여든두 살이므로) 현역이 되진 못할 것 같다.

그런 뒤 블란셰 이모는 내게 캐럴라인 콘캐넌과 다정한 로즈, 가엾은 시시 크래브의 안부를 묻는다.

로즈는 아직 런던에 있으며 곧 병원에서 일할 것 같고, 캐럴라인은 몇 년 전에 결혼해서 케냐로 갔는데 편지를 보내도 답장을 받지 못해 한껏 짜증이 나 있다. 시시 크래브는 오랫동안 소식조차 듣지 못했다.

블란셰 이모는 침울한 목소리로 대꾸한다. 그렇구나. 그래도 이런 때일수록 옛 인연을 다시 챙겨야 해. 나는 예의 바르게 알겠다고 대답하지만 왜 그래야 하는지 모르겠다.

블란셰 이모는 윈터개먼 부인 얘기를 처음부터 되풀이하고 나 역시 똑같은 대답을 되풀이한다. 계속해서 이모는 공습이 두려운 게 아니라고 또 한 번 말한다. 단호히 막지 않으면 똑같은 대화로 밤을 새울 것 같아서 곧 피난민이 오기로 했으니 그만 끊어야겠다고 한다. (비키가 자정 넘어서 온다니까요, 하고 외치는 소리가 또렷이 들리고 블란셰 이모에게도 또렷이 들렸을 테지만.)

그래, 그럼 끊어야지. 블란셰 이모가 소리친다. 그래도 다들 어떻게 지내는지는 **알아야** 할 것 같았다고 한다. 특히 이런 시기에는…….

나는 별수 없이 수화기를 털썩 내려놓고는 교환이 끊어 버렸다고 생각하길 기도한다.

하던 놀이로 돌아간다. D로 시작하는 유명한 해군 제독의 이름을 고민하다가(넬슨 제독 말고는 도무지 떠오르지 않는다) 문득 로빈이 파이프 담배를 피우고 있다는 것을 깨닫는다.

우리 로빈이 지나친 간섭 없이 스스로 삶의 방식을 선택하게 두고 싶지만 예기치 못한 광경과 녀석의 푸르뎅뎅한 낯빛에 몹시 불안해진다. 아무 말도 하지 않지만 머릿속이 하얘져서(부디 일시적인 현상이길) D로 시작하는 제독의 이름을 떠올리기는 그른 것 같다.

곧 파이프 불이 꺼진다. 그러나 로빈은 아까보다 더 푸르죽죽한 얼굴로 고집스레 다시 불을 붙인다. 옆에서 비키가 파이프가 멋지지 않냐고 묻더니 오늘 오후 마을에 나가서 사 온 것이라고 일러 준다. 로빈이 나를 보며 겸연쩍게 웃자 나도 별수 없이 웃음을 보인다. 그러고 나자 기분이 조금 나아지는 것 같다.

비키가 자기도 12시까지 안 자고 어린 피난민들을 맞이하는 게 좋을지에 관해 장황한 토론을 시작하려는 찰나, 초인종이 요란하게 울리고 로버트를 제외한 모두가 소리친다. 왔다!

위니가 유례없이 빠르게 부엌 통로를 달려가는 소리가 들린다. 전화벨이든 초인종이든 그렇게 빨리 반응하는 건 본 적이 없는데. 그러나 이내 다시 들어오더니 누가 로버트를 찾는다고 전한다. 마치 누가 로버트를 잡으러 오기라도 한 것처럼.

비키는 무슨 일인지 알기 전에는 절대 자지 않겠다고 한다. 로빈은 일곱 번째로 꺼진 파이프에 불을 붙인다. 잠시 후 로버트가 응접실로 돌아와 소식을 전하면서 팽팽했던 분위기가 풀어진다. 식료품 저장실 창틈으로 불빛이 새어 나갔는지 임시 경찰관이 당장 끄라고 했다는 것이다.

비키가 감탄하며 그런 걸 어떻게 찾았을까 묻는다. 임시 경찰관이 순찰을 돌았다는 대답이 돌아오자 우리는 그토록 정확하고 효율적으로 일이 처리되고 있다는 사실에 감동한다. 잠시 후 로버트가 나에게만 슬쩍 귀띔해 준다. 임시 경찰관은 자작의 농장에서 일하던 청년 레슬리 오크우드인데, 자기가 다시는 그렇게 요란하게 초인종을 울리지 말라고 따끔하게 야단쳤다는 것이다. 로버트의 머릿속에서는 모든 규칙을 철저히 따르고픈 애국적 열망과 애송이 청년 레슬리가 꼴사납게 군다는 내밀한 생각이 충돌하는 듯 보인다. 다행히 애국심이 승리한다. 식료품 저장실의 조명은 으스스한 푸른 전구로 교체되고 그 위에 두툼한 전등갓이 씌워진다.

한 번 더 전화벨이 울린다. 험프리 홀로웨이인데, 피난민 아이들이 오지 않을 것 같고 대신 다음 주 월요일에 어린아이 셋이 어머니와 함께 올 것 같다며 미안해한다. 나는 그저 알았다고 하며 어떻게 된 일이냐고 묻는다. 저도 모르겠습니다. 험프리 홀로웨이는 정신이 하나도 없다고 하며 넋두리를 시작한다. 뷰드*로 가기로 한 피난민 아이 140명은 작고 외딴 황무지 마을로 갔고, 미스 팬커톤은 사내아이 여섯 명을 맡겠다고 나섰는데 실제로 그렇게 되어서 몹시 기뻐하고 있다고 한다. (부디 아이들도 같은 마음이기를.) 레이디 복스는 서른 명 넘게 수용할 수 있는 집에 살면서 자기 집은 장교 요양소로 쓸 예정이라 피난민을 한 명도 받을 수 없다고 선언했다. 그 말을 듣고 나는 화가 치밀어 이를 솔직하게 표현한다. 그러나 험프리 홀로웨이는 지쳐 체념한 듯 아이들보다 교사들이 더 까다롭다고, 그러나 가장 까다로운 건 부모들이라고 대꾸한다.

---

* 잉글랜드 북동부의 바닷가 마을.

(어느 사회에서든 부모보다 미움받는 집단은 없다는 사실을 마음 깊이 새긴다.)

로버트는 피난민이 오늘 밤에 오지 **않는다**는 소식을 듣고는 잘됐다고 한다. 모두 위층으로 올라가려는데 비키가 속옷만 입고 극적으로 나타나더니 화장실에 블라인드가 없다고 떠든다. 로버트가 거기는 불을 켤 필요가 없다고 간단하고 예리하게 지적하지만 비키는 수긍하지 않고 반대 의견을 펼치려 든다. 나는 그만 가서 자라고 애원한다.

오늘 아침부터 유럽 대전을 두 번쯤 치른 것 같다. 하지만 이는 분명 과장된 생각일 것이고 푹 자고 나면 기분이 한결 나아지리라.

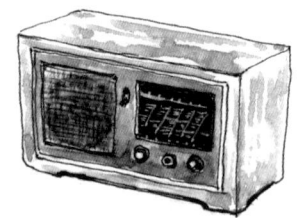

1939년 9월 3일

영국이 독일과 전쟁에 돌입한다.
우리는 마을 교회에 모여서 신도석 위에 놓인 라디오로
11시 15분 총리의 발표를 듣는다.

모두가 아주 조용히 소식을 받아들인다. 우체국의 S 부인은 두 아들이 모두 징집되었다고 하더니 모두의 마음을 간략하게 요약해 준다. 우리가 히틀러에게 뭔가 **보여 줘야** 하지 않겠어요? 나는 열렬히 동의한다.

9월 7일

로버트와 아이들, 요리사와 함께 현재 상황이 미치는 영향에 대해 논의한다.

로버트는 전쟁이 끝난 뒤에도 어디서든 살기 위해선 돈을 남겨 놓아야 하니 집을 폐쇄해야 한다고 주장한다. 너무 극단적인 방법이라 조금 타협해 응접실과 침실 두 개만 폐쇄하기로 합의한다. 그는 일하는 아이도 한 명 내보내자고 하는데, 다행히 잠시 후에 둘이 한꺼번에 나를 찾아와서는 집을 떠나 전시 일자리를 찾겠다고 한다.

뜻밖에도 요리사는 굳센 의지를 보인다. 그녀는 전에 없이 다정하게 내 어깨를 토닥이며 걱정하지 말라고, 자기는 무슨 일이 있어도 내 곁에 남겠다고 한다. 너무 감동해서 눈물이 날 것 같다. 요리사에게 앞으로 집안 관리는 블란셰 이모에게 맡겨도 괜찮겠냐고 물어본다. 로버트는 하루 종일 나가 있을 테고 아이들은 학교로 돌아갈 것이며 나는 런던에서 전시 일자리를 구해 한 달에 일주일 정도만 내려와 있을 생각이니까. (나도 가능하다면 돈을 벌어야 하고 현재 런던 상황이 어떻게 돌아가는지도 알아야 하니까.)

요리사는 물론이라고 단호하게 대답한다. 뭐든 하라는 대로 할 생각이고 지금 내가 어떤 상황인지도 충분히 이해한단다(그렇다면 조만간 내게도 분명하게 설명해 준다면 좋겠다). 블란셰 이모는 아직 언제 올지 알려 주지 않았지만 도착하면 어떻게 할지, 마을에서 일주일에 한 번 가사 도우미를 부르면 어떨지에 대해서도 급하게 논의한다.

요리사는 두 하녀 중 메이는 제 앞가림을 할 수 있지만 위니는 사리 판단도 못 하는 어리석은 아이이니 자기가 타이르겠다고 단언한다. **실제로** 위니는 요리사와 상의한 뒤 마음을 고쳐먹고는 우리 집에 계속 있고 싶다고 한다. 요리사에게 비결을 물어보고 싶은 마음이 굴뚝같다. 결국 못 하겠지만.

온종일 라디오 뉴스를 들으면서 폐쇄하기로 한 응접실과 침실 두 개를 정리한다. 안에 있는 작은 가구를 모두 가운데로 옮겨 놓고 먼지막이 천으로 덮는다.

로빈은 점점 더 자주 꺼지는 파이프와 씨름하며 입대를 하니

마니 하는 얘기를 한참 떠들고 비키도 (빈약한 근거를 대며) 학교로 돌아가는 게 옳지 않다는 주장을 펼친다. 그러나 곧 학교에서 평소처럼 정해진 날짜에 개학한다는 전보가 온다.

9월 8일

새벽 1시 10분에 전화벨 소리를 듣고 잠에서 깨어난다. 언제나처럼 머릿속에서는 오만 가지 상상이 펼쳐진다. 황급히 침대에서 나와 가운을 걸치고 계단을 내려갈 무렵에는 이미 공습이 일어나 온 가족이 지하실로 대피하고 소이탄이 떨어져 집이 불타고 모든 것이 파묻힌 지 오래다. 계단참에서 마주친 로버트는 공습 대비대의 연락이 틀림없다고 간결하게 말하며 달려 내려간다. 그가 황급히 수화기를 드는 소리가 들린다.

더 가까이 가자 로버트가 통화하는 소리가 들린다. 네, 바로 가겠습니다. 차로 가죠. 20분이면 역에 도착합니다.

웬 역?

로버트는 수화기를 내려놓고는 역장의 전화라고 알려 준다. 런던에서 노부인이 도착했는데 평소 다섯 시간 걸리는 여정이 꼬박

열두 시간 걸렸으며, 우리 집 손님이고 이미 전보를 쳤다고 했단다. 역장이 생각하기에 이 손님은 조금 화가 난 것 같다고 한다.

나는 잠이 덜 깬 채로 묻는다. 피난민인가? 로버트는 블란셰 이모라고, 기차뿐 아니라 전보도 지연된 모양이라고 한다.

한편으로는 블란셰 이모가 안쓰럽지만(역장이 간략하게 설명한 것보다 훨씬 고생했을 테니까) 한편으로는 터무니없는 시각에 도착했다는 사실에 몹시 당황스럽다. 그래도 어쩌랴. 내가 다 알아서 하겠다고, (자신은 없지만) 역에서 돌아올 때쯤이면 모든 준비가 끝나 있을 거라고 로버트에게 단언한다. 실제로 아무도 깨우지 않고 혼자 이모를 맞이할 준비를 하면서 마음 깊이 새긴다. 공급경보가 울려도 요리사와 위니는 흔들림 없이 평화롭게 꿈나라에 가 있겠구나.

얼마 전에 내 손으로 먼지막이 천을 씌운 북쪽 방으로 가서 황급히 천을 벗기고 침대에 이불을 깐 뒤 탕파를 넣어 놓고는 차를 만들고 빵과 버터를 준비한다. 메모 부엌의 정리 정돈과 청결 상태는 그럭저럭 괜찮다. 식품 저장실은 영 별로다. 왜 선반에 오래된 반쪽짜리 빵 네 개가 그냥 놓여 있을까? 고양이 톰슨이 밤에 찬장을 침대로 쓰고 있는 것 같다. 내가 알기로 로버트는 매일 밤 톰슨을 내보내는데, 부디 이 사실은 그가 모르길 바란다.

아무래도 나는 전시의 비상 상황을 신속하고 효율적으로 헤쳐 나가는 것 같다. 과연 어떤 부처에서 내게 일자리를 줄까 생각하다가 어느새 내가 장관으로 임명되고 로버트가 아연실색하는 공허한 상상에 빠진다. 하필 그 순간 깜빡하고 물을 데우지 않았다는 사실이 떠오른다. 블랑세 이모가 따뜻한 물로 씻고 싶어 할 텐데. 서둘러 물을 데우러 가보니 아니나 다를까 보일러 불이 거의 꺼져 있다. 나는 불을 다시 피우고 주전자를 새로 올린 뒤 욕실에서 양동이를 가져온다. (놋쇠 양동이는 전부 광을 내야 하고 에나멜 양동이는 모조리 이가 나갔다. 다시 우울해진다.)

기다림이 길어지자 블랑세 이모를 위해 준비한 차를 내가 다 마시고 물을 다시 끓인다. 시간이 되면 옷을 차려입을 요량으로 위층으로 올라가는데 차가 들어오는 소리가 들려 황급히 내려온다. 차는 보이지 않는다. 다시 올라가 거울 앞에 서자 머리는 헝클어졌고 얼굴은 추위에 시퍼렇게 질렸다. 이 밤의 유린을 최대한 해결하려 노력하지만 딱히 나아지지 않아서 그냥 옷을 입는다.

식당에 내려와 보니 전기 주전자의 물이 끓어 넘쳐 카펫이 다 젖었다. 아무래도 정부 요직은 포기해야 할 듯. 뜨거운 물을 열심히 닦고 있는데 차가 돌아온다. 문을 열어 보니 자동차 전조등이 양쪽 모두 푸른색으로 바뀌어 희미한 광선만 나오고 있다. 나 모르게 로버트가 해놓은 모양인데 꽤 놀라운 솜씨다.

블란셰 이모는 눈물을 흘린다. 짐은 여행 가방 세 개와 이불 한 보따리, 작은 나무 상자, 휴대용 타자기, 해트 박스* 하나와 커다란 트렁크 하나다. 그녀는 몹시 괴로워하며 연신 말한다. 역에서 밤을 보내도 괜찮은데 역장이 안 된다고 했다. 그럼 (도시 반대편에 있는) 호텔까지 걸어가겠다고 했더니 역장은 이번에도 고집을 부리며 그곳은 민병대로 가득 찼다고 했다. 그럼 아침까지 밖을 돌아다니겠다고 했더니 역장은 역시 안 된다고 하며 자신의 만류를 뿌리치고 고집스레 전화를 했다는 것이다.

나는 정말 잘 오셨고 한밤에 와도 우리는 전혀 성가시지 않다고 다섯 번쯤 말한 뒤 마침내 블란셰 이모를 식당으로 데려가 차와 버터 바른 빵을 내어 준다. 이모는 아주 고된 여정이었다고 한다. 기차가 몹시 북적거렸지만 모두 잘 참았고 먹을 것도 전혀 살 수 없었지만 전시에 무얼 바라겠냐고 하더니, 그나저나 짐을 너무 많이 가져온 게 아닌가 걱정된다고 한다. 아니에요. 무슨 말씀을. 그러자 이모가 하는 말. 사실은 **커다란** 트렁크 두 개가 아직 역에서 기다리고 있거든.

---

* 모자를 보관하거나 넣어 다닐 때 사용하는 원통 모양의 가방.

내 안내를 받아 북쪽 방으로 간 이모는 또 한 번 울음을 터트리더니 내가 너무 잘해 줘서 감동한 것이지 불안해서 우는 게 아니라고 한다. 자기는 절대 그런 사람이 아니라나. 그러곤 3시 15분에 잠자리에 든다.

탕파는 돌처럼 차갑게 식었다. 왜 물을 갈지 않았을까 자책하지만 지금 내려가 봐야 소용없을 것이다. 다시 생각해 보니 그래도 내려가는 편이 나을 것 같지만 그러지 않는다. 잠이 들 때까지 내내 내려갈까 말까 갈등한다.

9월 12일

블란셰 이모는 안정을 찾았고, 국가적 위기가 요리사를 포함해 많은 사람의 선한 면을 끌어내는 것 같다. 단, 레이디 복스는 예외다. 그녀는 집 앞에 커다란 구급차를 세워 놓고 자기 집이 (장교 전용) 병원이 될 거라 피난민을 받을 수 없다고 한다. 장교는 한 명도 보이지 않고 소문에 따르면 레이디 복스는 적십자 제복을 차려입고 눈처럼 하얀 베일을 휘날리고 다닌다. (이렇게 하얀색은 젊은 사람이 아니면 어울리지 않을 거라고 생각하면서도 어쩐지 그런 생각이 떳떳하지 않아서 혼자 간직하기로 한다.) 다른 집은 모두 피난민을 받았다. 대개는 피난민이 연락도 없이 올 뿐 아니라 나이나 성별도 사전에 들은 바와는 딴판이라고 한다.

교구 목사관의 식당은 공동 침실로 바뀌었고 우리 교구 목사님의 아내는 5세 미만 아이 셋과 엄마 둘을 맡아 씩씩하게 고군분투 중이다. 아이 하나는 경기를 자주 일으킨다. 하녀 두 명은 모두 전시 일자리를 찾겠다며 곧바로 떠나 버렸다. 나는 혹시 도움이 될까 싶어 비키를 보낸다. 의외로 그 애가 꽤 쓸모 있고 현실적이며 5세 미만 아이들을 엄하게 통제하고 있다고 한다.

목사님 아내가 대단해 보이면서도 조금은 안쓰럽다. 그래도 나에게 전화해서 혹시 **머릿니**를 어떻게 없애는지 아느냐고 묻는 레이디 프로비셔보다는 상황이 나은 듯. 나는 약사에게 물어보라고 하는데, 나중에 약사에게 들으니 지난주에만 똑같은 질문을 스무 번쯤 받았다고 한다.

얼마 전 마을에 있는 조그만 집으로 이사한 나이 많은 버저리 시장 부부는 피난민 교사 둘을 맡은 뒤 깊은 절망에 빠진 모양이다. 듣자 하니 두 교사는 한가로이 앉아 차를 마시며 **런던**에서는 피난이 아주 체계적으로 계획되고 조직되는데 **이곳**에서는 체계를 전혀 찾아볼 수 없다고 투덜거린다. 게다가 그들은 이곳에 학생들을 가르치러 왔다는 이유로 하루에 네 시간 수업만 할 뿐 다른 일은 전혀 하지 않는다. 버저리 부인이 마을에 온 피난민 아이들을 데리고 놀아 주면 어떻겠냐고 제안했지만 귓등으로도 안 들었다.

시장의 간청으로 결국 교구 목사님이 나서 교사들을 만난 뒤에 상황이 조금 나아졌다. 교사들은 주 5일 한 시간씩 오락 수업을 추가로 진행하겠다고 마지못해 제안했다. 목사님은 그게 바로 놀아 주는 거라고 생각하며 얼른 수락했다.

그나마 미스 팬커톤이 가벼운 위안을 주고 있다. 우리 모두 그녀가 인생의 황금기를 누리고 있다고 입을 모은다. 미스 팬커톤은 (왜인지는 아무도 모르지만 남색 긴바지와 가죽조끼를 입고) 런던 베스널 그린에서 온 핼쑥하고 꾀죄죄한 사내아이 여섯 명을 앞세우고 마을을 돌아다닌다. 괴이한 소문이 돌기도 한다. 그녀는 아이들에게 "커다란 밤나무 아래 마을의 대장간이 있다네."*라는 노래를 가르쳤다. 아이들은 그녀가 옆에 있을 때는 고분고분 큰 소리로 합창했는데, 어느 날 화장실에 간 그녀는 밖에서 아이들이 노랫말을 바꿔 부르는 것을 들었다고 한다.

● 미국 시인 헨리 워즈워스 롱펠로의 시 "마을의 대장장이(The Village Blacksmith)"의 한 구절.

커다란 밤나무 아래
빌어먹을 ARP*가 있다고
x 같은 BBC가 그랬지.

내게 이 얘기를 들려준 블란셰 이모는 이렇게 덧붙인다. "정말 기발하지 않니? 제일 큰 애가 겨우 일곱 살이라던데." 너무 너그러운 평가가 아닐까?

우리 집에도 피난민이 아주 잠깐 나타났다 사라졌다. 역시나 전혀 예상치 못한 시각과 날짜에 도착했고, 무서워 보이는 여자가 세쌍둥이와 10주밖에 안 된 듯 보이지만 18개월이나 되었다는 아기를 데리고 왔다. 아이들 엄마는 처음부터 아주 솔직하게 말했다. 자기는 시골을 좋아하지 않고 아이들도 심통을 낼 것이며, 이 모든 상황이 도무지 익숙하지 않다고. 나는 홍차와 케이크, 아이들 장난감, 침실 화병을 동원하며 최선을 다했다. 그중 조금이라도 흡족해한 건 홍차뿐이었다. 이튿날 새벽, 아이들 엄마는 험프리 홀로웨이를 찾아가 아이들 아빠에게 당장 와서 자기들을 데려가라는 전보를 쳐달라 부탁했고, 24시간 뒤에 아빠가 모두를 데

---

* 공습 대비대.

려갔다. 내가 몹시 우울해하며 험프리 홀로웨이에게 사과하자 그는 전국 어디서든 시골로 간 피난민들은 아무리 좋은 대접을 받아도 곧장 위험 지대로 돌아가고 있다고 한탄한다. 그러곤 아주 침울한 목소리로 덧붙인다. **그게 아니면** 시골집 안주인들이 까다롭게 굴며 손님을 내보내 달라고 한다니까요.

도무지 믿을 수가 없어서, 혹시 험프리가 과도한 업무로 지나치게 비관하는 게 아니냐고 묻는다. 그러자 그는 그럴 수도 있다고 순순히 인정한다. 생각해 보니 마을의 몇몇 집은 런던에서 온 아이들과 잘 지내고 있다면서. 그러곤 (언제나 그렇듯) 정말 골칫거리는 엄마들이라고 덧붙인다.

나는 떠나간 피난민 대신 다른 피난민이 오냐고 물어본다. 그러길 바란다는 투로 들린다면 좋겠지만 누굴 설득할 수 있으랴. 험프리 홀로웨이는 알아보겠다고 한다. 로마의 신탁만큼이나 모호한 대답인 것 같다.

9월 13일

블란셰 이모가 피난민 문제를 해결한다. 코번트리 성직자의 아내와 잘 아는 사이인데, 그 집의 두 자녀와 보모를 받으면 어떻겠냐고 제안한 것이다. 두 자녀는 여섯 살과 네 살의 착한 자매이고, 젊은 아일랜드인 보모는 가톨릭교도가 **아니며** 이름이 도린 피츠제럴드라는 것 말고는 아는 바가 없다. 나는 세 사람에게 다정한 초대장을 보낸다.

9월 17일

도린 피츠제럴드와 마리골드, 마저리가 와 있다. 아이들은 예쁘고 착한 것 같다. 도린 피츠제럴드는 머리카락이 환한 붉은색이고 얼굴은 수수한 편이다. 그리고 무슨 말을 해도 간단히 "네, 그러겠습니다."라고 대답한다.

집과 침실들을 한 번 더 정리했고 공부방은 다시 임시 놀이방이 되었다(내심 기쁘지만 티 내지 않으려 애쓰고 있다). 도린 피츠제럴드는 아이들의 방을 자기가 직접 맡아도 되냐고 묻더니 그러라고 하자 또 한 번 되풀이한다. "네, 그러겠습니다." 의지의 표현이겠지만 조금 생색내는 느낌이 들기도 한다.

날씨가 연일 화창하고 정원에 갯개미취와 달리아, 한련이 만발해서(가을 장미는 실패했지만 원하는 걸 다 가질 수는 없는 법) 블란셰 이모와 사과나무 아래를 거닐고 테니스장을 돌면서 영국이 전쟁 중이라는 걸 누가 믿겠냐고 서로에게 묻는다. 아, 하지만 이에 대한 대답은 너무도 뻔하다. 우리 둘 다 소리 내어 말하지 않을 뿐.

석유 배급제가 어제부터 시작된다고 하더니 일주일 연기되었다. 의문 혹시 전 국민의 사기를 돋우기 위해 마련한 깜짝 선물일까? 소식을 들은 로빈과 비키는 오늘이 비키가 집에서 보내는 마지막 날이라며 둘이 영화를 보고 카페에서 차를 마시고 와도 되느냐고 묻는다. 선뜻 허락하고는 기분 좋게 고마움을 표하는 아이들을 보자 코끝이 찡해진다.

오후 내내 블란셰 이모와 긴 대화를 나눈다. 이모는 퍼시(원터개먼 부인)에 대해 할 얘기가 무척 많다. 퍼시는 지금 현명하거나 사려 깊게 행동하는 게 전혀 아니라고 한다. 심지어 상식적이지도 않다. 제 나이보다 몇 살 젊어 보이긴 해도 예순여섯은 예순여섯이고, 어쨌든 커다란 구급차를 운전하기에 적당한 나이는 **아니지** 않은가? 공교롭게도 신이 (블란셰 이모가 생각하기엔 아주 현명하게도) 자녀의 축복을 내려 주지 않아서 누군가의 할머니가 되지는 **않았지만** 나이로 치면 할머니가 열 번은 되고도 남았다.

내가 묻는다. 원터개먼 부인과 구급차는 지금 어디서 일하고 있어요?

일은 무슨! 블랑셰 이모가 외친다. 아델피의 사보이 호텔 지하 어딘가에 공습 대비 기지가 있는데, 윈터개먼 부인은 신나서 털레털레 그리로 달려가더니 지금껏 아무 일도 하지 않고 사람들이 버글거리는 곳에서 함께 대기하고 있다는 것이다. 교대도 없이 24시간 대기라서 환기도 되지 않는 시끌벅적한 여자 대기실의 간이 침대에서 자야 한다. 내가 묻는다. 그렇게 지내다 보면 머지않아 신경쇠약에 걸릴 텐데, 그러면 결국 부적격 판정을 받아 쫓겨나지 않을까요?

블랑셰 이모는 내가 퍼시를 몰라서 그러는 거라고 퉁명스럽게 말하더니 어쨌든 셋집은 이미 내놓았고 자기는 퍼시와 다시 살고 싶은 마음이 눈곱만큼도 없다고 덧붙인다. 사람들은 잘 모르지만 그동안 자기가 많이 참았고 이제 갈라설 때가 되었다는 것이다. 나는 이왕 얘기가 나온 김에 앞으로의 계획을 상의한다. 저는 런던에 가서 가급적 말이나 글과 관련된 일자리를 구해 한 달에 일주일씩만 집에 돌아와 있으려고 하는데, 이모가 집안 관리를 맡아 주실 수 있을까요? 어차피 웬만한 일은 요리사가 알아서 할 거예요. 요리사는 이미 찬성했고요.

평소에는 유난히 우유부단한 블랑셰 이모가 어쩐 일인지 이번엔 당당히 나서며 단호하게 그러겠다고 한다. 그러곤 도린 피츠제럴드를 흉내 내 덧붙인다. 네, 그러겠습니다. 우리는 웃음을 터트린다. 놀랍게도 블란셰 이모는 정부에서 내 능력을 다양하게 활용할 수 있을 테니 내가 여기서 썩는 건 **옳지** 않다고 덧붙인다. 정부도 비슷한 의견이라면 좋으련만.

구체적인 논의가 이어지자 나는 며칠 전 로즈에게 받은 엽서 얘기를 들려준다. 로즈는 스트랜드*의 버킹엄가에 있는 방 두 개짜리 작은 아파트를 쓸 사람이 있냐고 물었다. 로즈의 사촌이 쓰던 집인데, 그는 영국 해군 자원 예비대와 함께 동아프리카로 떠나게 됐고 가구와 세간을 모두 남겨 놓았다. 나는 이미 전화로 내가 쓰면 어떨까 생각 중이라고 일렀으니 조만간 확실한 답을 주어야 한다.

블란셰 이모는 극적으로 소리친다. 가야지! 지금 같은 시기에 혼자서 할 일을 둘이 할 필요는 없잖아. 여기는 내가 책임지고 로버트와 피난민 아이들을 돌볼게. 그것도 어떤 면에서는 나라를 돕는 길이니까. 그러곤 신랄하게 덧붙인다. 나이를 먹었으면 덜컥 바지를 주워 입고 구급차를 몬답시고 돌아다니기보다는 이런 일을 맡는 게 낫지.

---

* 트래펄가 광장에서부터 템플 바까지 약 1.2킬로미터에 걸친 런던 중심지의 거리.

마지막 말은 못 들은 체하고 그저 따뜻하게 고마움을 표한다. 그 집을 맡으려면 로즈에게 당장 편지를 써야 한다고 하자 블란세 이모는 과감하게 장거리 전화를 권한다. 이건 아주 엄중한 일이니까 불필요한 통화를 자제하라는 정부의 요구나 나라의 절약 정신에 반하는 것이 전혀 아니라면서.

몇 시간 뒤 평화롭게 '행복한 가족 놀이'*를 즐기던 나와 마리골드, 마저리는 블란세 이모가 외치는 소리에 화들짝 놀란다. 거기가 버킹엄가라고 했지?

네, 맞아요.

그럼 구급차와 퍼시가 있는 아델피 지하 세계, 그 공습 대비 기지 바로 옆이잖아. 걸어서 **1분** 거리야. 하지만 그보다 중요한 건 그녀의 유쾌한 젊은 친구도 그 기지에서 대기 중이니 그 친구를 꼭 만나 봐야 한다는 것이다. 블란세 이모가 무척 아끼는 친구라 여러 번 얘기했으니 알 거란다. 세레나 아무개라고.

아, 세레나. 성은 못 들었지만 어린 마저리 때문에 물어볼 겨를이 없다. 행복한 가족 놀이에 푹 빠져 있던 마저리는 정육점 아들 본스를 내놓으라고 단호하게 요구한다. 실수로 본스 대신 포츠를

● 다양한 4인 가족의 그림이 그려진 카드로 한 가족의 구성원들을 모으는 영국의 전통적인 놀이.

내놓는 통에 마저리에게 호되게 야단을 맞고 마리골드의 비명을 듣는데, 그 와중에 블란셰 이모는 성이 기억나지 않지만 자기가 누구를 말하는지 **틀림없이** 알 거라고 한다. 세레나 아무개 알지? 나는 잘 알고 있으며 지하 세계에 가서 꼭 찾아 보겠다고 약속하고는 빵집을 운영하는 번스 씨의 나머지 가족을 찾는 일에 열중한다.

로빈과 비키는 어두워진 뒤에야 돌아와서는(그사이 나는 이미 끔찍한 차 사고를 수없이 상상하고 심지어 묘비명까지 생각해 두었는데) 불빛이 하나도 없는 길을 달리는 건 정말 **끝내주는** 일이었고 영화『보 제스트』*도 굉장했다고 법석을 떤다.

9월 18일

비키가 엑서터역으로 마중 나온 여교사와 함께 떠난다. 과학 교사인데 꼭 운동선수 같다. 로빈과 나는 언제나처럼 쓸쓸한 기분으로 두 사람이 떠나는 모습을 보고는 시내에서 핫초콜릿과 번으로 마음을 달랜다. 그러고 나자 로빈이 데번 연대 예비군에 들어갈 수

● 원제는 『Beau Geste』. 게리 쿠퍼가 주연한 1939년 미국 영화.

있는지 물어보고 싶다며 나더러 먼저 집에 들어가라고 한다.

대견하고 애틋하면서도 믿을 수 없고 불안하지만 그러라고 할 수밖에.

9월 20일

군 당국에서 로빈에게 일단 학교로 돌아가라는 통지가 왔다.

9월 21일

전에도 그랬지만 마지막 정리는 도무지 마지막이 되지 **않고** 새록새록 다른 일이 나타나 영원히 끝나지 않는다는 사실에 기가 막힌다. 머리가 빙빙 도는 것 같다.

책상 위에 어질러진 목록들을 살펴보며 '테이블보 Sp. W.', '손님 방 창 C.' 같은 알 수 없는 약자를 해독하려 안간힘을 쓰고, 블란셰 이모에게 피난민 아이들과 로버트의 아침 식사에 관해 주의할 사항을 일러 준다. 로버트의 아침으로 시리얼은 금물이고 수란은 일주일에 최대 두 번까지만 허용된다고. 반면 피난민 아이들은 매일 시리얼을 먹어야 하고 도린 피츠제럴드에 따르면 베이컨을 싫어한다. 그 말에 블란셰 이모는 어차피 베이컨도 곧 배급제로 바뀔 테니 잘됐다고 한다. 어느새 대화가 옆길로 빠져 베를린에 식량이 부족하다느니, 독일 사람들이 안됐다느니 하는 얘기가 오간다. 블란셰 이모와 나는 어쨌든 우리가 독일 국민을 원망해선 안 되며, 나치스나 그 정권과 동일시해서도 안 된다고 입을 모은다. 블란셰 이모는 결국 독일인들의 혁명으로 이 모든 상황이 끝날 거라고 한다. 나는 전적으로 동의하면서도 그게 언제가 될까 묻자 블란셰 이모는 히틀러의 점성술사 얘기를 장황하게 늘어놓는다. 이 총통은 지금껏 자신의 경력에서 일어난 모든 사건을 놀랍도록 정확하게 예측한 여성 점성술사에게 주기적으로 상담을 받았다. 그런데 최근 그녀가 총통에게 몇 달 내로 몰락하거나 암살될 수도 있다고 경솔하게 귀띔하는 통에 독일에서 점성술이 금지되었다. 현재 그 점성술사는 실종되었다고 한다.

적당히 안타까움을 표한 뒤 4시 뉴스를 듣기 위해 라디오를 켠다. BBC 홈서비스*를 웬만큼 신뢰하고 싶지만 현재 연합국이 겪

---

* 1939년부터 1967년까지 운영된 영국의 라디오 방송국으로 특히 2차 세계 대전 동안 뉴스와 정보, 오락을 제공하는 역할을 했다.

고 있을 게 분명한 실패나 패배에 관해 아무 말도 없다는 게 조금 수상쩍다. 이 부분은 정보부 책임일 테니 그들의 **진짜** 역할이 무엇인지도 의심스럽다. 얼마 전에 지원한 정보부 자리에 가게 된다면 알게 될지도.

블란셰 이모에게 얘기하자 그녀는 한술 더 떠서 나를 책임자로 써주면 좋겠다고 한다. 그런 건 바랄 수도 없고 어차피 그런 일은 일어나지 않을 텐데.

작별 인사를 하려고 목사님 아내를 찾아간다. 그녀는 얼굴이 몹시 창백해 보이지만 혼자 모든 일을 도맡아 하는데도 낙담하지 않고 결의에 차 있다. 여성회 회원들이 도와준다고 한다. 그중 몇 명은 아침에 교대로 오는데, 이건 어디서든 꼭 필요한 일이라고 우리는 입을 모은다. 그들은 옷 수선 모임도 꾸렸다. 목사님 아내의 말에 따르면, 예전에 작업반이었던 모임이 전시에 맞게 이름을 바꿨을 뿐이다.

여성회 월례 모임을 지속할 수 있을지 의문이었는데 무려 국새관*이 모임을 이어 가야 한다고 발표했다. 총무인 제분소의 F 부인은 국새관이 우리의 월례 모임을 예전처럼 계속하라 했으니 괜찮

• 나라를 대표하는 도장인 국새를 간수하는 관리.

을 거라고 모든 회원에게 알렸다.

  목사관 피난민들의 안부를 묻는데, 때마침 그중 두 명이 정원에서 고양이를 쫓는 모습이 보인다. 목사님 아내가 말한다. 아, 마침 저기 있네요. 가엾은 아이들. 한 엄마가 남편에게 자신과 아이를 데려가 달라고 편지를 썼는데 남편이 오지 않았다고 한다. 하지만 목사님 아내는 남편을 탓할 수 없다고 생각한다. 또 다른 엄마는 그럭저럭 적응하는 것 같고 설거지를 하겠다고 나서기도 했다. 그 집 아이는 경기를 자주 일으키지만 얼마나 착한지 모른다고, 나머지 두 아이도 곧 착해질 거라고 그녀는 낙관한다. 그나저나 그 애들이 밖에 나가 솔방울을 주워다 화장실 변기에 띄워 보겠다고 넣는 바람에 하수구가 막혔다.

  하지만 그런 건 아무래도 괜찮고, 그녀와 목사님은 히틀러 정권을 타도하는 것 말고는 아무것도 중요하지 않다고 생각한단다. 나는 진심 어린 박수를 보내며 런던에서 적당한 일손을 찾아서 내려보내겠다고 제안한다. 직업 소개소엔 연락해 보셨어요? 해보았지만 별다른 해결책을 찾지 못했다고 한다. 한 명이 면접을 보기 했는데 지금껏 개들만 돌보던 사람이고, 심지어 피부병으로 고생하는 개들을 돌봤다는 것이다. 요리를 할 수 있냐고 묻자 개 먹이만 만들어 봤다고 했다나. 아무래도 안 될 것 같아서 돌려보냈다.

정원에서 피난민 아이들이 목이 터져라 외치는 통에 대화가 끊어진다. 무엇 때문인지 갑자기 두 아이가 다투면서 서로의 목으로 달려든다. 목사님 아내는 창문을 요란하게 두드리며(그래 봐야 아무 소용 없는데) **항상 있는 일**이고 금방 조용해질 거라고, 곧 엄마들이 나와서 떼어 놓을 거라고 나를 안심시킨다.

엄마 한 명이 나오더니 싸운 아이를 둘 다 세차게 후려치고는 고함을 치며 아이들을 데리고 들어간다.

자식이 없는 목사님 아내는 자녀 양육에 관한 새로운 이론을 쉽게 받아들이는 편이었는데 이제는 너무 지쳤는지 누가 무슨 짓을 해도 그저 내버려두는 모습이 무척 안쓰럽다.

그렇게 말하자 그녀는 힘없이 웃으며 히틀러가 **저러고** 있는 한 무슨 일이든 견딜 거라는 말만 되풀이한다. 우리는 다정한 인사를 나누며 헤어진다.

마을에서 사람들을 만나 식량 배급과 곧 겪게 될 설탕 부족 현상에 대해 얘기를 나눈다. 이번에 제시된 석유 배급량으로 어디를 갈 수 있겠냐는 얘기도 오간다. 그러나 모두들 영국인답게 놀라운 반응을 보인다. 한바탕 웃으면서 그저 이렇게 말하는 것이다. 어쩌겠어요? 우리는 모두 한배를 탔는데. 히틀러에게 이런 상태로 계속 갈 수는 없다는 걸 **보여 줘야** 하지 않겠어요?

지금까지 그랬고 앞으로도 그럴 거라는 데 나 역시 동의한다.

집에 돌아오자 위니가 험프리 홀로웨이가 응접실에서 기다리고 있다고 전한다. 그녀에게 차를 한 잔 더 부탁하고 요리사에게 초콜릿 비스킷을 내어 달라고 한다.

얼마 전 공원 근처에 작은 단층집을 매입한 중년의 총각 험프리 홀로웨이는 블란셰 이모와 스탈린에 관한 얘기를 나누고 있다. 둘 다 그를 못마땅해한다. 블란셰 이모에게 4시 뉴스를 들었냐고 묻자 듣긴 했지만 별것 없었다고 한다. 알고 보니 히틀러가 어제 그단스크*에서 전쟁의 책임은 영국에 있다고 연설했고 체임벌린 총리가 오늘 국회의사당에서 영국은 나치스 공격의 위협에서 유럽을 구하겠다고 선언했다는 굉장한 소식이 보도되었다. 블란셰 이모는 우리가 끝까지 싸우게 되었으니 얼마나 감사한 일이냐고 경건하게 말한 뒤 홀로웨이 씨에게 버터 바른 갈색 빵을 건네 달라고 한다.

험프리 홀로웨이는 내가 내일 런던에 간다는 소식을 들었고 자기도 정부 일자리에 지원할 생각이니 괜찮다면 자기 차로 함께 가자고 물어보러 왔다고 한다. 그는 세 번이나 군대에 지원했는데

● 히틀러가 침략해 2차 세계 대전의 진원지가 된 폴란드 북부의 항구 도시.

근시와 건초열 때문에 거절당했다. 군 수송 탓에 특히 세일즈버리 근처에서 길이 막힐 테지만 아침 7시에 출발하면 괜찮을 거라고 한다.

제안을 고맙게 받아들이고 지역 피난민 상황을 포괄적으로 물어본다. 험프리 홀로웨이는 다른 지역 얘기를 들어 보니 그나마 우리 지역은 나은 편이라고 조심스레 답한다. 최근 BBC에서 런던 아이들이 산울타리의 벨라도나*를 따 먹지 않도록 주의하라는 방송이 나왔는데, 당연히 좋은 의도였겠지만 런던의 많은 부모가 겁을 먹고 황급히 자녀들을 이 치명적인 위험에서 구하기 위해 도로 데려가고 있다고 한다.

산울타리에 벨라도나를 쓰는 경우는 아주 드물다고 지적하자 블란셰 이모는 BBC가 잘 몰라서 그랬을 거라고, 그런 건 아주 흔한 실수라고 너그럽게 말한다. 나는 BBC를 두둔하는 그녀의 태도에 경악한다. 험프리 홀로웨이도 놀라는 눈치지만 블란셰 이모는 아랑곳없이 태연하게 묻는다. 블랙베리잼은 집에서 만든 거니? 마리골드와 마저리, 도린 피츠제럴드가 블랙베리를 따 오면 내가 기꺼이 잼 만드는 걸 도울게.

● 자주색 꽃이 피고 까만 열매가 열리는 독초.

제안을 고맙게 받아들이되, 이모에게 호박잼은 절대 만들지 말고 요리사도 못 만들게 하라고 당부하는 것이 애국에 반하는 일은 아니길 기도한다. 지난 전쟁 시기인 1916년부터 1918년까지 호박잼이 전반적으로 인기가 없었던 것을 분명하게 기억하기 때문이다.

내일 학교로 돌아가는 로빈은 느지막이 집에 들어와서는 험프리 홀로웨이와 미국이 무기 금수 조치를 받아들일지 여부를 논의하기 시작한다. 토론에 푹 빠진 로빈은 험프리 홀로웨이가 떠날 때 더 얘기하고 싶다며 그를 따라나선다.

블란셰 이모는 로빈이 정말 잘 컸다고 감탄한다. 조그만 노란색 멜빵바지를 입고 뛰어다니던 때가 엊그제 같은데 저렇게 컸다니! 나도 비슷한 생각을 하고 있었지만 그런 얘기를 2분만 더 했다간 지금 같은 시기에 우리 모두에게 너무도 중요한 사기가 떨어질 것 같아서 얼른 떨쳐 낸다. 대신 피난민 아이들과 놀아 줄 시간이 훌쩍 지났으니 그 애들과 루도 놀이*를 하자고 제안한다. 블란셰 이모는 그러자고 하고는 자기는 뜨개질을 하면서도 잘 놀아 줄 수 있다고 금세 말을 바꾼다.

● 주사위 두 개를 던져 말을 이동시켜 게임판을 한 바퀴 돌면 승리하는 놀이.

7시가 가까워지자 로버트가 지역 공습 대비대 사무실(회중교회 여성 조합이 빌려준 크고 으스스한 방에 불과하지만)에서 돌아온다. 험프리 홀로웨이의 차를 타고 런던에 가기로 했다고 하자 그는 그저 방독면을 잘 챙기라고 당부하고는 한참 침묵하다가 다시 입을 연다. 사무실에 일을 도와주는 사람이 새로 왔는데 그를 미치게 한다는 것이다. 좀 더 캐묻자 웜부시 부인이라는 사람이고 한쪽 눈이 사팔뜨기라는 정보를 내준다.

그런 뒤 그가 다시 입을 다물자 별수 없이 그게 다냐고 물어본다.

서서히 더 상세한 정보가 드러난다. 웜부시 부인은 자원봉사로 일하고 있다. 타자 속도가 아주 빠르고 정확하며 매우 효율적일 뿐 아니라 절대 실수하는 법이 없고 시간을 칼같이 지키며 찾는 물건의 위치를 정확히 알고 있다.

그런데도 로버트는 그녀를 견딜 수가 없다.

나는 안타까워하며 이해할 것 같다고 (진심으로) 말해 주고 옛날 동요에도 이유 없이 싫은 펠 박사 얘기가 나오지 않냐는 말로 위로한다. 요리사와 위니, 블란셰 이모, 정원사에게 내가 없는 동안 집 관리에 대해 더 당부할 게 없는지 고민하며 저녁 시간을 보낸다.

마리골드와 마저리의 엄마에게 긴 편지도 쓴다. 가능할 때 내려와서 아이들을 보라고, 둘 다 잘 지내고 있다고 전한다. (여기까지 썼을 때 로빈이 오더니 마리골드가 욕실에서 저녁 식사를 게웠다는 소식을 전하지만 그 문제로 편지를 다시 펼치지는 않으련다.) 밤늦게까지 모두에게 작별 인사를 하면서 새벽에 아무도 깨우지 않고 조용히 나가겠다고 호언장담한다.

9월 22일

조용히 떠나겠다는 다짐은 실현되지 않았다(어차피 기대하지도 않았지만). 로버트는 잠옷 위에 가운을 걸치고 나와 짐 가방을 아래층으로 옮겨 주고, 요리사는 반쯤 닫힌 부엌 통로 문 안에서 내 손에 차 한 잔을 쥐여 준다. 개 벤지는 내가 이른 산책을 데려가려 한다고 생각했는지 신나게 이리저리 뛰어다니며 짖어 댄다.

게다가 7시 정각이 되자 험프리 홀로웨이도 딱히 조용하지 않게 현관 앞까지 차를 몰고 들어온다.

남편에게 작별 인사를 하고 일자리를 구하는 대로 알려 주겠노라 약속한 뒤 방독면이 담긴 초라한 마분지 상자를 집어 들고 떠난다. 어쩐지 이 집을 다시 보지 못할 거라는 기이하고 강렬한 예감이 밀려든다. (이런 적이 한두 번이 아니지만.) 험프리 홀로웨이는 아침 인사를 주고받은 뒤 짐이 전부냐고 하더니 출발한다.

이루 말할 수 없이 아름다운 9월의 아침, 초원 위로 안개가 피어오르고 산울타리에 매달린 거미줄이 하얗게 빛나자 찰스 디킨스의 소설 《위대한 유산》에서 핍이 이른 아침 마을을 떠나는 장면이 떠오른다. 험프리 홀로웨이에게 그 작품을 아느냐고 묻자 잘 알지만 한 글자도 기억나지 않는단다. 더 무슨 얘기를 하랴. 도로가 텅 비어서 날아가다시피 달리다가 아침 식사와 신문 구입이 가능한 시간에 미어●에 도착한다. 평소처럼 〈데일리 스케치〉▲의 "내부 정보"라는 기막힌 칼럼의 유혹을 뿌리칠 수가 없다. 지금까지 오싹하리만치 정확한 예측을 내놓았으니까. 그런 일이 어떻게 가능한지 알고 싶을 뿐이다.

〈타임스〉도 한 부 사서 읽는다. 이 신문도 나름대로 훌륭하지만 성격이 매우 다르다고 험프리 홀로웨이와 의견을 모은다. 우리는 다시 차를 타고 아까와 비슷하게 쌩쌩 달린다. 험프리 홀로웨이는 공연한 대화를 하지 않아서 좋다. 이런 면에서는 남자가 여

● 잉글랜드 윌트셔의 도시.
▲ 1909~1971년까지 간행된 영국의 타블로이드 신문.

자보다 훨씬 나은 것 같다. 얼마 후 그가 마침내 침묵을 깨더니 조금 돌아가더라도 스톤헨지를 보고 가자고 제안한다. 그것을 보면 지금 우리에게 닥친 문제가 얼마나 하찮은지 절감하게 될 거라면서.

나는 기꺼이 스톤헨지를 보고 험프리 홀로웨이의 말이 이론상으로 지당하다고 생각하지만, 과거의 경험으로 미루어 스톤헨지든 다른 기념물이든 아무리 크고 오래됐어도 현재 우리가 직면한 어려움을 무마할 수 없다는 것을 너무도 잘 안다. 메모: 이론과 현실은 다르지만 이런 얘기는 굳이 하지 말 것.

얼마 후 군인들이 빽빽이 앉아 있는 커다란 군용 트럭이 지나가는데 모두 무척 앳돼 보인다. 그들은 손을 흔들고 웃으면서 "우리는 지그프리드선에 빨래를 널리라"●와 "국경의 남쪽"▲을 부른다.

나도 손을 흔들어 주면서 1914년의 기억이 떠올라 침울해진다. 사기를 떨어뜨리는 기억을 얼른 떨쳐 내기 위해 험프리 홀로웨이에게 (평소처럼) 피난민들에 관해 물어본다. 그런 뒤 우리는 이런저

● 원제는 "We'll Hang Out the Washing on the Siegfried Line". 2차 세계 대전 초기에 발표된 곡으로, 지그프리드선은 전쟁 직전에 히틀러가 독일 서부 일대와 프랑스 사이의 국경에 구축한 요새선이다.
▲ 작곡가 마이클 카(Michael Carr)와 작사가 지미 케네디(Jimmy Kenedy)가 1939년 발표한 "멕시코 쪽 국경의 남쪽(South of the Border Down Mexico)"을 변형한 노래.

런 일화를 주고받는다.

험프리 홀로웨이는 아이들 사이에도 계층을 구분해야 한다고 주장한 어느 부유한 여자의 얘기를 들려준다. 이 여자는 사립학교에 다니는 부잣집 아이들은 무슨 일이 있어도 평범한 공립학교 아이들과 섞어 놓지 말아야 한다고 했단다. 경악할 노릇이다. 여기서 볼셰비키 혁명이 일어난다고 해도 몇몇 사람은 할 말이 없다는 그의 말에 진심으로 동의한다.

나도 내가 들은 이야기를 험프리 홀로웨이에게 들려준다. 웨일스 남부의 한 건축업자가 런던 학생 셋을 피난민으로 받았는데, 두 명은 밤마다 울고 한 명은 아무거나 때려 부수는 말썽꾸러기였다. 전부 내보내지 않으면 그의 아내가 당장 신경쇠약에 걸릴 판이었다. 결국 우는 아이들은 나이 많은 과부의 집으로 보내지고 말썽꾸러기는 교사와 숙소를 함께 쓰는 벌을 받았다. 딱 이틀 뒤 (며칠 더 걸렸을 테지만 극적인 효과를 위해 이틀이라고 한다) 과부가 피난민 숙소 관리 장교 앞에 세 아이를 모두 데리고 나타나 셋 다 자기가 돌보겠다고 선언한다. 말썽꾸러기는 눈물을 흘리며 두 동생을 작은 유아차에 태우고 과부 뒤를 따라갔다. 그 후로 어느 쪽에서도 불평은 나오지 않았다.

험프리 홀로웨이는 감동한 얼굴로 자기가 얘기한 게 바로 그런 거라고 힘주어 말한다. (그 순간에는 그럴듯하게 들렸는데 다시 생각해 보니 무슨 말인지 모르겠다.)

머리 위에서 윙윙거리는 소리가 들리는 바람에 대화가 끊어진다. 깜짝 놀라 위를 보니 날개 없는 기계가 낮게 날고 있는데 마치 커다랗고 괴상한 곤충 같다. 험프리 홀로웨이가 불쑥 묻는다. 방독면은 잊지 않고 챙기셨겠죠? 역시 연상 작용은 실패가 없는 모양이다. 여기서는 다들 방독면을 구비하고 다닐 거라고 그가 단언한다.

방독면을 쓰고 다닌다는 뜻인지 갖고 다닌다는 뜻인지 물어본다.

어깨에 메고 다닌다는 뜻이란다. 아니나 다를까 잠시 후 산울타리에서 블랙베리를 따 먹고 있는 아이들이 보이는데 모두 도시락통 같은 네모난 상자를 메고 있다.

그러고 나자 어디서나 방독면이 눈에 띈다. 끈 달린 마분지 상자는 유행에 뒤진 것 같으니 좀 더 예쁜 케이스가 필요할 것 같다. 흰색 방수 소재에서부터 빨간색과 파란색 체크무늬에 이르기까지 소재와 색상도 다양해 보인다.

퍼트니 힐*이 가까워지는데도 도로는 여전히 한산하다. 험프

● 1965년 런던에 통합된 런던 남부 퍼트니의 한 지역.

리 홀로웨이는 이런 적이 처음이라며 런던으로 들어가도 괜찮겠다고 한다. 대개는 외곽에서 차를 세우지만 이번에는 문제없을 거라면서.

그는 일방통행로를 씩씩하게 달려가더니 경찰의 제지를 받고 트래펄가 광장으로 차를 돌린다. 광장을 세 번쯤 돌고 나서야 스트랜드로 향하는 길에 제대로 들어선다. 또 한 번 일방통행로인 버킹엄가를 달리려 하는데 다행히 이번에는 내가 늦지 않게 말린다.

스트랜드는 무척 한산하지만 열심히 호객을 하는 방독면 케이스 장수들이 보도에 늘어서 있고 작고 허접한 데다 경박해 보이는 문서를 아돌프 히틀러의 유언장이라며 판매하는 사람도 있다.

로빈이 어디선가 들었다는 저속하고 유치한 수수께끼가 떠오른다. 침대 속으로 떨어진 히틀러가 한 말은? '드디어 폴란드에 왔군.' 험프리 홀로웨이에게 얘기할까 생각하다가 그만두기로 하고 문 앞까지 데려다줘서 고맙다고 예의를 갖춰 인사한다. 그는 차에서 내 짐 가방과 방독면을 꺼내 준 뒤 즐거운 여행이었다고 말하고는 떠난다.

9월 23일

버킹엄가의 작은 아파트 맨 위층에 짐을 풀었다. 가구가 잘 갖춰져 있고 로즈 사촌의 그림 취향도 만족스럽다(윌리엄 파월 프리스의 "더비 경마일"과 "램즈게이트 모래밭", "패딩턴역" 복제화들이 걸려 있다). 현재 상황을 잊게 해주는 훌륭한 도피처가 될 듯. 책상에 앉아서 글을 쓰기보다는 그림을 보며 많은 시간을 보내게 될 것 같다. ^{의문} 순전한 시간 낭비일까? 합당한 휴식으로 볼 수도 있지 않을까? ^답 로버트의 말처럼 그럴 수도 있고 아닐 수도 있다.

문득 집 생각이 나서 장거리 전화를 하려고 전화기 앞으로 간다. 3분에 반 크라운*이 든다는 교환원의 준엄한 말에 나는 전화를 취소한다. 대신 단돈 2펜스를 내고 로즈에게 전화해 수요일 점심을 함께 먹기로 한다.

요즘 많이 바빠? 내가 물어본다.

지금은 아주 한가해. 아직 대기 중이거든.

목소리를 들으니 어디에 지원할지 물어도 도움을 얻을 수 없을 것 같아서 전화를 끊는다.

● 영국의 옛 화폐로 약 5실링 또는 30펜스에 해당한다.

로즈보다는 분명히 정보부가 일자리를 내줄 가능성이 높을 테니까.

그나저나 블란셰 이모와의 약속도 지켜야 한다. 아델피 지하 세계에 가서 세레나 아무개를 찾아보고 퍼시 윈터개먼이 정신을 차렸는지도(이모의 표현이다) 알아보기로 마음먹는다. 그러려고 나가는데 1층 사무실에서 사람이 나오더니 자기가 이 건물 주인이며 맨 위층 전대를 사실상 허락하지 않았다고 한다. 그래도 어차피 들어왔으니 별수 없다면서 내가 몇 가지는 알아 두어야 할 것 같단다.

이 건물은 지은 지 300년 되었고 만약 지붕에 소이탄이 떨어지면(그가 **만약**이라고 가정했는지 아니면 기정사실처럼 얘기했는지는 확실하지 않다) 불쏘시개처럼 타버릴 것이다.

이곳은 공식적으로 위험 지대다.

지하실도 그리 안전한 대피처는 아니다.

계단이 매우 좁고 가파르며 나선형인 데다가 한밤중에 위급한 상황이 벌어지면 칠흑 같은 어둠 속에서 내려와야 하니 결국 목이 부러진 채로 1층에 도착할 가능성이 아주 높다.

그래도 이곳에서 잠을 자겠다고 하면 건물 전체에 나 혼자 있게 될 것이다. (위에서 말한 단점들을 종합해 보면 왜인지 알 것 같다.)

다행히 그는 좀 더 희망적인 얘기를 덧붙인다. 걸어서 2분 거리에 150명쯤 수용할 수 있는 공습 대피소가 있다는 것이다.

당장 어디인지 찾아보고 공습경보가 울리면 꼭 그리로 가리라 다짐한다.

집주인은 무슨 일이 일어나든 다 내 책임이라고 단언하며 대화를 마무리한다. 나는 말없이 수긍한 뒤 버킹엄가로 들어선다.

마음이 몹시 산란하지만 고개를 들어 보니 커다란 은빛 기구들*이 하늘을 아름답게 수놓고 있다. 순수하게 장식을 위해 써도 좋을 것 같은데 왜 여태 아무도 생각하지 못했는지 모르겠다.

아델피 지하 기지의 입구에 이르자 창백해 보이는 공습 대비대 관리 두 명이 철저하게 지키고 있다. 나는 블란셰 이모가 (추정컨대) 미스 세레나 아무개를 **통해** 마련해 준 통행증을 보여 준다. 그나저나 세레나의 성을 자꾸 '아무개'라고 부르는 습관을 빨리 고치지 않으면 면전에서 튀어나올지도 모른다.

● 적의 비행기가 다니기 어렵게 케이블로 묶어 띄워 놓은 대형 방공 기구를 말한다.

콘크리트로 포장된 비탈길을 한참 내려가자(저승의 신 하데스의 왕국으로 들어가는 페르세포네가 된 기분이다) 커다란 지하 동굴이 나온다. 구급차가 줄지어 서 있고 그 사이사이에 큰 승용차가 끼어 있다.

바지 입은 여자들이 여기저기 서 있거나 돌아다니고 있고, 완장을 한 남자도 많이 보인다. 뜬금없지만 사교 모임에서는 희귀종인 남자들이 이렇게 많이 모여 있는 곳은 평소에 보기 어렵다는 생각이 든다.

판자를 끼워 만든 칸막이마다 빨간 분필로 써놓은 안내 표지판을 보니 마음이 편치 않다. 여성 소독 구역. 경상자 처치 구역. 들것 부대. 그러다 잠시 후 '제1 매점'이라고 적힌 표지판과 화살표를 보고 안도하며 그쪽으로 향한다. 어둑하고 커다란 공간에 긴 탁자가 몇 개 놓여 있고 주전자와 접시가 쌓여 있는 카운터 안쪽에 주방이 있다. 적어도 150명쯤 되는 사람이 여기저기 서 있거나 앉아 있는데, 조금 전 출입구에서 본 사람들과 비슷해 보인다.

라디오에서는 누군가가 유치한 재담을 요란하게 떠들고 축음기에서는 시끄럽게 편곡한 "우리는 지그프리드선에 빨래를 널리라"가 흘러나오고 있으며, 한쪽에서는 시끌벅적한 다트 게임이 한창이다. 조금 어리둥절하지만 어차피 지금은 모두가 대기 중일 테고, 생각해 보니 나도 같은 입장이다.

담배 연기가 자욱한데 환기구는 보이지 않는다. 소음은 말할 수 없을 정도다. 여기서 이 모든 사람이 24시간 대기하며 야전 침대에서 잠을 잔다는 블란셰 이모의 말을 떠올리자 말문이 막힌다. 저들의 엄청난 헌신에 깊이 감탄하며 나도 할 수 있을까 자문해 본다. 아무래도 못할 것 같다.

머리카락이 검고 곱슬거리는 (다른 여자들처럼 바지를 입은) 아주 예쁜 여자가 내 귀에 대고 큰소리로 물어본다. 누구 찾아오셨어요? 예전부터 매력적인 사람이라고 느낀 세레나를 찾고 싶지만 아직 성도 모르는데 '혹시 세레나 아무개라는 사람이 있나요?'라고 소리칠 수도 없는 노릇이다. 별수 없이 전혀 매력적이지 않지만 이 지하 세계에서 내가 유일하게 아는 또 한 사람인 원터개먼 부인의 이름을 댄다.

예쁜 여자가 웃으면서 되묻는다. 아, 보핍* 할머니를 찾아오셨군요? 듣고 보니 누가 지었는지 몰라도 원터개먼 부인에게 꼭 어울리는 별명이다. 여자가 가리키는 곳을 보니 그녀는 매점 카운터에서 골드 플레이크 담배를 사고 있다. 어찌나 꼴사나운 행색인지.

---

* 영미권의 유명한 동요에 등장하는 양치기 소녀.

아무리 적게 봐도 예순여섯 살은 넘었는데 통 좁은 남색 바지와 반소매 울 스웨터를 입고 백발의 곱슬머리는 악동처럼 마구 헝클어 한껏 부풀렸다. 키는 150센티미터 남짓하고 마른 체구이지만 활동적인 모습으로 열두 명쯤 되는 남자 구급차 운전자와 신나게 떠들고 있다.

예쁜 여자가 아주 진지하게 내게 귀띔하길, 보픔 할머니는 아델피의 햇살이란다.

나는 진저리를 내며 내가 잘못 생각했다고, 저 사람을 만나러 온 게 아니라고 서둘러 말한다. 하지만 이미 윈터개먼 부인이 나를 보고 말았다. 그녀는 춤추는 듯한 걸음으로 다가오더니 노래하는 듯한 투로 이게 웬일이냐며 무척 반갑다고 한다. 지나치게 다정한 투로 대꾸하는 내 목소리에 신물이 난다.

그녀는 애정을 가득 담아 블란셰 이모의 안부를 묻는다. 이모가 사랑을 전해 달라 했다고 하자(솔직히 이런 말을 전혀 하지 않았다고 **확신**할 수 없으니까) 윈터개먼 부인은 너그러운 미소를 지으며 말한다. 가엾은 블란셰는 전쟁을 벗어나 시골에 가 있는 편이 낫고 그래야 행복할 거라고. 그런 뒤 이곳을 구경시켜 주겠다고 제안한다.

우리는 밤낮없이 대기하고 있는 구급차와 자동차 들을 둘러

본다. 차량마다 번호판과 들것 부대 표시가 붙여져 있다. 적십자 기지는 적절한 장비가 갖춰지고 완벽하게 정돈돼 있는 듯 보이지만 여자 대기실은 전혀 그렇지 않다. 모양이 제각각이고 불편해 보이는 작은 야전 침대들이 빽빽하게 들어차 있고 조립식 벽면을 빙 둘러 고리마다 양철로 된 철모가 걸려 있으며 나무 걸상 두 개와 공습경보 시 행동 요령이 쓰인 커다란 종이가 보인다. 여자 몇 명이 (역시 바지와 스웨터 차림으로) 지친 듯 야전 침대 위에 웅크리고 있고 담배 연기가 자욱하다.

게다가 이곳은 매점과 구급차 대기 구역 사이에 끼어 있는 탓에 이 시끄러운 건물 안에서도 소음이 가장 심하다. 구급차 구역에서 이따금 시동이 걸리고 5분간 운행하는 소리가 들린다. 매점의 라디오 소리와 축음기 소리가 뚜렷이 들리고, 어딘지 멀지 않은 곳에서 아마추어가 "국경의 남쪽"을 피아노로 연주하는 소리도 들려온다.

이런 곳에서 잠을 잘 수 있냐고 소리쳐 묻자 윈터개먼 부인은 정말 그렇다면서 윈스턴 처칠이 내각에 있어서 마음이 놓인다고 대꾸한다. 결국 내가 문밖으로 나가서 같은 질문을 되풀이하자 그제야 제대로 알아듣는다.

윈터개먼 부인은 (아주 밝은 모습으로) 젊은 사람들은 어디서나 잘 자고 자기처럼 늙은 사람은 어차피 아무것도 중요하지 않다고 단언한다. 지난 전쟁 때 자기는 후방에 있는 우리 병사들과 사실상 나란히, 최대한 참호와 가까운 곳에서 견뎠단다. 키치너 경*은 그녀에게 여러 번 말했다. 원터개먼 부인, 규정이 허락한다면 저는 빅토리아 훈장을 부인에게 수여하자고 할 겁니다. 물론, 그건 말도 안 되는 소리라고 그녀는 겸손하게 덧붙인다(나도 같은 생각이다). 그러나 키치너 경은 그녀에게 유별나게 잘해 주었다. 솔직히 사람들이 그를 여성 혐오자라고 하는 이유를 도무지 모르겠다고 한다. 어쩔 수 없는 일이다. 그녀는 오히려 전쟁에서 특권을 누렸다고 생각한단다.

혹시 크림 전쟁을 말하는 거냐고 묻고 싶지만 꾹 참고 대신 지금 이곳에서는 무슨 일을 하냐고 묻는다. 뭐, 지금은 대기 중이죠. 원터개먼 부인은 담배에 불을 붙여 입 한쪽 끝에 비스듬히 물며 대꾸한다. 하지만 상황이 발생하면 승용차를 몰 거예요. 원래 구급차 운전을 지원했는데 알고 보니 (하하하) 자기가 너무 작더란다. 페달에 발이 닿지 않고 핸들을 돌릴 수도 없다나.

원터개먼 부인이 손과 발을 내보이자 왜인지 알 것 같다. 내 눈에는 유독 노쇠한 짐승의 발처럼 보인다.

---

* 1차 세계 대전에 참전한 영국의 육군 장관인 호레이쇼 키치너를 말한다.

계속해서 그녀는 어차피 자기는 무얼 하든 상관없다고 한다. 여기든 저기든 어디든 일손을 보태고 그러면서도 모두를 즐겁게 해주면 그만이죠. 사람들은 가끔 그렇게 늘 베풀기만 하면 몸이 상한다고 걱정하지만 그때마다 난 이렇게 말한답니다. 그럼 좀 어때? 누가 신경이나 쓰나?

나는 전적으로 동의하는 바이고 그렇게 말해 주고 싶다. 빨간 러닝셔츠와 군용 반바지를 입고 완장을 한 거칠어 보이는 사내가 지나가자 원터개먼 부인은 기분 좋게 소리친다. 어이! 그는 대꾸하지 않지만 그녀는 내게 그 사내가 폭파 특공대이고 자신에겐 특별하고도 소중한 친구라 자주 놀린다고 설명한다.

나는 매정하게 침묵하다가 원터개먼 부인이 매점에서 커피를 마시며 담배를 피우자고 하자 조금 머쓱해진다. 우리는 비교적 사람이 없는 테이블에 앉는다. 축음기에서는 "지그프리드선"이 나오고 라디오에서는 "어둠 속에서"*가 나오고 있다. 뜻밖에도 커피가 훌륭해서 보핍 할머니의 흥겨운 수다를 견디는 데 도움이 된다. 그녀는 과거와 현재의 전시 일자리에 대해 아직 할 말이 많은 것 같다.

공기가 탁하고 담배 연기가 자욱한 데다 정신적으로 몹시 지

● 원제는 "In the Shadows".

쳐서 기절할 것 같다. 윈터개먼 부인은 저러다가 반도 전쟁, 심지어는 장미 전쟁까지 회상하는 게 아닐까 싶다.

때마침 크고 날카로운 호루라기 소리가 연이어 들려오는 통에 퍼뜩 정신을 차린다. 윈터개먼 부인은 (작은) 산양처럼 벌떡 일어나더니 훈련을 위한 모의 공습경보니 겁먹을 필요 없다고 다독인다. (나는 겁먹지 않았고 그럴 생각도 없으며 설사 그렇다 해도 티 내지 않았는데 말이다.) 그녀는 자리로 돌아가야 한단다. 그러곤 곱슬머리를 흔들며 재빨리 달려가 문밖으로 나갔다가 다른 문으로 들어와 (이제는 곱슬머리를 철모로 가린 채) 계속 달려가면서 가죽 재킷을 입는다. 다른 수많은 사람도 똑같이 하지만 그녀만큼 서두르진 않는다.

구급차 여러 대의 시동이 걸리는 소리가 들리고 잠시 축음기와 라디오가 꺼진다.

윈터개먼 부인이 소중하고 재미있는 폭파 특공대라고 했던 무리가 구석에서 벌이던 흥겨운 다트 게임이 불쑥 중단되고, 매점 직원들만 남아 빵과 바나나, 초콜릿 비스킷 등이 담긴 접시를 옮기며 열심히 수다를 떤다. 그중 한 명이 옆 사람에게 말하는 소리가 뚜렷하게 들린다. 런던의 거의 모든 기관은 당장 일거리가 없어서 일하려 몰려든 사람 수백 명을 돌려보내고 있다는 것이다.

"지금은 할 일이 없으니까." 그녀가 우울하게 덧붙인다. 그러자 그녀의 친구는 전국이 다 마찬가지라고 대꾸한다. 여성 농경 부대[●]만 해도 지원자 수천 명을 돌려보냈고 민간 항공의 경우에는…….

민간 항공의 상황을 들으려 하는데(어차피 모두 대기 중이라고 했을 테지만) 블란셰 이모의 친구가 온다. 세레나 아무개라는 젊고 예쁜 여자. 눈이 크고 둥근 데다가 몸무게는 50킬로그램 남짓일 것 같다. 남색 바지만 끊임없이 보다가 갈색 바지를 보니 위안이 되고, 위에는 주황색 스웨터와 주황색 가죽 재킷을 걸쳤다. 전체적인 분위기가 밝고 세련돼 보인다. 내가 똑같이 입어도 똑같은 효과가 나올까 하는 부질없는 의문이 잠시 머리를 스치지만 곧 상식의 목소리가 나를 일깨운다. 세레나와 나는 나이 차이가 엄청나게 많이 나니 밝은 옷을 입었을 때 차이도 엄청날 거라고. _{생각해 볼 만한 흥미로운 문제:} 여자는 누구나 스물다섯 살을 한참 전에 지나왔다는 것을 분명하게 인지하면서도 자기가 그때와 똑같은 모습일 거라고 생각하지 않나?

놀랍게도 세레나는 나를 무척 반가워하며 일하러 왔느냐고 열의 있게 묻는다. 그렇다고 할 수도 있고 아니라고 할 수도 있다

● 1917년 1차 세계 대전 때 군대에 소환된 남자들을 대신해 여성들을 농사에 투입하기 위해 결성된 영국의 민간 조직으로, 1919년에 해체되었다가 1939년 4월에 부활했다.

고 애매하게 대꾸한다. 나라를 위해 일하고 싶은 마음은 간절하지만 지금까지 이러저러하게 시도해도 늘 좌절에 부딪쳤다고 솔직하게 털어놓는다.

세레나는 맞장구치며 자기도 다 안다고 대꾸한다. 그녀도 전쟁이 선포되기 이틀 전에 이곳 지휘관에게 달려와 바닥이라도 닦겠다고 제안하지 않았더라면 지금 여기 있지 못했을 거라고 한다. 지휘관은 그녀의 제안에 그럼 차를 몰면 되겠다고 했다.

그래서 차를 몰고 있어요?

세레나는 한숨을 쉬더니 큰 눈을 굴리며 딱 한 번 스트레텀*에 지휘관의 세탁물을 가지러 다녀왔다고 한다. 그런데도 다른 운전자들이 무섭게 질투했다. **모두** 대기하는 것 말고는 할 일이 없기 때문이다.

왜 모의 공습 훈련에 참여하지 않냐고 묻자 세레나는 비번이라고 한다. 현재 불편하게도 벨사이즈파크▲에 살고 있는데, 너무 지쳐서 거기까지 갈 수 없다는 것이다. 그러나 지난번 모의 훈련이 흥미진진했다면서 한편으로는 놓쳐서 아쉽다고 한다. 운전반의 모팻인지 머펫인지 하는 여자가 첫 타자로 차를 몰았거든요. 막 주

● 런던 남부의 지구.
▲ 런던 북서부 햄스테드의 주거 지역.

행 시험을 통과한 모양인데 도대체 어떻게 통과했는지 모르겠더라니까요. 경사로를 올라가서 모퉁이를 돌아 아델피로 다시 들어와야 하는데, 바로 쏜살같이 직진하더니 지휘관을 아슬아슬하게 비켜 가고 서 있던 남자 몇 명을 넘어뜨린 뒤 후진해서 뒤에 있는 차의 범퍼를 받았지 뭐예요. 정말이지, 차 안에 타고 있던 들것병 네 명의 철모가 튀어 오르는 게 **보일** 정도였어요. 세레나는 힘주어 말한다. 이 극적인 사건으로 모펫인지 머펫인지는 바로 해고되었다.

이윽고 세레나는 내게 커피와 담배를 권한다. 내가 고맙지만 벌써 둘 다 해결했다고 하자 세레나는 정말이지 이 전쟁은 바지 입은 여자들이 커피와 담배로 버티며 다 치르고 있다고 단언한다. 참, 바지 얘기가 나와서 말인데, 보펍 할머니 보셨어요? 네, 봤어요. 세레나는 한바탕 깔깔거리며 덧붙인다. 그래도 이번 전쟁이 **나름대로** 재밌지 않나요? 나는 무슨 말인지 알 것 같다고(진심이다), 지금껏 일어난 어떤 전쟁과도 다르다고 동조한다. 게다가 모두가 끊임없이 언제 무슨 일이 벌어질지 궁금해하고 있다. 세레나는 맞다고 서글프게 동의하더니, 계속해서 말을 잇는다. 그렇다고 막상 그렇게 얘기하면 다들 기막히다는 듯이 그럼 독일이 폭탄을 떨어뜨려 트래펄가 광장의 넬슨 기념탑이 쓰러지길 **바라는** 거냐고 따진다니까요. 그녀는 분개한 목소리로 덧붙인다. 그런데 켄싱턴의

앨버트 홀이 무너지는 것을 예로 드는 사람은 아무도 없어요. 그런 거라면 저는 아무렇지도 않을 것 같은데.

이윽고 블란셰 이모와 우리 집에 들인 피난민들에게로 화제가 옮겨 간다. 세레나는 블란셰 이모가 어떻게 보핍 할머니와 그렇게 오랫동안 함께 살았는지 모르겠다고 한다. 피난민 얘기를 들려주자 착한 아이들이 와서 참으로 다행이라고 한다. 그러곤 문득 생각났다는 듯이 불쑥 묻는다. 이는 없죠? 아마 없을 거예요. 그런 애들은 **전혀** 아니거든요. 가정 교육을 잘 받은 얌전한 아이들이고 어떨 때 보면 로빈과 비키보다도 더 잘 자란 것 같다니까요. 그 말에 세레나는 예의상 소리친다. 그럴 리가요!

매점으로 화제가 바뀐다. 이곳은 아주 잘 운영되고 있으며 핫초콜릿에 유막이 떠 있지도 않다. 세레나는 이게 정말 어려운 일이라고 한다. 게다가 24시간 교대 근무로 밤낮없이 문을 연다. 여자 대기실에서 잠을 잘 수나 있냐고 묻자 세레나는 가끔 잠이 들기도 한다고 애매하게 답한다. 그래도 웬만하면 집에 가서 잠을 잔다. 그녀의 집에서는 오스트리아 빈에서 온 유대인 난민 네 명이 지내고 있는데 그들이 훌륭한 고향 음식을 만들어 주기도 한다. 좋은 사람들이지만 솔직히 너무 많은 것 같단다. 원래 한 명만 받았는데 어쩌다 보니 자기도 모르는 사이에 차츰 어머니와 사촌, 어린 소년

이 합류했다. 네 사람이 방 한 칸과 부엌을 함께 쓰고 있고 세레나는 남은 침실과 응접실을 쓰지만 집에 거의 가지 않는다고 한다.

버킹엄가의 내 아파트를 편하게 써도 좋다고 하자 세레나는 잘됐다면서 지금 가서 목욕을 해도 될까 묻는다.

그럼요.

우리는 바로 짐을 챙기러 여자 대기실로 들어간다. 세레나는 마치 해먹처럼 바닥에서 7~8센티미터쯤 떨어진 채로 기둥에 허접하게 매달아 놓은 작은 캔버스 천을 내게 보여 준다.

이게 침대예요?

그렇다니까요. 제 의사 친구가 이곳을 보고는 눈살을 찌푸리며 이런 침대를 오래 쓰면 신장이 엉덩이 쪽으로 내려가서 치명적인 영향을 미친다는 묘한 얘기를 했답니다.

나는 세레나를 꼭대기 층 아파트로 데려가 여분의 열쇠를 건네며 아무 때나 와서 제대로 된 침대에서 쉬라고 한다. 이 침대는 그녀의 야전 침대처럼 치명적이지 않을 테니까.

그 말에 세레나가 천사 같다면서 생녕의 은인이라고 하자 가슴이 뭉클해진다.

단, 그녀가 자기 성을 알려 주었는지, 그렇다면 정확히 무엇인지 기억나긴 바랄 뿐이다.

9월 23일

우리 교구 목사님에게서 엽서가 왔다. 노섬벌랜드에 있는 친구에게서 편지를 받았는데 그 집에 배정된 피난민 교사 둘은 **아주 선량하다**는 내용이다. 최근에 나눈 대화 때문에 내게 꼭 알려 주고 싶었단다. 이 교사들은 침대를 정돈하고 아이들과 놀아 줄 뿐 아니라 감자 캐기도 돕고 있다. 교사들에 대해선 언제나 불평만 터져 나온다는 얘기를 주고받았는데, 다행히도 그게 아니었다고, 분명히 예외도 있다고 한쪽 귀퉁이에 적혀 있다.

그렇다면 다행이지만 누군가는 학부모 중에도 가끔은 선량한 사람이 있다고 하려나 궁금해진다.

어쩐지 아닐 것 같다.

당장 떠오르는 거의 모든 사람에게 전화하거나 편지를 써서 전쟁과 관련된 일자리가 있는지 알아보는 데 많은 시간을 쏟는다.

트래펄가 광장에 나가 보니 넬슨 기념탑의 굽도리에 **당신**은 어떤 일을 하겠냐고 묻는 거대한 포스터가 붙어 있다.

런던의 다른 광고판에도 간호사 30만 명, 구급차 운전사 4만 1천 명, 공습 대비대 감시원 50만 명을 구한다는 광고들이 붙어 있다. 이렇게 많은 사람을 원한다는 기관에 연락할 때마다 벌써 문 앞에 지원자가 10킬로미터쯤 줄 서 있다는 대답이 돌아 온다.

W. 프로비셔 경이 자신의 오랜 친구라면서 내게 이름을 알려 준 BBC의 유력 인사에게 전화하자 그는 질렸다는 투로 말한다. 벌써 수많은 **일류** 작가와 강연자가 언제든 불러 달라고 이름을 남겨 놓았으니(말투로 봐서 그쪽에서는 부를 의향이 전혀 없는 것 같지만) 나까지 쓰게 되지는 않을 거라고. 물론, 그렇긴 해도 일단 대기 중이라 생각해도 좋다나.

나는 알았다고 하며 전화를 끊는다.

내게 유일한 빛이 되어 준 사람은 세레나 아무개다. 뜬금없는 시각인 오후 2시에 욕실에서 그녀의 소리가 들리더니(그녀는 욕실 문에 '사용 중'이라는 표지판도 붙여 놓았다) 할 얘기가 있어서 왔다고 한다. 정보부에서 일하기 **전까지** 아델피 매점에서 자원봉사라도 하면 어떻겠냐는 것이다. 가끔 일을 돕고 야간 교대를 해주면 아델피에서도 좋아할 거라면서.

정보부 얘기는 어물쩍 넘기고 덩실 매점 일을 돕겠다고 나선다. 세레나는 정말 잘됐다며 오늘 저녁에라도 자기가 소개해 주겠다고 한다.

그건 그렇고, 공습 대비대 쪽에서 중요한 인물이라는 핀플리턴 준장님을 만나 보실래요? 세레나는 자기가 잘 아는 사람이라며 내가 간다고 하면 전화해 놓겠다고 한다. 그 사람은 다른 곳에서 나를 채가기 전에 내가 할 일을 찾아 줄 거란다.

나는 그런 얘기는 하지도 말라고 애원하면서도 어쨌든 기꺼이 핀플리턴 준장님을 만나 보겠다고 한다. 할 일을 찾아 줄 가능성이 조금이라도 있다면 말이다. 어떨 것 같아요?

세레나는 소방차든 다른 차든 운전하게 되거나 환자 소독 일을 맡게 될 거라고 확신한다. 그나저나 방독면은 있죠? 대체 그걸 쓰고 어떻게 버틸지 모르겠어요. 저는 2분만 쓰고 있어도 졸도할 것 같더라고요. 저녁에 가끔 쓰고 있는 연습을 해야지 싶어요.

딱히 아름다운 광경은 아닐 테지만 세레나의 말도 일리가 있으니 언제 저녁을 함께 먹고 방독면을 쓰고 버티는 연습을 해보자고 제안한다.

헨리 월포드 데이비스의 음악을 틀어 놓아도 좋겠네요.

그럼 정말 좋겠는데요. 그런 뒤 세레나는 검은 종이를 구해서 우리 집 창문에 압정으로 꽂아 놓겠다고 제안한다.

그나저나 핀플리턴 준장님은 귀가 잘 안 들리니 전화보다는 편지가 낫겠다고 덧붙인다.

9월 25일

펀플린턴 준장이든 정보부든, BBC나 다른 어느 곳이든 나를 불러 주지 않는다.

펠리시티 페어미드는 내가 무척 바쁠 것 같다며 무슨 일이든 기꺼이 할 테니 와서 도울 일이 없냐고 편지로 물어 온다.

로즈는 반신료까지 선납한 전보를 보내 영국 의사회에 지원하고 싶은데 혹시 거기에 연줄이 없냐고 묻는다.

우리 로빈은 내가 과로할까 봐 걱정된다며 나라를 위해 정확히 어떤 일을 하는지 알고 싶다는 편지를 보냈다.

지하 세계에서 나와 보핍 할머니 사이에 (나로서는 원치 않는) 떠들썩한 재회 장면이 펼쳐진다. 그녀는 한밤에 나와 마주 앉아 커피를 마시고 담배를 피우면서 큰 소리로 말한다. 다시 오다니 어쩐 일이에요? 아이고, 그런 게 **진짜** 모범을 보이는 거죠.

주위에 있던 사람들은 그 말을 듣고 하나같이 못마땅한 얼굴로 나를 본다. 나는 어차피 지금은 할 일이 없다고 설명한다.

윈터개먼 부인은 아랑곳없이 계속 떠든다. 나를 보니 1914년 전선에서 자기가 운영한 커피 가판대가 떠오른다나. 사내들이 얼마나 좋아했는지 모른다. 자기도 좋아했고 로버트 경도 좋아했나.

뭐, 이제는 할머니가 됐으니 뒤에서 조용히 사람들이 힘을 내도록 최대한 돕는 데 만족해야죠.

내게는 개탄스러운 일이지만 폭파 특공대와 들것 부대 대원들, 구급차 운전사들까지 윈터개먼 부인을 무척 좋아하고 따르는 게 사실이다.

세레나는 그들이 저급한 사람들이라고 한다. 요전 날 그중 두 명이 싸움을 벌였고 구급차 운전사가 둘을 떼어 놓으려다가 흠씬 두들겨 맞았다.

얘기를 더 듣고 싶지만 저녁 시간이라 사람들이 몰려들기 시작하니 그만 가는 게 좋겠다.

9월 27일

한 달 전에는 생각지도 못한 낯선 일상이 이제는 너무도 익숙해졌다. 미래를 그린 허버트 조지 웰스의 초창기 소설들이 떠오른다. 이제 그는 확실한 예언자로 자리매김한 것 같다. 왜 모든 예언은 항상 불온한 건지, 왜 늘 유쾌하지 못한 미래가 예견되는 건지 궁금하다. 아무래도 예언자들은 미래의 밝은 면에는 둔감한 모양이다.

9시부터 12시까지 비교적 영향력 있는 친구들에게 전화해 정부에서 내가 할 수 있는 일이 있는지 알아본다. 그중 한 명은 런던 의회 구급차 운전을 맡았다고 한다. 부아가 나면서도 그런 일을 어떻게 맡았는지 궁금하다. 두 명은 이미 많은 사람이 같은 질문을 했고 내가 적어도 열 번째는 될 거라면서 도울 길이 없다고 한다. 나머지 두 명은 **기다려야** 한다고, 때가 되면 일을 할 수 있을 거라고 다독인다.

괜히 스스로에게 묻는다. 이러려고 집을 떠났나?

양심이 거만하게 답한다. 내가 집을 떠난 이유는 첫째, 전쟁 기간 내내 집안일이나 하며 소일하고 싶지 않아서이고, 둘째, 런던에서 멀리 떨어진 데번주에 있으면 세상과 단절된 기분이 들기 때문이며, 셋째, 비상시에 로빈이나 비키에게 가려면 중심지인 런던에 있는 편이 더 수월할 거라는 막연한 추측 때문이라고.

로즈를 만나 점심을 먹는다. 로즈는 런던의 모든 병원에 지원했는데 성과가 없었다고 한다. 그러면서 우울하게 덧붙이길, 병원은 이미 일손이 넘쳐나고 병상은 전부 비어 있는데 아무리 아파도 들어갈 수가 없어. 직원들은 할 일이 없어서 매일 밤 10시에 잠자리에 들고 다음 날 아침 11시나 돼서 출근한다니까. 간호사들도 할 일이 없어서 저희끼리 싸우고 서로 머리에 부목을 집어 던지고 있네.

나는 걱정을 표하지만 지난 3주 동안 똑같은 얘기를 여러 번 들은 터라 놀라지 않는다. 그러곤 조만간 정부에서 내게 아주 중요한 일자리를 제안할 거라고 대꾸한다. 로즈의 표정을 보니 전혀 믿지 않는 눈치다. 그녀는 의심 가득한 얼굴로 세레나가 일하는 곳의 매점에 야간 봉사를 지원했냐고 묻는다. 나는 차분하고 근엄하게 대꾸한다. 누가 데려가 주기만 한다면 당장 그럴 생각이야.

내 말에 로즈는 한바탕 웃음을 터트린다. 전쟁 때문에 히스테리에 시달리는 거냐고 묻고 싶지만 참는다. 우리는 커피를 한없이 마시며 얘기를 이어 간다. 로즈는 발칸 국가들과 스탈린의 태도, 이번 주에 런던 공습이 일어날 가능성이 얼마나 되는지, 전쟁이 얼마나 지속될지 등에 대한 의견을 얘기한다. 나 역시 지그프리드 선이 견고한지, 미국의 중립은 어떠한지, 히틀러가 루마니아를 어떻게 할지, 석유 배급이 이 나라 전체에 어떤 영향을 미칠지에 대해 신중한 의견을 내놓는다.

마지막으로 우리는 어디서든 소식이 오면 서로 알려 주기로 약속하고 헤어진다. 막판에 로즈가 자신 없는 투로 혹시 블로필드 부부를 기억하냐고 묻는다. 아치볼드 블로필드 경이 정보부에 있다던데 전화해 보는 게 어때?

오후에 그 집에 전화하자 레이디 블로필드가 수화기 너머에서 처연한 목소리로 당연히 나를 기억한다면서 그 옛날 좋은 시절에 발레스큐르*에서 만나지 않았냐고 한다. 내 평생 발레스큐르라는 곳에는 발을 들여놓은 적이 없지만 그냥 넘어가기로 하고 나라를 위해 강연이나 저술, 심지어 속기도 할 수 있는데 혹시 이런 재주를 원하는 사람이 주위에 있느냐고 물어본다.

레이디 블로필드는 한바탕 웃으면서(이렇게 슬픈 웃음은 처음 들어 보는 것 같다) 자기 남편의 사무실 앞에 이미 유능한 지원자가 수천 명 줄을 섰다고 대꾸한다. 물론 **때**가 되면 모두 뭔가를 하게 되겠지만 당장은 할 일이 아무것도 없다. 아무것도, 정말 아무것도! 이 마지막 말에 말할 수 없는 허무감이 밀려들어 사기가 바닥까지 떨어지지만 다시 힘을 끌어모아 인사를 한다. 대단히 감사하다고. (대체 뭐가?)

레이디 블로필드가 묻는다. 여성 농경 부대에 연락해 봤어요?

아뇨. 셔츠와 장화와 반바지 차림으로 쟁기를 드는 일이라면 제가 딱히 도움이 될지 모르겠네요.

레이디 블로필드는 무겁게 한숨을 쉬며 안타깝다고, 진심으로 안타깝다고 한다. 정말이지 누구든 할 수 있는 일이 아무것도 없

---

* 아름다운 경관과 호화 리조트, 골프장으로 유명한 프랑스 동남부의 지역.

다면서. 머리 위로 폭탄이 비 오듯 쏟아지길 기다리는 수밖에.

나는 그런 일은 절대 일어나선 안 된다고 하며 아치볼드 경의 안부를 묻는다.

아이고, 말도 말아요. 저러다 죽죠. 당장 죽는 건 아니지만 정말 죽겠다니까요. 일요일도 없이 하루 열여덟 시간씩 일하면서 먹지도 자지도 않는답니다.

나는 다시 한 번 용기를 낸다. 그럼 제가 뭐라도 도와드리면 가끔 식사라도 편히 하실 수 있지 않을까요? 이 말에 블로필드 부인은 그런 게 아니라고 한다. 결국 모두가 (그러니까 당장 공습 때문에 사라지지만 않는다면) 일을 하게 될 거라고, 하지만 지금은 **기다려야** 한다고. 나는 조금 짜증스러운 투로 묻는다. 얼마나요? 그녀는 사람마다 의견이 다르지만 이 전쟁은 수년 동안 이어질 가능성이 높다고 한다. 아치볼드는 정확히 22년 6개월 정도로 추정하고 있다. 레이디 블로필드의 얘기를 계속 듣고 있다가는 자살 충동이 일 것 같아서 전화를 끊는다.

6시 뉴스에서 정부의 예산안 발표를 들으려 하는데 전화벨이 울린다. 누군가가 급하게 내게 일을 맡기려는 게 틀림없다고 생각하며 전화기로 달려간다.

옛 친구 시시 크래브가 일자리를 부탁하려고 전화했다. 나도 모르게 지껄이는 소리에 경악한다. 결국엔 모두가 필요한 사람이 되겠지만 지금은 **기다리는** 것 말고는 할 일이 없어.

예산안을 들어 보니 모두가 예상한 것보다 더 가혹하다. 요리를 배워서 전쟁이 끝나면 집에 하숙인을 들이는 계획을 황급히 세워 본다. 아무래도 지금은 그게 유일한 희망인 것 같다.

9월 28일

지하 세계로 가기 전에 이제는 습관이 된 의식을 치른다. 창문에 갈색 종이를 압정으로 고정하고 커튼을 닫는 것이다. 밤은 그렇게 어둡지 않고 어차피 2분만 걸어가면 된다.

내가 도착하자 세레나가 바지와 작은 스웨이드 재킷, 철모 차림으로 커다란 눈을 반짝거리며 나타나서는 한 시간 동안 비번이니 나가서 커피를 마시자고 한다.

우리는 발로 보도 가장자리를 더듬으며 조심소심 걸어 라이언스 코너 하우스˙에 이른다. 입구를 보강하기 위해 그 앞에 모래

● 당시 영국에서 식품 제조업과 요식업, 호텔 사업을 운영한 J. 라이언스사의 식당 체인 가운데 대표 식당으로, 주로 런던의 번화가에 있었다.

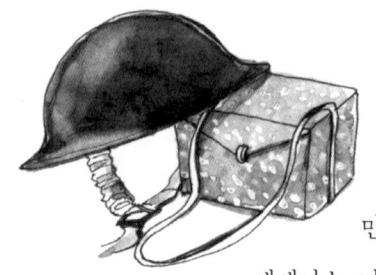
주머니들을 높이 쌓아 올렸고 사이사이에 난 작은 구멍에 색을 칠하지 않고 '들어오는 문'과 '나가는 문'이라고만 쓴 나무 조각 두 개를 끼워 놓았다.

세레나는 마분지에 평범하게 써놓는 것보다 훨씬 더 전시의 느낌을 주는 것 같다고 한다.

그녀는 철모를 벗고 새 방독면 케이스를 보여 주더니(아주 우아하고 예쁜 빨간색에 흰색 물방울무늬가 있으며 방수도 된다), 자기가 대기하면서 계산해 봤는데 **분명** 소득세가 소득을 초과할 거라고, 딱 그렇게 생각하면 간단하다고 푸념한다. 그게 그렇게 큰 문제냐고 묻자 세레나는 전혀 아니라고 하며 커피를 주문한다.

그러곤 계속 말을 잇는다. 우리가 지난번에 만난 이후 언제나처럼 지하 세계에서 빈둥거리고 있었는데, 오늘 오후에는 모두가 쇼크 관리 방법에 관한 강연을 들어야 한다는 지시가 내려왔다. 세레나는 오히려 할 일이 생기면 쇼크를 받을 것 같다고 한다. 나는 레이디 블로필드와 나눈 대화를 들려준다. 전쟁이 22년 동안 지속될 수도 있다는 대목에서 세레나는 쳇! 하고 콧방귀를 뀌더니 이틀 전에 공군에서 일하는 아주 좋은 사람과 술을 마셨는데 그는 길어야 6개월이라고 했다는 것이다. 게다가 그는 정보에 꽤 밝은 사람이다.

매점으로 화제가 넘어가자 나는 으깬 감자와 소시지는 두 번 다시 먹지 않을 거라고 못을 박는다. 우리는 소득세 얘기를 좀 더 나누고, 히틀러의 가장 큰 문제는 '도무지 가만 있지 못하는 것'이라 했다는 매점 미화원의 말을 화제로 올린다. 방공 기구 얘기가 나오자 세레나는 대단한 내부 정보를 들려주려는 사람처럼 목소리를 낮추며 11월에 그 기구들을 모두 내릴 거라고 속삭인다. (내가 분개하며 왜냐고 묻자 그녀는 확실한 이유를 대지 못한다.)

함께 담배를 피우고 커피를 더 주문한 뒤 나는 세레나에게 방공 기구가 어떤 역할을 하는지 잘 모르겠다고 솔직하게 털어놓는다. 세레나는 설명해 주겠다고 한다(조금 거만해 보이지만 받아들이는 수밖에). 나는 옛날 돛단배의 망대에 사람이 앉아 있었던 것처럼 그 기구 안에 사람이 들어가 망을 보는 터무니없는 상상을 했다고 털어놓는다. 또 어디선가 그 기구들이 보이지 않는 철망으로 서로 연결돼 있는데, 여기에 전기가 흘러 적의 항공기가 접근하면 바로 사살로 이어진다는 설명을 듣기도 했다. 아마 이 설명도 세레나에게서 나왔을 것이다.

그러나 세레나는 전기 철망 이론을 묵살하고는 기구 하나하나가 제각기 그 아래 있는 커다란 트럭과 연결돼 있고, 이 트럭에 사람이 앉아 망을 본다고 한다. 그녀는 실제로 헤곤성 잎에서 그런 트럭을 본 적이 있는데 안에 사람이 앉아 신문을 읽고 있었고 옆에서는 다른 사람이 작은 석유 곤로로 요리를 해주고 있었다.

잠시 후 세레나는 그만 **가야 한다**고, 정말 **가야 한다**고 단호하게 말한다.

그런 뒤 우리는 20분쯤 더 뭉그적거린다. 그러다 결국 일어나지만 세레나가 방독면을 놓고 오는 바람에 찾으러 돌아간다. 웨이터가 방독면을 내주면서 케이스 안쪽에 이름을 써 놓아서 다행이라고 한다. 하루에 대여섯 명은 방독면을 놓고 가는데 그중 절반은 아무것도 쓰여 있지 않고 나머지 절반은 '버트'나 '엄마', '우리 스탠니'라고 쓰여 있어서 주인을 찾아 줄 수가 없다는 것이다.

세레나는 그에게 고마움을 표하고 나는 세레나를 지하 세계 입구까지 데려다준다. 그녀는 철모를 흔들면서 지하 세계 안으로 사라지며 내게 단언한다. 누가 보기라도 하면 지각으로 해고되고 말 거라고.

9월 30일

세레나가 자기 집에서 차를 마시자고 초대했다. 집에 있는 유대인 난민들이 브롬리*로 친척들을 만나러 간다고 했다는 것이다. 그녀는 그렇다고 그들이 나가길 바라는 건 아니라고, 실제로 그들을 좋아하지만 그래도 없을 때는 집이 좀 한산하게 느껴진다고 덧붙인다.

도착해 보니 그중 가장 나이 많은 난민은 마음이 바뀌어 집에 남아 있다. 그는 편지를 써야 한다고 한다.

세레나가 나를 소개하지만 그쪽은 영어를 못하고 나는 독일어를 못하는 탓에 그저 악수하고 허리 굽혀 인사한 뒤 빙긋 웃으면서 또 악수를 한다. 그는 가부장적이고 위엄 있어 보이지만 큰 외투를 입고 전기난로 앞에 앉아 있다.

세레나는 그가 추위를 많이 탄다고 설명한다. 다른 난민들도 모두 마찬가지다. 추위는 아직 시작되지도 않았는데 정말 추워지면 어떨지 모르겠다. 벌써 집에 있는 이불은 전부 그들의 침대에 갖다 놓았다. 더 사려고 큰 상점에 갔더니 현재 있는 이불은 모조리 정부에서 사 갔거나 사 가고 있거나 사 갈 것이며 한두 개 남아서 판다고 해도 예전 가격의 다섯 배는 될 거라고 했단다.

나는 그런 말에 넘어가지 말라고 애원하며 체스터에 사는 로

---

* 1965년 런던에 통합된 틴닌 남부 시역.

버트의 친척 얘기를 들려준다. 나이 많은 이 독신녀 아주머니는 전쟁이 터진 이후 상점에서 나중에는 구할 수 없다는 말에 혹해서 필요도 없는 디저트용 은 나이프 한 세트와 커다란 괘종시계, 하얀 모슬린 한 필, 신상품 토끼 가죽 넥타이, 연필 스물네 자루를 샀다. 그 얘기에 세레나는 놀라는 눈치다. 유대인 난민과 나는 한 번 더 악수를 나눈다.

이윽고 세레나는 나를 응접실로 안내한다. 아주 작은 입구에 거대한 트렁크가 두 개나 놓여 있어서 그 옆으로 간신히 들어간다. 세레나는 유대인 난민들의 짐이라고 설명한다. 나머지는 부엌과 침대 밑에 쑤셔 넣었고 가장 큰 트렁크는 1층에서 올라오지 못해 건물 관리인에게 맡겨 두었다.

라디오에서 4시 뉴스가 나온다. 프랑스 정부와 영국 정부의 의견이 모든 면에서 일치한다는 소식이 한 번 더 전해진다. 갑자기 몇 가지 부분에서 의견이 첨예하게 대립했다는 뉴스가 나오면 훨씬 더 흥미롭지 않겠냐는 괜한 소리를 해본다. 세레나는 냉소적으로 대꾸한다. 그게 훨씬 솔직한 거겠죠. 그리고 어차피 항상 그렇게 완벽히 의견 일치를 본다면 대체 왜 만나는 거예요? 그녀는 시간과 돈 낭비라고 덧붙인다.

그 말이 불편하게 느껴져서 솔직하게 말하자 세레나는 진심이 아니었다고 하고는 오스트리아 난민이 만들었다는 훌륭한 케이크와 차를 내온다. 우리는 주로 어딘가에서 들은 독특한 정보를 주고받으며 대화를 이어 간다. 요즘에는 어딜 가나 주로 이런 대화가 오간다. 직접 들은 얘기는 없고 전부 다 친구의 친구에게 들은 소식을 서로 전하는 것이다.

세레나가 가져온 소식은 대강 요약하면 이렇다.

BBC 전체가 현재 코츠월드● 어딘가로 본부를 옮겼으며 기존의 방송국에는 모래주머니만 가득 들어차 있다.

런던 외곽의 위험지대에 있던 매춘부들을 올더숏▲으로 대피시켰다. (내가 아닐 거라고 하자 세레나는 솔직히 우스갯소리를 잘하는 젊은 해군 장교에게 들은 얘기라고 실토한다.)

벌써 수많은 전쟁 부상자가 바지선에 실려 템스강을 따라 런던에 왔고 강변의 빈 공동주택 단지로 옮겨졌지만 아무도 그 사실을 모른다.

히틀러와 리벤트로프◆가 다퉈서 말을 하지 않는다.

히틀러와 리벤트로프가 다시 화해했다.

● 잉글랜드 서남부의 지역.
▲ 런던 남서쪽으로 약 60킬로미터 떨어진 햄프셔주의 도시.
◆ 나치스 독일의 외무 장관 요하힘 폰 리벤트로프를 말한다.

소련은 조만간 나치스를 배신할 것이다.

나는 세레나에게 다음과 같은 정보로 보답한다.

육군성이 웨일스의 카나번성*으로 이사할 예정이다.

베를린에 사는 독일인이 보낸 편지가 런던에 도착했는데 우표 뒷면에 조만간 혁명이 일어날 거라는 비밀 첩보가 적혀 있었다.

루스벨트 대통령이 극비리에 비행기를 타고 지그프리드선을 넘어갔다가 워싱턴으로 돌아갔다.

매점에서 일하는, 사교계에 갓 데뷔한 소녀가 갈색 종이 봉투에 담긴 마시멜로를 받고는 "마시멜로가 뭐예요?" 하고 물었다. (고등법원 판사 집안 출신이라고 한다.)

소련 사람들은 기회가 되는 대로 스탈린을 암살하려 한다.

어제 리젠트가 한복판에서 한 여성이 기절했는데 들것병 두 명이 달려와 그녀를 들것에 싣다가 떨어뜨리는 바람에 여자의 두 팔이 부러졌다.

세레나는 만약 공습이 일어나 부상을 입으면 필립 시드니 경▲

---

* 1283년 에드워드 1세가 지은 성으로 웨일스 통치의 주요 거점이었지만 중세 이후 버려져 있다가 1911년부터 영국의 왕세자인 웨일스공 책봉식 장소로 사용되면서 다시 세상에 알려졌다.
▲ 16세기 영국의 군인이자 정치가, 시인 겸 평론가로, 전쟁에서 치명상을 입었지만 빈사 상태의 병사에게 물을 양보하여 기사도 정신의 전형으로 추앙받았다.

을 본보기 삼아 다른 사람을 먼저 치료하게 하리라 결심했다고 한다.

애기가 나온 김에 지금 방독면 쓰기 연습을 해보면 어때요?

나는 딱히 내키지 않지만 그러자고 한다. 우리는 함께 안락의자에 마주 앉아 방독면을 쓰고 운모와 고무로 된 주둥이를 통해 나오는 음침한 목소리로 대화를 나눈다.

세레나는 시간을 재보고 싶단다. 이런 걸 쓰고는 길어야 4분 이상 숨을 쉴 수 없을 것 같다나.

나는 기분 탓이라고 설명한다. 방독면을 쓰면 덥고(얼굴의 모든 구멍에서 김이 나오므로) 불편하며 확실히 흉측하지만 보통 사람은 누구나 몇 시간 동안 방독면을 쓰고 숨 쉴 수 있다.

세레나는 그러다가 자기가 기절하면 내가 머쓱하지 않겠냐고 한다.

그때 갑자기 문이 벌컥 열리더니 브롬리에서 일찍 돌아온 오스트리아 난민들이 들어온다. 그들은 세레나와 나를 보고는 혼비백산하며 무슨 일이냐고 호들갑을 떤다.

얼른 방독면을 벗고(세레나는 기절하진 않았지만 얼굴이 벌겋게 상기되고 머리가 심하게 헝클어졌다) 모두와 인사를 하고 악수를 나눈다.

편지를 쓴다던 유대인도 합류해 (한 번 더 악수하고) 다 함께 기분 좋게 차를 마시며 애기를 나눈다. 얼마 후 그들은 모두 편지를 써야 한다며 악수로(부디 마지막이길) 마무리한다.

나도 가려고 하는데 세레나의 전화벨이 울린다. 전화를 받고 온 세레나는 J. L.이라는 친구인데 나도 만나 보면 좋을 것 같으니 조금만 더 있다 가라고 한다.

막상 만나 보니 J. L.은 외모가 출중하고 유명한 작가 겸 방송인으로, 나도 〈라디오 타임스〉와 다른 간행물에서 얼굴을 본 적이 있다. (방독면 쓰기 연습을 그렇게 열심히 하는 게 아니었다. 머리는 세레나보다 더 엉망일 테고 코에 파우더를 덧바를 정신도 없었으니까.)

J. L.은 예의가 바른 사람이라 나에 대해 많이 들은 척하지만 전혀 못 들은 게 틀림없다. 내 **작품**도 유명하다면서 여러 번 언급하지만 기회를 봐서 현명하게 화제를 돌린다.

세레나는 세리*를 내오며 그에게 요즘 어떻게 지내냐고 묻는다.

J. L.은 책을 쓰고 있다고 한다.

사실은 전쟁 전에 쓰던 (그저 소설에 불과한) 책을 계속 쓰고 있

---

* 스페인 남부 지방에서 생산되는 백포도주. 주로 식사 전에 식욕을 돋우기 위해 마신다.

다. 자기가 **원해서도** 다른 누가 원해서도 아니다. 군에 입대할 나이는 지났고 일을 하려고 여러 기관에 지원했지만 열네 개 기관이 하나같이 이미 일할 사람이 차고 넘친다고 했다.

그가 애처롭게 덧붙인다. 작가는 확실히 쓸모없는 사람이죠.

다른 사람도 다 마찬가지라고 세레나는 대꾸한다. 작가는 선전 활동에 쓰면 되지 않나요?

J. L.과 나는 (한목소리로) 영국의 모든 작가가 바로 그런 생각으로 이미 정보부에 지원했지만 지금은 기다리라는 답을 받았다고 반박한다.

J. L.이 들은 확실한 정보에 따르면, 무려 휴 월폴 경조차도 자격 요건과 학력, 지금껏 기고한 간행물과 출판한 책을 상세히 기입하게 되어 있는 신청서 양식을 받았다.

세레나가 기세 좋게 묻는다. 혹시 휴 월폴 경의 저서들이 자비로 출판되었는지 묻지는 않았나요? 우리는 휴 월폴 경이 공식적으로 그런 답을 들었다면 우리 같은 사람은 굳이 지원할 필요도 없다고 입을 모은다.

나는 머지않아 출판 시장이 다시 활기를 띨 거라는 말로 J. L.을 위로하려 애쓴다. 등화관제와 연료 배급제 때문에 사람들은 밤에 할 일이 없어질 테고 극장과 영화관도 문을 닫을 테니 별수 없이 책을 읽을 거라면서.

이 역시 그리 유쾌한 전망이 아니라는 것을 뒤늦게 깨닫는다.

그래도 J. L.은 내 의견에 동의하며 무엇보다도 시가 가장 도움이 된다고 덧붙인다. 굳이 고른다면 엘리자베스 시대의 시죠. 안 그렇습니까?

나는 엘리자베스 시대의 시는 잘 모른다고 하면서 이 말이 다른 시는 많이 안다는 의미로 해석되기를 기도한다. (당장 떠오르는 시라곤 "그들은 어떻게 겐트에서 아헨으로 좋은 소식을 가져왔나"●뿐이고 대체 왜 그 시가 떠올랐는지 도무지 모르겠다.)

J. L.은 사려 깊게 말한다. 물론, 산문도 좋은 작품이 많죠. 개인적으로 고대 그리스 작품들이 훌륭한 도피처가 되는 것 같습니다. 예를 들면 플라톤이 그렇죠.

내게는 《페어차일드 가족의 역사》가 비슷한 역할을 하지만 굳이 얘기하고 싶지 않다. 하지만 E.M. 포스터가 훌륭한 라디오 대담에서 자신의 독서 취향을 창피해해선 **안 된다**고 말한 사실이 떠올라 부끄러워진다.

단, 《페어차일드 가족의 역사》에 대해서도 그렇게 말할 수 있

● 원제는 "How They Brought the Good News from Ghent to Aix". 19세기 영국의 시인이자 극작가인 로버트 브라우닝의 시.

을까? 부디 그러길 바랄 뿐이다.

진실과 적당히 교양 있어 보이고픈 열망 사이에서 갈등하다가 타협안으로 찰스 디킨스를 언급하지만 J. L.은 못마땅한 얼굴로 아, 그래요? 하더니 얼른 화제를 돌린다.

그에게 좋은 인상을 주기는 틀린 것 같다.

등화관제로 화제가 옮겨 간다. 세레나는 자기 친구가 밤에 외출할 때 눈에 잘 띄려고 코에 새하얀 분을 한 겹 덧바르고 나가는데 꼭 "야광 코의 동"* 같다고 한다.

J. L.은 전혀 재미있어하지 않는다. 그저 야광 물감을 칠한 작은 원반이 있으니 그걸 사면 되고 손전등을 얇은 종이로 감싸 아래로 향하게 드는 건 괜찮다고 진지하게 대꾸할 뿐이다. 세레나는 화제를 돌리며 내 지인인 아치볼드 경과 레이디 블로필드를 아느냐고 물어본다.

J. L.는 알 뿐 아니라 아치볼드 경이 일자리를 주길 기대하기도 했지만 그들 얘기가 왜 나오는지 모르겠다면서 레이디 블로필드가 좋은 여자라고 덧붙인다.

아, 그렇죠. 속마음과는 정반대의 말이 나오지만 딱히 양심에

---

* 원제는 "The Dong with a Luminous Nose". 19세기 영국 삽화가 겸 작가인 에드워드 리어의 시.

걸리지 않는다. 세레나가 진실을 알고 있으니 조금 불편할 뿐. 정신적으로나 도덕적으로 퇴화하고 있는 게 분명하지만 지금은 그런 문제를 생각할 겨를이 없다. 의문 전쟁이 시민들의 선량한 면을 끌어내는 경우가 많다고 하는데 사실일까? 답 지금 상황으로 봐선 전혀 아닌 것 같다.

세레나가 아치볼드 경과 레이디 블로필드가 국내외 상황을 비관하고 있다고 넌지시 말하자 J. L.은 진지하게 대꾸한다. 누구도, 정말 그 **누구도** 지금은 미래가 어떻게 될지 확실하게 예측할 수 없지 않나요?

그야 지금뿐 아니라 언제나 그랬다고 지적하려다가 참는다. 얼마 안 되어 J. L.은 세레나에게 좀 더 알게 되면(무얼?) 전화하겠다고 하고는 떠난다.

10월 1일

마침내 세레나 아무개가 지하 세계 지휘관을 소개해 준다. 피부가 어둡고 꽤 아름다운 젊은 여성 지휘관은 헐렁한 바지와 가죽 재킷을 입고 기다란 검은색 파이프 담배를 피우며 서류가 잔뜩 쌓인 목제 탁자 앞에 앉아 무언가를 쓰고 있다.

세레나는 부자연스러울 만큼 기어들어 가는 목소리로 내가 정보부의 연락을 기다리는 동안 어떤 식으로든 돕고 싶어 한다고 설명한다.

지휘관은 (비슷한 소개를 전에도 들어 봤는지) 못 믿겠다는 듯이 짤막한 감탄사를 내뱉는다. 하마터면 나도 소리를 지를 뻔한다. 그게 합당한 반응이라는 것을 그녀보다 내가 훨씬 잘 아니까.

세레나는 아까보다 더 기어들어 가는 목소리로, 내가 필요하다면 운전도 할 수 있고 응급 처치 시험도 통과했으며(이건 아주 오래전 일이니 굳이 정확한 날짜를 언급하지 않기를 기도한다) 간호에도 익숙하다고 속삭인다. 또 속기도 할 수 있고 타자기도 쓸 수 있다고 덧붙인다.

지휘관은 계속해서 빠르게 끼적이며 잠시도 고개를 들지 않은 채(너무 무례하지 않나?) 이제 유급직은 없다고 대꾸한다.

세레나는 놀란 목소리로 말한다. 어머, **그런** 건 생각하지도 않았어요. 당언히 사원봉사이고 세상 무슨 일이든 언제든 할 수 있다니까요.

지휘관은 (여전히 끼적이며) 거칠게 종을 울린다.

세레나는 들릴락 말락 한 목소리로 말한다. 내짐에 일손이 빌

요하다는 얘기를 들었어요. 밤샘 근무나 일요일 종일 근무도 기꺼이 할 텐데, 그럼 직원들이 조금 쉴 수 있지 않을까요? 물론, 자원봉사로 말예요. 그 말에 지휘관은 (빠르게 움직이는 펜에 시선을 고정한 채) 자원봉사라면 좋다고 중얼거린다.

저렇게 짜증 나는 사람은 처음 본다.

종소리에 응답한 사람은 위아래가 붙은 작업복을 입은 매력적인 노부인이다. 팔에는 어울리지 않게도 '전령'이라고 적힌 완장을 둘렀다.

지휘관은 노부인에게 매점 근무 시간 기록표를 가져오라고 (몹시 위압적인 투로) 지시한다. 그러자 반백의 전령이 바람처럼 달려 나간다. 그녀가 문에서 5미터도 못 갔을 때쯤 또 한 번 종이 울린다. 전령이 돌아오자 지휘관은 날카롭게 말한다. 매점 근무 시간 기록표를 가져오라고 했는데, 왜 아직이죠?

그야 당연히 날개가 달리지 않은 이상 그렇게 빨리 가져올 수 없기 때문이지만 아무도 말하지 않는다. 전령은 다시 뛰쳐나가고 육상 경기라도 하듯 쏜살같이 달리는 소리가 들린다.

지휘관은 계속 끼적이면서 탁자 위에 담뱃재를 떨어뜨린다. 그러다가 마치 전쟁이 자기가 정한 대로 흘러갈지 문득 의심이 들기라도 한 듯 불쑥 젠장, 하고 중얼거리기도 한다.

세레나가 나를 보며 큰 눈을 불경하게 찡긋한다.

한 번 더 종이 울리고(이대로라면 이번 주 안에 종이 부서진다고 내기해도 좋을 듯) 이번에는 남색 바지와 조끼를 입고 곱게 화장한 세련된 여자가 들어온다. 스물다섯 살쯤 되어 보이는데 일찍부터 희끗희끗해진 머리를 보니 괜히 흡족한 기분이 든다. (딱히 칭찬할 만한 반응은 아니지만.)

이 젊은 여자가 지휘관에게 딱딱하고 사무적인 말투로 묻는 소리에 나는 다시 정신을 차린다. 자기야, 점심은 먹었겠지?

지휘관은 처음으로 고개를 들고 대꾸한다. 아니, 자기야. 그럴 시간이 없어. 당장 윔블던에 가야 하니까 차 대기시켜. 급한 일이야. 지휘관과 '자기야'가 수많은 서류를 뒤적거리며 근무 시간 기록표는 언제든 바로 볼 수 있게 준비돼 있어야 하는데 왜 그러지 않는지 모르겠다며 격하게 욕을 퍼붓는 사이, 세레나는 기대에 찬 얼굴로 잠자코 기다린다.

자기야가 마침내 세레나를 돌아보는 순간, 아까 왔던 (훨씬 더 유능해 보이는) 전령이 헐떡거리며 들어온다. 자기야가 딱딱한 투로 묻는다. 누가 운전할 차례죠? 세레나가 자기 차례라고 하자 그들은 왜 진작 말하지 않았냐며 당장 차를 준비해 윔블던으로 가라고 지시한다.

나는 드디어 작전이 개시됐다는 생각에 감탄하다가, 지휘관이 오늘 아침에 깨끗한 손수건을 가져오는 걸 깜빡했다며 모티스퐁트가 478번지로 **곧장** 가서 손수건을 가져오라고 하자 몹시 실망한다.

지휘관은 손수건을 **갖고** 최대한 빨리 돌아오라고 하더니 의심 가득한 얼굴로 알아들었냐고 묻는다.

세레나는 알아들었다고 대꾸한다. 내가 세레나라면 "너무 복잡해서 도무지 이해가 안 되네요."라고 대답했을 듯. 하지만 지금까지 살아온 경험으로 미루어 절대 그럴 수 없을 것이다. 또 한참 지나서야 그때 했어야 한다고 후회하는 말은 실제로는 절대 해선 안 되는 법이다.

세레나가 철모와 방독면을 가지러 가자 나는 노부인 전령과 함께 남는다. 지휘관과 자기야는 나를 신경 쓰지 않고 지휘관의 식사에 관해 열띤 논쟁을 벌인다. 벌써 오후 다섯 시인데 지휘관은 아직 점심을 먹지 않은 모양이다.

자기야는 지휘관이 뭐라도 **꼭** 먹어야 한다고 성화한다. 아침 9시부터 일하면서 지금까지 무얼 먹었냐, 커피 한 잔과 토마토 하나밖에 더 먹었냐, 일이 이렇게 많은데 고작 그걸로 어떻게 버티냐, 등등.

지휘관은 (다시 종이에 시선을 고정하고 끼적거리며) 그거면 충분하다고 단언한다. 더 먹을 시간이 없다. 지금은 **전쟁** 중이니 1분도 낭비할 수 없다는 걸 자기야는 모르냐고 되묻는다.

자기야도 지지 않는다. 알지만 책상을 떠나지 않고도 먹을 수 있잖아.

수프 좀 갖다줄까?

그럼 차와 번?

아니, 아니. 됐다니까.

그럼 블랙커피라도 **마셔야** 해. 무조건 먹어.

알았어, 알았다고. 지휘관이 소리치며 손으로 탁자를 쾅 내리치는 통에 종이들이 흩어진다. (조만간 근무 시간 기록표가 없어졌다고 또 한바탕 난리 치는 모습이 눈에 선하다.) 좋아, 블랙커피. 여기서 마실게. 얼른 가져와.

자기야가 뛰쳐나가며 잠시 길을 막는 노부인 전령을 죽일 듯이 노려본다.

지휘관은 아까보다 더 열심히 끼적거리며 한마디를 내뱉는다. 뭐죠? 개 짖는 소리 같았는데, 선령에게 던진 질문인 모양이다. 전령은 조심스레 매점 근무 시간 기록표를 탁자 위에 내려놓는다. 그게 또 마음에 안 드는지 지휘관은 기록표를 획 다시 집어 들며 탁자에 놓지 **말라고**, 제발 탁기에 놓지 마요! 하고 소리치곤 급하게 훑어본다.

그런 뒤 아무 일도 없었다는 듯이 다시 끼적인다.

어차피 이곳에 계속 있어야 한다면 앉는 편이 나을 것 같아서 그렇게 한다.

노부인 전령이 경악하며 나를 보지만 동경이라 생각하련다. 이렇게 결단력 있는 행동은 보기 어려울 테니까. 사실은 스스로도 놀랍다.

자기야가 쟁반을 들고 다시 나타난다. 스크램블드에그를 얹은 토스트와 록 케이크 두 개, 바나나 하나가 블랙커피와 함께 놓여 있다.

이 모든 게 지휘관의 팔꿈치 옆에 놓이자 그녀는 한 손으로 포크를 움직이고 다른 손으로는 계속 끼적거린다.

문득 영국의 왕족이 저명한 역사학자에게 했다는 말을 들려주고 싶다. "늘 끼적 끼적 끼적거리는군, 기번 선생."* 당연히 그럴 수는 없지만.

자기야가 내게 무슨 일로 왔냐고 차갑게 묻는다. 매점 자원봉사를 지원했다고 하자 그럼 **바로** 피코크 부인을 만나라고 한다.

---

* 조지 3세의 동생이 역사가 에드워드 기번의 방대한 저서 《로마 제국 쇠망사》를 비꼬며 내뱉은 말로 유명하다.

나는 커피와 달걀을 내주는 일일지언정 나라를 위해 일해도 좋다는 허락으로 받아들이고 방을 나선다. 노부인 전령이 나를 따라 슬그머니 나온다.

그녀에게 나를 피코크 부인에게 데려다줄 수 있냐고 묻자 그녀는 물론이라고 한다. 우리는 함께 달리거나 뛰지 않고 조용히 걸음을 옮긴다. 의문 혹시 이런 느긋한 정신 때문에 전쟁에 패하려나? 답 그럴 리가! 나는 지휘관과 그 친구가 내뿜는 부산한 기운에 휘둘리지 않겠노라 다짐한다.

전령은 나를 데리고 승용차와 구급차를 지나고 여자들 목소리가 떠들썩하게 들려오는 여자 대기실을 지나가면서 이런저런 얘기를 들려준다.

그중 하나는 사교계에 갓 데뷔한 소녀가 매점에서 일한다는 것이다. 그녀는 기지 전체를 통틀어 유일무이한 존재라 기자가 취재하러 오기도 했다. 소녀는 구급차 핸들 옆에 한쪽 무릎을 꿇고 연장을 든 자세로 사진을 찍었다. 몇몇 신문에 이 사진과 함께 이런 소개가 실렸다. '사교계에 갓 데뷔한 제니퍼 잼파더 국내 전선에서 대기 중.'

피코크 부인은 매점 카운터 안쪽에 상자를 놓고 걸터앉아 있다. 상냥하지만 지친 기색이 역력히다.

그녀는 한쪽 다리가 불편하다. 장애가 아니라 일시적인 부상이지만 그래도 당장 불편하니 누가 도와준다면 좋겠다고 한다.

그런 말을 듣자 기운이 난다. 지금껏 도와준다면 좋겠다고 말한 사람은 아무도 없었고 오히려 방해가 된다는 얘기만 듣지 않았던가.

나는 축음기에서 나오는 "메아리 선생"● 노래와 라디오 소리 ("……자, 여러분, 이제 아름다운 스코틀랜드와 작별할 시간입니다."), 식당 한구석에서 열리는 다트 시합 결승전의 떠들썩한 함성, 주방에서 접시들이 부딪치는 소리를 누르기 위해 목청껏 도우러 왔다고 외친다. 《구원의 아이들》▲의 주인공이 된 것 같다. 40년쯤 늦긴 했지만.

피코크 부인은 힘없이 미소 지으며 정말 고맙다고 한다. 지금 할 일은 대기하는 것뿐이며 한 시간에 백 명씩 지원자를 돌려보내고 있다는 흔한 대사조차 할 수 없을 만큼 지쳐 보인다.

내가 묻는다. 무얼 할까요?

지금은 할 일이 없어요. (이건 '대기'의 다른 표현이 아닐까?)

● 원제는 "Little Sir Echo".
▲ 원제는 《Ministering Children》. 19세기 영국 작가 마리아 루이자 찰스워스가 쓴 교훈적인 어린이 소설.

사람이 몰리는 시간은 5시와 7시인데 5시는 지나갔고 7시는 아직 안 됐다. 그 틈을 타서 피코크 부인은 잠깐 쉬는 중이라고 한다. 그녀는 너그럽게도 자신이 걸터앉은 포장 상자의 절반을 내주며 마지못한 듯이 앉으라고 권한다. 나는 사양하며 어쩌다가 다리를 다쳤는지 물어본다.

피코크 부인은 스타킹 속에 붕대로 감싼 다리를 내보이며 이야기를 시작한다. 그녀의 남편이 모래 두 상자와 삽, 양동이를 준비해 뒷마당에서 비상시에(소이탄이 터지는 상황을 완곡하게 표현한 말인 듯) 그것들을 어떻게 사용하는지 식구들에게 시범을 보이고 있었다. 피코크 부인은 당연히 자기도 그 자리에 있었다고 대단한 사실인 양 덧붙인다. 내가 그렇군요, 하며 부추기자 그녀는 설명을 이어 간다. 얼마 후 전화벨이 울려 자기가 집 안으로 들어갔다고 하더니 잠시 옆길로 빠져 그 전화의 출처를 밝힌다. 선원과 결혼한, 눈이 크고 푸른 젊은 조카의 전화였다는 것이다.

곧 전화가 끊어진다는 경고음이 아홉 번이나 울릴 때까지 버티다가 별수 없이 전화를 끊고 뒷마당으로 돌아가기 위해 2층 계단참으로 갔는데, 그사이 남편이 말도 없이 모래 상자와 삽,

양동이를 그곳에 보관하기 위해 갖다 놓았다. 그 사실을 전혀 몰랐던 피코크 부인은 안타깝게도 삽에 발이 걸려 모래 상자로 고꾸라지면서 양동이 가장자리에 부딪혀 뼈가 부러졌다.

그녀는 그 일이 큰 교훈이 되었다며 이야기를 마무리한다. 무슨 교훈인지, 누구에게 교훈이 되었다는 건지는 몰라도 열심히 공감을 표하며 내가 가급적 큰 도움이 된다면 좋겠다고 한다.

순수한 박애 정신에서 나온 말이길 바라지만 그보다는 매점의 일원으로 확실하게 못 박고자 하는 열망이 주요 동기이리라. 이 점에서는 확실히 성공한 것 같다.

버킹엄가로 돌아가는데 우연히 밖으로 나오던 집주인과 마주친다. 그는 가까운 공습 대피소의 위치를 알아 놓았냐고 묻는다.

네, 그런 것 같아요. 아델피 공습 대비 기지가 걸어서 3분 거리이니 그리로 가면 돼요. 집주인은 그걸로는 안 된다고 진지하게 말한다. 정말이지 이 문제는 심각하게 생각해야 한다면서. 침실에서부터 대피소까지의 거리를 걸음 수로 정확히 측정하고 비상시에 거기까지 가는 데 얼마나 걸리는지 따져 봐야 한다는 것이다. 게다가 아델피보다 더 가까운 대피소가 있다며 그곳의 위치를 알려 준다.

나는 공습경보가 울렸다고 치고 탈출 연습을 해보겠다고 마지 못해 약속하고는 이를 실행에 옮긴다.

막상 하려니 꽤 흥미로운 실험이 될 것 같다. 나는 따뜻한 옷과 두꺼운 외투,《우리 공통의 친구》*(셰익스피어가 훨씬 더 감동적이지만 머리에 잘 들어오지 않을 테니까), 사탕이 담긴 작은 병(단것을 먹으면 힘이 솟고 떨어진 사기도 올라간다고 하니까), 전기 손전등을 꺼내 놓는다. 옷을 벗고 침대에 들어갔다가 경보가 울렸다고 상상하며 시계를 보고 벌떡 일어난다.

별 탈 없이 옷 입기에 성공한 뒤 《우리 공통의 친구》와 사탕, 손전등을 들고 계단을 내려가 밖으로 나간다. 서두르면 안 된다는 지시를 여러 번 들었는데도 점등원처럼 달리고픈 충동이 들어 스스로도 놀란다. 공습이 일어나지 않았는데도 그런다면 실제로 머리 위에 폭격이 떨어질 때는 어떨까 자문해 본다. 결과는 생각하고 싶지도 않다.

길이 너무 어두워서 두 번이나 행인과 부딪치지만 양쪽 모두 즐겁게 웃어넘긴다. (등화관제가 시민들을 즐겁게 한다는 건 꽤 좋은 일인 듯.)

황급히 옆 골목으로 들어가 공습 대피소 입구에 이르지만 문

● 원제는《Our Mutual Friend》. 찰스 디킨스의 마지막 소설.

이 잠겨 있다. 안에서 무슨 일이냐고 묻는 남자 목소리가 들린다. 나는 혹시 경찰이냐고 묻는다. 남자는 공습 대비대 감시원이라고 대답한다. 내가 상황을 설명하자 그는 준비성이 투철하다고 칭찬하며 사이렌이 울리면 자기가 '여기에 있을 것'이라고 단언한다. 나 역시 사이렌이 울리면 '여기로 달려올 것'이니 그때 다시 만나자고 하며 우리는 헤어진다. 우리가 조만간 만날지 영영 못 볼지는 아직 알 수 없다.

외투 주머니에 넣어 둔 손목시계를 보니 이 모든 과정에 걸린 시간은 겨우 4분 30초다.

뿌듯한 마음으로 돌아가면서 내가 얼마나 민첩한지 생각해 보고 로버트에게 편지로 어떻게 설명해야 제대로 인정받을까 궁리한다.

집에 도착하니 전깃불이 환하게 켜져 있고(그래도 파란 블라인드는 내렸지만) 깜빡한 방독면이 탁자 위에서 기다리고 있다.

로버트에게 편지를 쓰려던 계획은 접기로 한다.

옷을 벗고 아까처럼 옷과 다른 물건을 그대로 꺼내 놓은 채 (방독면은 눈에 잘 띄게 신발 위에 놓아 두고) 다시 잠자리에 들면서 깨닫는다. 혹시라도 오늘 밤 이 모든 과정을 되풀이해야 한다면 몹시 화가 나리라.

10월 2일

밤새 공습경보는 없었다. 새벽 2시에 깼을 때 사이렌과 비슷한 소리가(이런 소리는 언제든 날 수 있다고 들었다) 잠깐 들렸는데 아주 작고 희미해서 신경 쓸 필요가 없다는 결론을 내리고 다시 잠을 청했다.

우편물은 아침을 먹고 나서야 도착한다(요즘 매일 늦는다).

로버트가 짧은 편지를 보냈다. 모두 잘 있고 소련이 어떻게 나오든 자기는 상관하지 않으며(언제는 상관했나?) 그가 맡고 있는 지역 공습 대비대 사무실에 지원자가 너무 많아서 무슨 일을 시켜야 할지 모르겠다고 한다. 정비소의 젊은 크램프는 불발탄 처리 방법을 배우겠다고 하더니 겨우 10분 설명을 듣고는 너무 위험하다며 줄행랑쳤다.

내가 등화관제를 즐기고 있기를 바란다면서(반어법이겠지만) 로빈의 편지는 별다른 내용이 없어서 동봉하지 않았다고 한다. (살인 충동이 밀려든다.)

내 앞으로 온 비키의 편지로 위안을 삼는다. 비키는 천국 같은 새 기숙사와 끝내주는 음악회, 너무도 앙증맞은 신축 공습 대피소에 대해 찬사를 늘어놓는디(학부모들에게 기부를 요구할 구실이 될 게 틀림없지만). 유일한 불만은 아직 공습이 일어나지 않아서 무척 지루하다는 것이다.

블랑셰 이모는 아주 길고 수다스러운 편지를 보냈다. 마리골드와 마저리는 잘 지내고 있고 도린 피츠제럴드와 요리사 사이에 아이들 저녁 식사 문제로 의견 충돌이 있었지만 자기가 잘 해결했으니 아무것도 걱정할 필요가 없다고 한다. 로버트 역시 말이 별로 없지만 잘 지내는 것 같다.

우리 교구 목사님 아내가 차를 마시러 왔는데 몹시 수척하고 유령처럼 창백한 모습으로 아주 잘 지내고 있다고, 피난민들도 잘 적응하고 있다고 했단다. 또 친구의 조카가 민병대인데 그가 제 어머니에게 전한 뒤 그 어머니가 그의 이모에게 전하고 그 이모가 목사님 아내에게 전한 소식에 따르면, 현재 베를린에는 불만이 들끓고 있으며 11월 첫 번째 월요일에 독일에서 혁명이 일어날 예정이라고 한다.

그런 뒤 블랑셰 이모는 괜한 질문을 던진다. 이런 게 언론에서 말하는 희망적 사고일까?

끝으로 그녀는 내 안부를 물은 뒤 시간이 나면 A 삼촌을 찾아가 뵈라고 당부한다. 그리고 정보부에서 내게 어떤 일자리를 제안했는지도 알려 달라고 한다. 마지막으로 추신을 달았다. 굴뚝 청소는 어떻게 되는 거니? 요리사가 자꾸 묻는구나.

내가 집을 떠날 때나 돌아갈 때마다 요리사는 어김없이 굴뚝 청소 얘기를 꺼낸다.

힘든 상황이지만 나의 소중한 수표를 받으면 한결 나아질 거라는 상인들의 미사여구 가득한 편지도 잔뜩 들어 있다.

지금 나는 그들보다 훨씬 더 안 좋은 상황이고 이런 상황을 개선해 줄 수표가 나올 구멍도 없다는 확신이 속절없이 나를 덮친다.

위로를 얻을까 싶어 우편물을 계속 뒤적이다가 펠리시티 페어미드의 꼬불꼬불한 글씨가 적힌 봉투를 발견한다. 뜯어 보니 타자기로 쓴 편지가 들어 있는데 서명은 깜빡한 것 같다. 그녀는 전쟁 관련 일자리를 구해 볼까 싶어 타자기를 연습하고 있지만, 그래도 일자리를 구하기 전에 전쟁이 끝났으면 좋겠다고 솔직하게 덧붙였다. 부끄러운 일이라는 건 알지만 어쩔 수가 없다. 쓸모없는 사람이 된 것 같아 몹시 수치스럽다. 현재 그녀는 남편을 프랑스에 보낸 뒤 힘없는 어린 자식 셋을 데리고 시골에 사는 친구의 집에서 하숙하고 있다. 하녀도 한 명 데리고 갔는데 도움이 되지 않아서 펠리시티와 친구가 이부자리를 정리하고 아이들을 돌보며 요리도 대부분 도맡고 있을 뿐 아니라 정원 손실도 한다. 둘 다 나라에 실질적인 보탬이 되길 바라며 펠리시티 자신은 타자기를 연습하고 친구는 뜨개질로 양말과 방한모를 뜨고 있다.

펠리시티는 내가 아주 멋진 일을 하고 있을 거라고 넘겨짚으며 편지를 마무리했다.

실상을 알려 주려니 영 내키지 않는다. 내 현실이 펠리시티의 이상에 좀 더 부합할 때까지 답장을 미뤄야 할 것 같다.

한편, 내 지인의 하녀들 가운데 일하던 집에서 나와 더 나은 자리를 찾으려는 사람이 있을 테니 펠리시티의 편지 사본을 보내 볼까 진지하게 생각해 본다.

남은 우편물은 봉함엽서인데, 평소처럼 뜯기가 무척 어려워서 결국 한쪽 귀퉁이가 찢어지고 나서야 성공한다. 과거의 바버라 블렌킨솝, 현재는 잉글랜드 중부에 살고 있는 캐루더스 부인의 편지다. 그녀는 전쟁 때문에 몹시 화가 난다고 썼다. 이제는 자녀도 있는데 전쟁이 끝나면 사는 게 힘들어지고 부족한 것도 많아질 거라면서, 자기는 아이들이 **모든 것**을 누리게 해주려고 열심히 노력했다고 한다. 현재 아이들은 웨스트모어랜드*에 있는데 거기까지 가려면 돈이 많이 들고 석유 사용량도 제한되어 아이들을 보

● 잉글랜드 북서부의 주였으나 현재는 컴브리아주로 통합되었다.

러 갈 수도 없다. 기차 운행에 대해서도 바버라는 몹시 분개하며 **아주** 불만이 많다고 한다. 그러곤 묻는다. 이 전쟁이 얼마나 갈까요? 아들들이 올가을에 런던 근처의 명문 사립 초등학교에 들어갈 예정이었는데 그 학교가 웨일스로 옮겨 갔다나. 그럼 이제 완전히 다른 학교가 되는 거라며 그 문제로 몹시 속이 상한단다. 식량난도 겪게 될까요? 우리 아이들이 배급되는 식사만 먹게 하는 건 **너무** 부당한 일이니 저는 돈을 더 내더라도 우리 아이들만큼은 양껏 먹일 생각이에요. 마지막으로 그녀는 내게 애정을 표하며 가볍게 묻는다. 로빈은 프랑스로 파견됐나요? 아직 나이가 안 됐나요?

바버라의 태도에 진저리가 나서 편지를 갈기갈기 찢어 버린다. 그러고 나자 답장을 제대로 쓰려면 보관해 둘걸 그랬다는 후회가 밀려든다.

온종일 머릿속으로 여러 번 답장을 썼다 지운다. 하지만 독설 가득한 비난으로 채운 편지는 어차피 세상의 빛을 보지 못할 게 분명하고 만약 세상에 나온다면 나는 명예 훼손으로 중앙 형사 법원에서 재판을 받게 될 것이다.

매점에서 일할 때 입을 가운형 작업복을 사고 바지는 어떻게 할까 고민하나가 마음을 다잡고 그냥 입던 옷을 입기로 결심한다.

어차피 카운터에서 일하기에 전혀 불편하지 않을 테니까. 그런데 정신을 차려 보니 아주 멋진 군청색 바지를 입어 보고는 무척 잘 어울린다고 생각하며 값을 지불하고 있다.

일할 때마다 꼭 입고 가리라 마음먹는다.

오늘은 저녁 9시부터 근무이니 그 전에 정부 일자리를 내줄지도 모를 웨더비 부부와, 블란셰 이모가 걱정하는 A 삼촌을 찾아가 보기로 한다.

A 삼촌에게 전화하자 가정부가 받더니 차 마시는 시간에 오면 된다고 일러 준다. 첼시에 사는 웨더비 부인에게 전화하자 점심을 먹으러 오라고 한다. 저명한 공직자인 그녀의 남편도 함께 자리해 나를 만나면 좋을 거라면서. 나는 당장 상상의 나래를 펼친다. 그가 (어떤 경로를 통해서든) 나라는 사람을 이미 알고 있으며 영광스럽게도 나를 자기 집에서 만나게 되었다는 소식을 듣고 아주 중요한 업무에 내 전문 지식이 큰 도움이 되리라는 사실을 깨닫는 것이다.

어떤 옷이 가장 유능해 보일지 몇 시간 동안 고민하지만 아무래도 행정 업무에 바지는 어울리지 **않는** 것 같다. 결국 검은 외투와 치마, 나풀거리지 않고 단정한 프릴이 달린 흰색 블라우스, 고깔 모양의 검은 모자로 마음을 정한다. 막상 검은 모자를 써보니 삼류 팬터마임 배우처럼 우스꽝스러워 보여서 도로 벗는다. 대안은 무지개처럼 알록달록한 띠가 둘러진 하늘색 모자뿐인데, 이걸 쓰고 갈 수는 없다. 별수 없이 나가서 작은 챙과 붉은 테두리가 있는 검정 모자를 산다. 행정 업무에 어울릴지는 몰라도 어쨌든 나에겐 잘 어울리는 것 같다.

첼시로 걸어가다가 핸드백에서 손거울을 꺼내 확인하고는 전혀 안 어울린다는 사실을 깨닫는다. 이제는 별수 없다. 나는 현관 안내인에게 웨더비 부인의 이름을 말한 뒤 승강기를 타고 7층으로 올라간다. 굉장히 현대적이고 소박하며 밋밋한 색으로 꾸며져 있고, 공간 전체를 통틀어 가장 두드러지는 것은 책장 위에 놓인, (내 눈엔 혐오스러운) 기이한 모양의 초록색 고양이 조각상이다.

웨더비 부인이 나와서 다정하게 맞아 주는데, 우리가 서로 이름을 부르는 사이였는지 도통 기억나지 않아서 괜한 위험을 감수하지 않기로 한다. 그녀는 남편이 나를 만나고 싶어 한다고 한 번 더 말한다.

(행정 기관에 임명될 게 거의 확실해졌으니 세레나에게 내 비서직을 제안하기로 마음먹는다.)

창밖으로 보이는 템스강이 화제로 떠오르자 웨더비 부인은 이린 아파트 난시가 공중에서 볼 때 아주 좋은 표석이 될 거라고 한다. 그 말에 우리는 다정하게 웃음을 터트린다. 정보부의 이상한 행태와 웨더비 부인이 잘 안다는 보비 트레이시*의 아름다운 가을 단풍에 대해서도 얘기를 나눈다.

웨더비 씨가 들어오자 대화가 끊기고 소개가 이어진다. 웨더비 씨는 키가 아주 크고 송장처럼 말랐으며 턱수염은 아그리파를 연상시킨다.

그는 나를 무척 만나고 싶었다고 하지만 이유는 말해 주지 않는다. 그가 셰리를 내주자 우리는 등화관제와 루스벨트 대통령에 관해 얘기를 나눈다. 내가 이번 위기에서 루스벨트의 행동이 굉장했으며 이에 말할 수 없이 감명받았다고 하자 웨더비 부인은 동조하지만 아그리파는 놀란 표정을 짓는다. 반박하고 싶은데 예의상 참는 것 같다. 어느새 우리는 코커스패니얼로 화제를 옮겨 간다. 어째서인지 혹은 왜인지 모르겠다.

일하는 사람이 들어오더니 점심이 준비됐음을 알린다. 옷차림이며 태도며 예절까지 모든 면에서 우리 집에 있는 위니나 떠난 메이보다 훨씬 훌륭해 보인다. 남은 셰리를 빨리 비우려 하는데 창백한 노신사가 지팡이를 짚고 느릿느릿 들어온다. 세상을 하직할

---

* 풍경이 아름답기로 유명한 데번주의 작은 도시.

날이 멀지 않은 것 같다.

사정을 들어 보니 내가 그렇게 생각할 만한 이유가 있었다. 이 노신사는 아그리파의 삼촌이며 최근 런던의 한 요양 병원에서 큰 수술을 받았지만 유사시를 대비해 병상을 다 비워 놓아야 한다는 이유로 바로 쫓겨났다. 아그리파의 삼촌은 (당연히) 항의했지만 안타깝게도 끝까지 싸우기엔 기력이 달렸고, 결국 서 있기도 힘든 몸으로 어느새 길에 나와 있었다. 아그리파가 이 엄청난 역경에서 그를 구원해 주어 이루 말할 수 없이 고맙다고 한다.

노신사는 우리 모두가 이미 알고 있을 법한 비슷한 사례들을 소개하며 이야기를 마무리한다. 그러자 웨더비 부인이 잉글랜드의 모든 병원과 요양원은 병상을 다 비워 놓아야 하므로 전쟁이 끝날 때까지 민간인은 절대 아파선 안 된다고 진지하게 단언한다.

아그리파의 삼촌은 고개를 절레절레 저으며 아까보다 훨씬 더 창백한 얼굴로 치킨 수플레를 깨작거린 뒤 달콤한 오믈렛은 손사래를 쳐서 밀어낸다. 카망베르 치즈를 보고는 고개를 돌리더니 웨더비 부부의 끈질긴 권유에 훌륭한 포트와인 한 잔만 마시고 자리를 뜬다.

웨더비 부부가 말하길, 그가 몹시 아팠지만(이건 누가 봐도 알 수 있을 듯) 요양 병원 옆 병실에 상태가 더 심각한 할머니가 있었는데 역시 병원에서 나가 달라는 요청을 받았다. 하지만 결국 병원이 지고 말았다. 그 할머니는 짐을 싸기도 전에 숨을 거뒀기 때문이다.

내가 생각 없이 들뜬 목소리로 외치는 소리가 들린다. "다행이네요!" 이런. 웨더비 부부도 (당연히) 나만큼 놀란 것 같다.

아그리파가 화제를 돌려 내게 모라비아* 천연자원의 가치를 어떻게 생각하냐고 묻는다. 그러고는 다행히도 자기가 직접 장황하게 대답한다.

내 답변이 아무리 흥미롭다고 해도 과연 나를 전시 일자리와 연결해 줄지는 미지수다.

다시 응접실로 가서 우리 집 요리사 솜씨와는 너무도 대조되는 훌륭한 커피를 마시며 대화를 원하는 방향으로 돌려 보려 애쓴다.

지식과 경험을 겸비한 사람들이 이렇게 많은데 정부가 어떤 식으로든 활용하지 못한다니 얼마나 안타까운 일인가요!

웨더비 부인은 그래도 무언가에 **정말** 능통한 사람은 대부분 어떤 일자리든 어렵지 않게 구한다고 대꾸한다. 아그리파는 대기

---

* 농업과 목축, 임업이 활발하고 석탄과 철강의 산지로도 유명한 체코 동부의 지방.

중인 사람이 많고 앞으로 몇 달 동안 그 상태가 이어질 거라고 단언한다.

그렇다면 전쟁이 오래갈 거라고 생각하시나요?

아그리파는 부자연스러울 만큼 신중하게 말을 골라 가며, 당연히 자기는 딱히 무어라고 말할 입장이 아니라고 한다. 요즘 정부 관리는 말을 극도로 조심해야 하고 그런 점을 나도 당연히 이해할 거라면서.

웨더비 부인이 끼어들어 전쟁이 아주 **금방** 끝날 수도 있다고 말하기는 어렵지만 그렇다고 아주 **오래갈** 것 같지는 않다고 에둘러 말한다.

내가 묻는다. 그럼 그 중간쯤 되려나요? 내뱉고 보니 너무 멍청한 말이다. 두 사람도 못마땅해하는 눈치다.

얼른 일어나고 싶지만 방금 커피를 다 마셨는데 곧바로 자리를 뜨는 건 체면과 예의가 허락하지 않는다.

결국 우리 셋 다 아는 패멀라 프링글의 소식을 묻자 묘하게도 아그리파가 한층 밝아진 얼굴로 소리친다. 가엾은 패멀라, 지금은 환자가 되었지만 여전히 아름답습니다.

그러자 웨더비 부인이 (밝아지기는커녕 먹구름과 비슷해진 얼굴로) 설명한다. 전쟁이 시작되자 패멀라는 심장에 무슨 문제가 생겼다면서 뉴포리스트* 인근의 커다란 집으로 내려가서는 연한 녹색의 벨벳 담요를 덮고 소파에 누워 있고 친구들이 돌아가면서 내려가 묵고 있다는 것이다.

남편은 군대와 관련된 일자리를 구해 모로코로 갔고 아이들은 미국의 친척들에게 보냈다. 너무도 속상하지만 그 애들을 위해서는 어쩔 수 없는 일이었다.

나는 달리 할 말이 없어서 그저 패멀라답다고 대꾸한다. 너그럽게 들리길 바라는 말투로. 이 말에 웨더비 부인은 흐뭇해하지만 아그리파는 불편한 듯 자리에서 일어나더니(머리가 천장에 닿을 것 같다) 다시 사무실에 복귀해야 한단다.

그가 내게 중요한 나랏일을, 아니, 중요하지 않은 어떤 일이라도 맡길 거라는 기대는 접었지만 그래도 몹시 바쁜 모양이라고 하며 소심하게 의중을 떠본다.

네, 바쁘답니다. 오늘 밤에도 8시 전에는 못 들어오지 싶네요. 11시에 퇴근할 때도 있었는데 그나마 조금 나아졌어요. 이것도 잠깐뿐일 테지만. ^{의문} 정부 일을 하는 사람은 모두 눈코 뜰 새 없이 바쁘다는데 기꺼이 돕겠다는 수백 명의 사람을 활용할 생각조차

---

* 잉글랜드 남부의 햄프셔 남서부와 윌트셔 남동부를 아우르는 거대한 숲과 초원.

하지 않는 이유는 뭘까? 도무지 모르겠다.

아그리파와 나는 밋밋한 작별 인사를 주고받지만 그는 끝까지 예전부터 나를 만나고 싶었다고 고집스레 말한다. 그 바람이 실현된 지금 실망했는지 아니면 기대보다 좋았는지 묻고 싶지만 참을 수밖에.

웨더비 부인에게 뭔가 더 캐낼 게 있을까 싶어 좀 더 뭉그적거린다. 가급적 패멀라 프링글의 추문 따위를 듣고 싶지만 웨더비 부인은 아그리파 삼촌의 병환을 걱정하며 영국 의학 협회가 무슨 생각을 하는 건지 도무지 모르겠다고 넋두리를 늘어놓을 뿐이다.

나 역시 정말 모르겠다고(이건 지금뿐 아니라 언제나 그랬지만) 동조하며 자리에서 일어난다. 두 사람을 함께 만나 무척 반가웠다고 하지만 말하고 보니 진심과는 거리가 멀어서 어딘지 찜찜하다. 그렇다고 이 집의 훌륭한 음식과 패멀라 얘기만 즐겼다고 솔직하게 말할 수는 없는 노릇이다.

나가서 버스를 찾아 본다. 이제는 노선도 별로 없고 배차 간격도 길어졌다. 미용실에 디녀올까 잠시 고민하지만, 불필요한 지출을 삼가고 침실 세면대에서 평범한 샴푸로 감기나 하라고 양심이 거만하게 충고한다. 또 한편에서는 내적 충동이(아마도 악마가 아닐까?) 국가 경제 활성화를 위해 구매 활동을 계속해야 한다고 부추긴다.

이 문제로 혼자 너무도 열띤 토론을 벌이다가 결국 내리려던 곳을 지나쳤다. 머뭇거리며 세워 달라고 하려다가 마음이 바뀌어 다시 자리에 앉자 차장이 확실하게 결정하라고 재촉한다. 그러곤 익살스럽게 덧붙인다. 머리 위로 비행기들이 쌩쌩 날아다닐 때도 그렇게 머뭇거리면 큰일 납니다. 승객들이 즐거워한 덕분에 모두 기분 좋게 헤어진다.

A 삼촌에게 가기엔 너무 이른 시각이라 머리 위에 떠 있는 매력적인 기구들을 감상하며 길을 걷는다. 참담한 수준의 소득세가 문득 떠오르지만 거기에 짓눌리기보다는 더 검소하게 살자고 마음먹고 나 자신과 가족을 위해 요리를 배우기로 한다. 거리 곳곳에서 오늘의 석간신문 기사를 홍보하는 전단이 보인다.

내가 보기에 가장 저급한 것은 히틀러의 성생활을 폭로하겠다는 전단이다. 분명 출처도 미심쩍을 것이다. 그러나 못마땅한 건 이뿐만이 아니다. 다른 (어리석은) 질문도 눈에 띈다. '왜 이든*을 소련으로 보내지 않는가?'

그 이유는 수백 가지를 들 수 있지만 그를 보내야 할 이유는 하나도 없다.

---

* 2차 세계 대전 당시 외무 장관을 지내고 전쟁 후 영국의 총리를 맡기도 한 정치인 앤서니 이든을 말한다.

나머지 전단들은 모두 연합국이 어딘가에서 굉장한 진격을 했고 사상자는 전혀 없으며 적에게는 엄청난 손해를 입혔다는 기사를 홍보하고 있다.

효과적인 선전을 위한 바람직한 수사법과 그렇지 않은 수사법을 정리한 멋진 글 한 편을 구상하다 보니 어느새 A 삼촌과 마우스 부인이라는 독특한 이름의 가정부가 맨 위층에 살고 있는 켄싱턴의 아파트에 도착한다.

어차피 정부가 내 도움을 원하지도 않는데 선전을 위한 수사법을 생각해 봐야 무슨 소용이 있을까 생각하니 등줄기가 서늘해진다. 기운 빠지는 생각은 밀어 놓고 그나마 매점에서 몇 시간씩 일하게 됐다는 사실로 위안을 삼는다.

오랜 친구인 건물 안내인은 내가 제복을 입지 않은 것을 보고 안타깝게도 놀라움과 실망을 얼굴에 고스란히 드러낸다. 요즘 귀부인들은 대부분 제복을 입으시던데요. 그가 말한다. 그가 아는 사람들은 나보다 운이 좋은 모양이다. 나도 일을 찾고 있다고 대꾸하지만 그는 믿지 않는 눈치다.

컴컴하고 말 털 냄새가 진동하는 낡은 빅토리아 시대 승강기를 타고 덜커덩덜커덩 느릿느릿 나와 함께 올라가면서 그는 이 건물인의 집들은 거의 다 비었지만 제아무리 히틀러라고 해도 노인들은 아무 데도 보낼 수 없을 거라고 한다. 그러더니 자기가 보기엔 참 **재미있는** 전쟁이라고 구변 좋게 덧붙인다. 아주 재미있다니까요. 사실상 전쟁은 아직 시작하지도 않았잖아요. 아닌가요? 나는 마지못해 동의한다.

승강기가 덜컥 멈추자 안내인이 말한다. 그래도 우린 **그 인간**이 제멋대로 하게 둘 수는 없지요. 안 그렇습니까? 조심해서 내리세요.

나는 1미터는 족히 차이 나는 듯한 바닥으로 조심스럽게 내려선 뒤 A 삼촌의 집 초인종을 누른다.

문 위쪽에 있는 불투명한 유리창에 마우스 부인의 눈이 보이더니 문이 열리고 그녀가 나를 반겨 준다. A 삼촌의 안부를 묻자 건강하게 잘 지내고 있으며 여든한 살은 고사하고 일흔 살로도 보이지 않는다고 한다. 무슨 일이 있어도 흔들리지 않을 분이라고 냉철하게 말한 뒤 호탕하게 웃으면서 덧붙인다. 우리 둘 다 독가스를 마시고 불이 붙은 채 하늘 높이 날아갔다가 이 건물 밑에 파묻히기 전에는 여기서 꼼짝도 하지 않을 분이죠.

나는 과장이 너무 심하다고 지적하며 지하에 대피소가 있냐고 물어본다. 그럼요. 하지만 전쟁 초기 새벽에 경보가 울렸을 때 그리로 모시고 가느라 얼마나 애를 먹었는지 몰라요. 옷을 다 입고 틀니까지 끼어야 한다지 뭐예요. 그저 참전하지 못하는 걸 아쉬워하신답니다.

그녀는 붉은 카펫이 깔리고 초콜릿색과 금색 벽지를 바른 좁고 익숙한 복도를 지나 퀴퀴하지만 아늑한 응접실로 나를 안내한다. 커다란 가구와 테이블야자, 금빛 액자에 넣은 가족사진, 유리문이 달린 그릇장, 도자기, 책, 신문과 구간 〈블랙우드 매거진〉 수백 부, 27년쯤 아무도 건드리지 않은 그랜드피아노 따위가 빽빽이 들어차 있다.

A 삼촌은 마호가니 책상 앞에서 벌떡 일어나 아주 다정하게 나를 맞아 준다. 꼿꼿하고 탄탄해 보이는 책상은 전형적인 외교관의 책상 같다(사실 A 삼촌은 증권 중개인으로 일하다가 은퇴했는데 말이다).

삼촌은 내가 피곤해 보인다면서(삼촌에 비하면 확실히 그런 듯) 마우스 부인에게 차를 가져오라고 한 뒤 커다란 구식 석탄 난로 앞에 내가 앉을 안락의자를 끌어다 준다. 나는 호의를 고맙게 받아들이며 그의 늘씬한 몸과 풍성한 백발, 전체적으로 기운 넘치는 모습에 감탄한다.

A 삼촌은 로버트와 아이들, '우리 가엾은 블란셰'(열다섯 살쯤 어린 그의 여동생)의 안부를 물은 뒤 자신은 육군성 복무를 제안

했지만 지금은 맡길 일이 없다는 아주 정중한 답장을 받았다고 한다. 하지만 틀림없이 조만간 자리가 생길 거란다.

A 삼촌은 현재 영국 정부가 독일의 힘을 얕보고 있다고 생각한다. 힌덴베르크에서 학창 시절을 보낸 그는 독일을 잘 알기 때문에 이런 상황을 알리기 위해 〈타임스〉에 편지를 쓰고 있다.

또 블란셰 이모에게 피난민 얘기를 들었다면서 그들의 안부를 묻고는 슈롭셔*에 사는 자기 종손녀 얘기를 들려준다. 영주의 저택에 사는 그녀는 일곱 명의 아이가 피난 온다는 전갈에 침구를 마련하고 모든 준비를 끝낸 채 기다렸는데 아이들이 끝내 오지 않았다는 것이다. 나는 일곱 난쟁이를 기다리는 백설 공주 같다고 대꾸한다.

A 삼촌은 그 얘기가 무척 재미있는지 몇 번이고 되풀이한다. 일곱 난쟁이를 기다리는 백설 공주라. 최고네, 최고야!

마우스 부인이 차를 내오자 내가 따라 주려 하지만 삼촌은 극구 거절하더니 직접 따른다. 그런 뒤 따뜻한 스콘과 살구잼, 수제 생강 쿠키를 내 앞으로 밀어 준다. 모두 마우스 부인이 직접 만들었다. 내가 마우스 부인은 보물이라고 하자 삼촌은 다소 놀

---

* 잉글랜드 중서부의 주.

란 표정으로 그럭저럭 괜찮은 사람이라고, 시키는 일은 잘한다고 시큰둥하게 말한다.

마우스 부인이 지난 46년 동안 A 삼촌을 위해 일했다는 사실을 떠올리자 기가 막혀서 말이 나오지 않는다.

얼마 후 나는 자리에서 일어나며 공습 대비 기지 매점에 일하러 가야 한다는 점을 분명히 밝힌다. 삼촌은 걱정이 되는 듯 너무 과로하지 말라고 당부한다.

그는 승강기까지 나를 배웅하며 안내인에게 잘 부탁한다고, 택시가 필요할 테니 불러 주라고 당부한 뒤 승강기가 여러 번 덜컥거리며 나를 싣고 내려갈 때까지 손을 흔든다.

택시는 무슨! (안내인도 택시 얘기는 꺼내지 않는다) 버스를 타고 스트랜드로 돌아온다.

욕실 문에 이제는 익숙한 "사용 중" 표지판이 붙어 있는 것을 보니 세레나가 온 모양이다. 응접실에는 커다란 분홍색 글라디올러스 한 다발과 빈 셰리 잔이 보이고 카펫 위에 과자 부스러기도 떨어져 있다 벌써 소등 시간이 되어 평소처럼 종이를 압정으로 고정해 놓았고 평소처럼 압정 몇 개가 바닥에 흩어져 있다.

세레나가 욕실에서 발그레한 얼굴을 내밀고는 내가 개의치 않길 바란다고 한다. 나는 아무렇지도 않고 오히려 글라디올러스를 사다 줘서 고맙다고 하자 그녀는 요즘 꽃이 얼마나 싼지 **거저나** 다름없다고 솔직하게 말한다.

그녀가 어디에 다녀왔냐고 묻기에 오늘 있었던 일을 들려준다. 세레나는 내게 격하게 공감할 뿐 아니라 심지어 웨더비 씨는 밖으로 끌어내 총을 맞게 해도 싸다고, 웨더비 부인도 이상한 사람이라고 떠든다. 그래도 A 삼촌은 말할 수 없이 존경스러운 분이라고 인정한다.

그러더니 일하기 전에 매점에서 함께 저녁을 먹고 싶어서 왔다고 한다.

나는 기꺼이 받아들이며 바지와 작업복으로 갈아입는다. 세레나가 두 벌 모두 잘 샀다고 칭찬하자 한결 마음이 놓인다.

단, 여전히 그녀의 성을 모른다는 사실이 걸릴 뿐.

같은 날, 새벽 1시 30분

매점에서 바쁜 저녁 시간을 보내고 돌아왔다. 어쩐지 내가 이 전쟁에서 연합국에 꼭 필요한 인재가 되었다는 기분 좋은 착각에 빠져 있다.

지금은 주문을 받아 전달하고 다양한 상표의 담배 가격을 외우고(대부분 끝자리에 0.5페니가 붙어서 계산하기가 어렵다) 주방에서 달걀프라이와 베이컨, 소시지와 으깬 감자, 치즈 토스트 등이 나오면 손님에게 갖다주는 것이 내 역할이다.

피코크 부인은 아직 다리가 낫지 않았지만 무척 친절하고 다른 직원들도 유쾌하다. 윈터개먼 부인은 멀리서만 보았고 세레나는 한 번도 보지 못했다.

끊임없이 들려오는 요란한 소음이 거슬리긴 하지만 조금씩 익숙해지는 것 같다. 그에 비해 공습경보는 바로 위에서 울려도 모를 것 같다.

10월 3일

윈터개먼 부인이 매점 카운터에 기대어 담배를 피우며 신나게 수다를 떠는 일이 점점 잦아지더니 이제는 습관이 되었다. 자기는 잠자지 않고 쉬지도 않으며 먹거나 신선한 공기를 마시지 않고도 버틸 수 있다고 단언한다. 내키지 않지만 이 점은 인정해야 할 것 같다.

원터개먼 부인을 상대할 사람은 나밖에 없다. 피코크 부인은 다리가 조금도 낫지 않아서 여전히 상자에 걸터앉아 멀찍이서 간신히 금전 등록기를 다루고 있고, 그 때문에 사교계에 갓 데뷔한 소녀는 카운터의 한쪽 끝을, 파란 눈의 식민지 출신 젊은 여자는 가운데를, 나는 반대편 끝을 맡고 있다.

입을 벌리지 않고 한쪽 귀퉁이로 웅얼거리며 알아들을 수 없게 말하는, 사교계에 갓 데뷔한 예쁘장한 소녀와 유쾌한 식민지 출신 여자에게 손님들이 몰리다 보니 보픕 할머니의 말동무는 내 차지가 되고 만다.

그녀는 우리 늙은이들이 우리끼리 어울려야 한다고 장난스럽게 말하더니 내가 예의 바르게 반박할 말을 생각하기도 전에 덧붙인다. 사내들이 저 여자아이에게만 몰려가는 게 참 재미있지 않아요? 챙겨 주는 게 좋은가 봐요. 그래도 난 저들을 웃게 할 수 있답니다. 과거에 함께 어울리던 똑똑한 남자 친구들, W.B. 예츠나 러디어드 키플링, 옥스퍼드 백작 애스키스● 등은 내게 위트가 뛰어나다고 했지만 꼭 그런 건 아니죠. 나는 말하자면 춤추는 별 아래서 태어난 것 같달까. 베아트리체▲처럼. (베아트리체가 누구냐고

● 1차 세계 대전 당시 영국 총리를 지낸 제1대 옥스퍼드 백작 허버트 애스키스를 말한다.
▲ 셰익스피어의 희곡 《헛수고》에서 '춤추는 별 아래서 태어났다'고 말하는 주인공.

물어보길 노린 거라면 잘못 생각했다. 나는 이미 알고 있으며 설사 모른다고 해도 물어보느니 차라리 궁금해서 미쳐 버리고 말 거니까.)

그녀는 적당히 뜸을 들인 뒤 대놓고 물어본다. 셰익스피어 작품을 잘 알아요?

잘 알진 않아요. 나는 아주 건조하게 대꾸한 뒤 웨일스 치즈 토스트 두 개와 베이컨 소시지 하나를 주문받아 주방에 전달한다. 카운터로 돌아가는 순간 보핍 할머니가 기다렸다는 듯이 말한다. 아까 그건 사랑스러운 희곡 《헛소동》의 대사를 인용한 거라고. 《헛소동》 알아요?

네, 알아요. 그런 뒤 나는 소시지와 으깬 감자를 주문받는다. 셰익스피어의 희곡 두 편 《뜻대로 하세요》와 《헛소동》의 내용이 늘 헷갈렸는데, 하필 이 순간에 쓸데없이 그 사실이 떠오른다. 윈터개먼 부인에게 틀렸다고 말할 수 있다면 너무도 기쁘겠지만 확신이 서지 않는다.

게다가 그녀는 그럴 기회조차 주지 않는다.

그녀가 금세 다시 묻는다. 최근에 가엾은 블란셰 소식은 들었나? 나는 왜 가엾어요? 하고 되물으며 불쾌한 티를 내지 않으려고 (사실은 불쾌하지만) 애써 미소를 짓는다. 보핍 할머니는 달래듯이 대꾸한다. 블란셰는 좋은 사람이지만 조금 **재미**없게 살아서 가엾다. 자기는 워낙 즐겁게 사는 데다 유머 감각도 뛰어나니까 모든 근심을 견딜 수 있지만 그런 재주가 없는 사람들은 견디기 어렵다는 것이다. 아주 오래전 자기 주치의(할리가에서 가장 이름을 떨치던 의사)는 이렇게 말했다. 윈터개먼 부인, 이론상으로 부인께서는 지금 살아 계실 분이 아닙니다. 벌써 죽은 사람이죠. 이런 몸으로 그렇게 많은 슬픔을 겪고 타인을 위해 그렇게 많은 희생을 하셨으니 한참 전에 세상을 떠났어도 이상할 게 없다니까요. 대체 어떻게 살아 계신 겁니까? 놀라운 정신력 말고는 설명할 길이 없네요.

윈터개먼 부인은 계속 떠든다. 내가 자랑하려고 이런 얘기를 한다고 생각하면 오산이에요. 그런 게 아니라니까. 나의 활력, 쾌활한 기질, 젊은 마음, 뛰어난 유머 감각은 모두 하늘에서 받은 거예요. 그런 걸 타고났으니 즐거울 수밖에 없고 다른 사람도 함께 즐거워하도록 최선을 다하는 거죠.

그런 최선의 노력이 지금 나에게 그렇듯이 다른 사람을 즐겁게 하지 못한다면 쓸모없는 게 아니냐고 반박하고 싶지만 참는다.

잠시 후 지휘관이 들어온다. 상자에 앉아 있던 피코크 부인이 일어서고 눈이 파란 식민지 출신 여자는 콩을 얹은 토스트를 바닥에 떨어뜨린다. 사교계에 갓 데뷔한 소녀는 딱히 신경 쓰지 않는다.

보핍 할머니는 아주 환한 얼굴로 내게 고개를 까닥하고는 열네 번째로 담배에 불을 붙인 뒤 긴 탁자에 올라앉아 다리를 흔든다. 그녀의 주위에 금세 남자들이 몰려들어 함께 즐기는 듯한 모습에 부아가 치민다.

지휘관은 역시 나를 보지도 않고 저녁 메뉴가 뭐냐고 묻고는 메뉴판을 건네자 아주 못마땅한 투로 메뉴들을 읊조린다.

결국 그녀는 토마토 토스트 두 개를 주문한다. 자기야라고 불리는 친구가 그녀의 뒤에 나타나더니, 아니, 어떻게 **그것**만 먹냐고, 절대 안 된다고 소리친다. 자기야, 더 먹어야 해, 토마토로 저녁을 때우는 건 허락할 수 없어. '그것만으론' 안 된다니까.

지휘관은 지겹다는 듯이 낮게 신음할 뿐 아무 말도 하지 않는다. 나는 잔소리를 이어 가는 자기야를 두고 주방에 주문을 전달하러 간다.

그 전에 주문받은 소시지와 으깬 감자, 웨일스 치즈 토스트, 베이컨 소시지가 나와서 들고 가다가 괴로운 얼굴로 바닥에 떨어진 콩을 쓸어 모으고 있는 젊은 식민지 출신 여자에게 걸려 넘어질 뻔한다. 떨어진 콩들을 어떻게 해야 하냐고 간절하게 묻는 그녀에게 나는 간결하게 대꾸한다. 쓰레기통에 넣어요.

지휘관이 기기가 주문한 도마토는 어디 있냐고 날카롭게 묻자 나는 똑같이 날카롭게 들리길 바라며 대꾸한다. 프라이팬에요. 그러자 그녀가 허를 찌른다. 내가 언제 구워 달라고 했어요? **빵**은 굽되 토마토는 생으로 얹어야 한다는 것이다. 자기야가 다시 잔소리를 시작하고 나는 주방에 수정 내용을 전달한다.

요리사가 씩씩거린다.

카운터에서 먼저 온 손님이 값을 치르려 하는데, 지금까지 늘 계산이 정확했던 피코크 부인이 반 크라운에서 9페니를 뺀 금액이 1실링 6페니라고 단언한다. 그 금액을 거스름돈으로 건네자 구급차 운전병은 당연히 설명을 요구하고, 이 일이 지휘관의 주의를 끌어 가엾은 피코크 부인은 호되게 야단맞는다. 너무 안쓰러워서 도와주고 싶지만 당장 할 수 있는 게 없다. 그래도 주의를 끌어 보려고 지휘관이 주문한 구운 빵과 굽지 않은 토마토를 내준다. 지휘관은 아랑곳없이 할 말을 마저 하고 친구인 자기야는 내게 지휘관을 방해하는 **대역죄**를 지었다는 신호를 보낸다. 여성 권력자들을 주제로 짧지만 신랄한 글을 구상해 본다. 의문 전단으로 제작해서 우리 공군이 놀고 있을 때 전국 여성 조직에 살포하게 하면 어떨까?

날카로운 소리에 퍼뜩 정신을 차려 보니 지휘관이 **이게** 자기 식사냐고 묻고 있다.

네, 맞아요.

그럼 당장 가져가서 오븐에 좀 넣어 줄래요? 다 식었잖아요.

접시째 그녀의 머리에 던져 버리면 좋으련만 안타깝게도 예절의 본능이 앞선다. 차라리 아주 우아한 태도를 보여 주면 더 큰 깨달음을 얻을 거라고(지금으로선 그게 합리적인 행동이기도 하다고) 결론을 내린다.

그래서 아주 냉철한 말투로 "알겠습니다." 하고 대꾸한다. 아주 세련된 투로 말하려 했지만 실패한 것 같아서 하지 말 걸 그랬다는 후회가 밀려든다. 게다가 지휘관은 전혀 부끄럽지 않은 듯 참을 수 없이 권위적인 태도로 빨리 해달라고 채근할 뿐이다.

요리사는 아까보다 더 씩씩거린다.

머리카락 전체가 곱슬곱슬하고 허리는 겨우 18인치쯤 되어 보이는 아주 예쁜 여자가 들어와 카운터에 기대 서더니 내게 밀크초콜릿 바와 플레인 초콜릿 비스킷 중에 무얼 먹으면 좋을지 물어본다.

사교계에 갓 데뷔한 소녀가 여자에게 소리친다. 얼핏 듣기엔 "영, 뮬!"이라고 한 것 같은데 다시 생각해 보니 "안녕, 뮤리얼!"이었다. 뮤리얼이 잠깐 곱슬머리를 흔들어 보이고는 계속 내게 말을 걸자 괜히 우쭐해진다. 아직 마음을 정하지 못한 이 예쁜 소녀를 두고 한 번 더 지휘관의 식사를 가지러 가야 한다는 사실이 안타까울 뿐.

요리사가 내게 식사를 건네며 짧지만 진심이 가득 담긴 투로 말한다. 목에 탁 걸리면 좋겠네. 나는 못 들은 척하지만 어느새 요리사와 의미심장한 눈빛을 주고받고 있다.

자기야가 내게서 접시를 낚아채더니 지휘관에게 건네는데, 접시가 아직 뜨거울 거라는 생각에 통쾌해진다. 지휘관은 고맙다는 말도 없이 친구에게서 접시를 낚아챈다.

어디서 어떻게 나온 건지는 모르겠지만 지하 세계에는 독일 폭격기들이 오늘 밤 런던 공습에 나선다는 소문이 돌고 있다. 모두들 **기대하던** 일이라고 한다. 표현이 좀 그렇지 않나? 마치 우리가 폭격기를 초대하기라도 한 것 같다. 사람들은 그리 침울해 보이지 않고 사교계에 갓 데뷔한 소녀는 어느 때보다도 흥분한 듯 입 한쪽 끝으로 알아들을 수 없는 말을 중얼거린다. 무슨 말인지 모르겠지만 굳이 해석하려 들지 않는다. 어차피 중요한 얘기도 아닐 테니까.

밤이 되자 피코크 부인은 얼굴이 더욱 파리해지고 상자에서 일어나기도 어려워 보인다. 하지만 다리 때문이 아니라 거스름돈을 잘못 계산해서 지휘관에게 혼난 탓일 것이다. 무척 안쓰러울 따름이다.

언제나처럼 매점은 무척 소란스럽다. "우리는 지그프리드선에 빨래를 널리라"가 울려 퍼지고 "헤어질 때는 우리에게 행운을 빌어달라"는 노래도 우렁차게 퍼져 나간다. 윈터개먼 부인은 구급차 대원들과 들것병들, 철거반 대원들에게 에워싸여 밤늦도록 이야기꽃을 피우고 있고 여자 대기실에서도 끊임없이 말소리가 흘러나온다.

나는 샌드위치 빵을 써는 일에 집중한다. 꽤 잘하고 있다고 생각했는데 자정에 교대하는 근엄한 여자가 말라비틀어진 듯 보이는 빵 쪼가리를 들고 와서 내가 썬 거냐고 차갑게 묻는다.

네, 그런데요.

이 긴 빵은 서른두 조각을 내야 하는데 그렇게 썰면 스물네 조각도 나오기 어렵다는 걸 몰라요?

나는 사과하며 앞으로는 잘하겠다고 약속한다(나중에 생각하니 무모한 약속이었다).

12시에서 1시 사이, 매점이 한가해지자 피코크 부인이 아까보다 더 파리한 얼굴로 자기가 집에 가도 괜찮겠냐고 묻는다. 다리가 몹시 아프다는 것이다. 내가 있을 테니 어서 들어가라고 하자 근엄한 여자가 끼어들어 우리 둘 다 가도 좋다고 한다. 이제 **자기**가 있으니 다 알아서 할 수 있다나.

나는 사양하지 않고 피코크 부인과 함께 나선다.

거리는 칠흑같이 컴컴하지만 지하 세계와 비교하면 더없이 고요하고 평화로우며 상쾌하다. 별이 반짝이는 하늘을 보며 여기가 **화성이라면** 좋겠다고 얘기할까 고민하고 있는데 피코크 부인이 불쑥, 읽을 책을 추천해 달라고 한다. 어째서인지 몰라도 내가 책을 잘 알 거라는 생각이 들었다나.

어느새 나는 그녀가 아주 불미스러운 추문을 들이밀기라도 한 것처럼 부인하고 있다. 그보다 더 당황스러운 사실은 당장 《그림 형제의 동화집》 말고는 딱히 떠오르는 책이 없다는 것이다. 당연히 이 책을 추천할 수는 없는 노릇. 나는 시간을 벌기 위해 되묻는다. 어떤 종류의 책을 좋아하세요?

피코크 부인은 몹시 겸연쩍어하며 이런 시기에는 소설 말고 다른 책을 읽을 수 없다고 한다. 탐정 소설이나 정치 소설, 실업자가 나오는 소설도 싫다. 섹스를 다루는 소설도 싫고 무엇보다도 나치스 치하 독일의 삶을 다룬 소설은 절대 안 된다.

문득 도로시 위플의 《수도원》*이라는 유쾌한 소설이 떠올라 망설임 없이 권한다. 그녀가 말한 요건에 딱 맞을 뿐 아니라 덤으로 행복하게 끝난다.

---

* 원제는 《The Priory》. 도로시 위플은 주로 대중 소설과 아동 도서를 쓴 영국 작가로, 두 차례의 세계 대전기에 인기를 끌었다.

피코크 부인은 어쩜 그렇게 좋은 소설이 있냐며. 게다가 현대 소설이 그렇다니 믿기지 않는다고 한다. 나는 그 소설은 정말 그러하며 오랫동안 그렇게 재미있는 소설은 본 적이 없다고 단언한다.

그녀는 내게 거듭 고마움을 표한다. 조금 있으면 그녀의 다리가 움직이지 않을 것 같아서 나는 스트랜드에서 버스 타는 것을 도와줄 테니 내 팔을 붙잡으라고 한다. 그러나 그녀가 내 팔을 붙잡는 순간 우리는 함께 모래주머니 더미에 부딪힌다.

피코크 부인은 정말 괜찮다고 하며 오히려 시련이 다리를 더 **튼튼하게** 해줄 테니 잘됐다는 선의의 거짓말을 한다. 그녀가 더 큰 거짓말을 하기 전에 얼른 인사를 건넨 뒤 그녀의 집으로 가는 버스인지 알아보지도 않고 무작정 태운다.

버킹엄가로 돌아오자 2시가 다 되었다. 당장 자야겠다고 생각하면서도 괜한 의무감에 스타킹을 빨고 비키에게 편지를 쓰고 책상을 정리한 뒤 세레나가 가져온 글라디올러스 가지를 정리하고 물을 갈아 준다.

마침내 소설 《데이지 체인》*을 들고 침대에 누우며 모두가 1850년대 잉글랜드로 돌아간다면 얼마나 좋을까 생각해 본다.

● 원제는 《The Daisy Chain》. 영국 소설가 샬럿 메리 용거의 1856년 소설.

10월 4일

세레나가 핀플리턴 준장의 소식을 전해 준다. 안타깝게도 육군성에는 내가 일할 자리가 없다는 것이다. 하지만 때가 되면 모두가 일자리를 찾을 거라고 덧붙인다.

이 말을 어디서든 한 번만 더 들으면 무슨 짓을 할지 나도 모르겠다.

세레나는 이 신나는 소식을 전한 뒤 빅토리아 임뱅크먼트 가든*을 함께 산책하자고 한다. 그녀는 공습경보가 울리면 즉각 자리로 날아가기로 약속하고 한 시간 외출 허락을 받았다.

아름다운 꽃들을 감상하고 있을 때 고맙게도 정원 사이에 방공 기구 하나가 도착한다. 언제나처럼 사람과 트럭도 딸려 있다.

세레나는 여러 포스터에서 '평화 공격'이라고 일컬어지는 히틀러의 평화 제안이 거절당할 거라고 한다. 우리는 그게 당연하며 다른 상황은 생각할 수도 없다고 입을 모은다. 또 히틀러는 이러지도 저러지도 못하는 상황에 빠졌고 그 사실을 스스로도 잘 알고 있으며 결국 재앙을 맞게 될 게 분명하다. 세레나는 히틀러가

● 런던 도심 템스강의 블랙프라이어스교와 웨스트민스터교 사이에 펼쳐진 강변 공원.

머지않아 이성을 잃을 거라고 한다.

나는 그래도 헤르만 괴링●과 리벤트로프, 루돌프 헤스▲는 남지 않겠냐고 지적한다.

세레나는 괴링은 **악랄하긴** 하지만 적어도 군인이니 규칙을 알 테고 리벤트로프는 조만간 암살당할 것이며 헤스는 허수아비라는 말로 내 걱정을 일축한다.

부디 뭔가 알고 하는 말이라면 좋겠다.

지하 세계 얘기가 나오자 세레나는 몹시 흥분하며 보퓝 할머니가 음악회를 제안했다고 한다. 자기가 노래도 하겠다고 했다나. 이걸 어떻게 말릴지 모르겠단다.

세레나는 또 곱슬머리 소녀 뮤리얼이 무척 다정하다고 한다. 차우차우 강아지를 키우고 있고 세레나에게 사진도 보여 주었는데 털이 곱슬곱슬해서 뮤리얼과 **똑같아** 보인다.

이어서 세레나는 지휘관이 (히틀러처럼) 곧 무너질 것 같다고 한다. 오늘 아침 6시에 자기야가 저민 햄 한 접시를 갖다주었는데 지휘관이 **시간이 없다**면서 건드리지도 않는 바람에 두 사람이 싸웠다는 것이다.

● 나치스 독일의 정치가 겸 군인.
▲ 나치스 독일의 국무장관.

소문에 의하면 자기야는 몹시 화가 나서 아델피를 나갔다.

우리는 내 아파트로 걸음을 옮긴다. 내가 차와 비스킷을 먹고 가라고 하자 세레나는 선뜻 받아들인다. 지휘관과 너무도 대조되는 태도에 문득 궁금해진다. 누구는 음식에 손도 대지 않고 누구는 밤낮으로 시도 때도 없이 차와 커피, 비스킷을 먹는데, 이 둘 사이의 중용을 지킬 수는 없을까?

이 얘기를 꺼내려 하는데 전화벨이 울린다. 레이디 블로필드가 너무 급하게 물어봐서 미안하지만 **심하게** 바쁘지 않다면 내일 점심에 무척 흥미로운 남자가 오기로 했으니 함께 만나자고 한다. 이 남자는 러시아에서 태어나 루마니아 여자와 결혼했다가 헤어지고 프랑스 여자와 다시 결혼했지만 역시 이혼했다. 여러 언어에 **능통**하니 틀림없이 유럽 상황에 관한 내부 정보를 많이 알 거라고 한다. 지금은 프리랜서 기자로 일하고 있다. 나는 당연히 기꺼이 가겠다고 하며 굉장한 기회를 준 그녀에게 고마움을 표한다.

레이디 블로필드는 내게 잘 지내냐고 묻는다. 무척 불안해하는 그녀에게 더없이 잘 지낸다고 대답하기가 민망해서 일주일쯤 먹지도 자지도 못한(전혀 아니지만) 목소리로 대답한다. 네, 그럭저럭 지내고 있어요.

메모: 상대의 기분을 맞춰 주는 건 거짓말과는 다른 문제다. 지금

내 행동이 어느 쪽에 속하는지는 굳이 생각하지 않으련다.

수화기 저편에서 레이디 블로필드가 너무도 다정하게 탄식하자 그녀와 남편의 안부도 묻지 않을 수 없다. 좋은 얘기가 나오지 않으리라는 것을 알지만.

가엾은 우리 남편 아치가 과중한 업무에 시달리고 있어서 걱정이 이만저만이 아니에요. 주말에 잠깐 시간을 내서 시골에라도 다녀오면 좋을 텐데 그럴 수가 없다네요. 아치는 나 혼자서라도 가라고 하지만 거절했어요. 괜히 런던을 떠났다가 공습이 일어나면 교통망이 마비되고 전국의 통신도 끊어질 뿐 아니라 석유도 조달할 수 없고 정부는(그런 게 아직 존재하는지 모르겠지만) 완전히 혼란에 빠질 테니까요.

그녀가 주말에 서리로 내려가는 순간 즉시 이런 일이 벌어진다면 당연히 런던에 있는 편이 낫다고 말할 수밖에.

그녀는 터키의 태도가 아직 의심스럽다느니, 자기와 아치는 크렘린 상황이 못마땅하다느니 하는 얘기를 이어 가지만 세레나가 옆에서 전화를 끊으라고 성화하는 통에 제대로 들을 수가 없다. 그만 끊으세요. 같은 얘기를 계속 되풀이하고 있잖아요. 세레나가 속삭인다.

나는 테이니 블로필드에게 초대해 줘서 고맙다고 세 번 더 인사한 뒤 그녀와 범세계주의자 친구를 만날 일이 기대된다고 한 번 더 얘기한다. 그러자 그녀는 그 사람이 국제 정세에 얼마나 전문가인지 다시 한 번 설명한다. 그러고 나서야 마침내 대화가 끝난다.

내가 사과하자 세레나는 괜찮다면서 나와 얘기하고 싶은데 시간이 별로 없어서 그랬다고 한다. (아까부터 계속 나와 얘기한 것 같은데 세레나가 생각하기엔 아닌 모양이다.)

세레나가 묻는다. 혹시 제 집에서 만난 J. L. 기억하세요?

그럼요. 플라톤을 읽으면서 머리를 식힌다던 사람이잖아요.

세레나는 기겁하며 **꼭** 그런 사람은 아니라고 소리친다. 사실은 아주 좋은 사람이란다. 유머 감각은 없지만 **다정**하고 전혀 거만하지 않다.

그럼 다행이네요.

그런 사람하고 결혼해도 괜찮을까요?

나는 화들짝 놀라며 세레나를 바라본다. 세레나는 절망과 고뇌에 휩싸인 표정으로 내 눈을 피한다.

나는 뻔한 대답을 내놓는다. 그야 본인이 어떻게 느끼느냐에 달려 있죠.

세레나가 대답한다. 아, 정말 모르겠어요. 아무것도 모르겠어요. 그래서 조언을 듣고 싶어요. 다른 사람들은 다 결혼을 하는 것 같은데. 최근 〈타임스〉의 혼인 발표 코너 못 보셨어요?

물론 보았다. 그걸 보고 지난 전쟁 기간인 1914년부터 3년간의 기억이 떠올랐다. 결혼이 급증하는 경향을 보면서 딱히 기운이 나지 않았더랬다. 그래도 지금 중요한 건 세레나 자신이 J. L.에게 어떤 감정을 느끼느냐이다.

세레나는 열의 없이 대꾸한다. 그 사람을 좋아하고 그 사람이 쓴 글도 멋지다고 생각해요. 함께 있으면 편하고 결혼한다면 대부분의 사람보다 크게 불행할 것 같진 않아요.

그렇다면 좀 더 있어 봐요. 내가 말한다.

세레나는 조금 안도하는 얼굴로 고마움을 표한다.

나는 한 발 더 나아가 혹시 사랑을 중요하게 생각하지 않는지 물어본다. 세레나는 사실 그렇다고 서글프게 대꾸한다. 좀 더 어릴 때는 자주 사랑에 빠졌지만 결과는 늘 실망스러웠고 어차피 이제는 세태가 바뀌어 사랑한다는 이유만으로 결혼하지 않는다는 것이다. 모두가 확실히 그렇게 생각하는 것 같다.

그럼 무슨 이유로 결혼하죠?

가장 큰 이유는 변화를 원하기 때문이죠, 하고 세레나가 대꾸한다.

나는 그런 이유로 결혼하는 건 적절하지 않다고 강조한다. 세레나는 무척 고마워하며 조급해하지 않겠다고 약속한다. 내가 큰 도움이 되었다고 하지만 딱히 진심은 아닌 것 같다.

세레나가 가려고 할 때, 〈타임스〉 혼인 발표 얘기가 연상 작용을 일으킨 탓인지 내가 용기 내어 털어놓는다. 사실은 블란셰 이모가 자꾸 그렇게 불러서 나도 그녀를 여전히 세레나 아무개로 알고 있다고. 세레나는 박장대소를 하며 요즘에는 **어마어마하게** 잘 아는 사람이 아니면 성을 모른다면서 자기 성은 브라운이라고 일러 준다.

10월 5일

레이디 블로필드와 점심을 먹으며 범세계주의자 친구를 만나는 영광을 누린다.

그는 머리가 마구 헝클어지고 눈이 큰 편이며 손톱 관리에 영 취미가 없는 듯한, 거칠어 보이는 청년이다. 두세 개 언어를 섞어 쓰는 이상한 버릇이 있다. 그 모든 언어를 자유자재로 구사한다는 점은 무척 인상적이지만 이야기를 제대로 따라갈 수가 없다.

아치볼드 경은 보이지 않는다. 레이디 블로필드에 따르면 히틀러의 간악한 평화 제안 때문에 전보다 훨씬 바빠졌다고 한다. (히틀러의 평화 제안과 관련해 정확히 어떤 일을 하냐고 묻고 싶지만 교양 있게 물어보기가 어려울 것 같다.)

무슈 기트닉이라는 범세계주의자 청년은 프랑스어로 단언한다. "세 푸 드 히틀러 프라 윙 데르니에 아탕타, 메 일 니 아 크 뤼 키 시마지네 크 스라 바 레외시르"● 여기에 "앙 에페"▲ 하고 대꾸하며 프랑스어를 제대로 했기를 기도한다. 무슈 기트닉은 나를 돌아보더니 다시 한참 떠드는데, 이번엔 러시아어인 것 같다.

나는 그의 눈을 똑바로 보며 내가 아는 유일한 러시아어를 빠르게 내뱉는다. "다, 다, 다!"■ 그가 기뻐하며 러시아어를 하세요? 하고 묻자 몹시 당황한다.

아니라고 솔직하게 말하자 그는 실망하는 눈치다. 레이디 블로필드가 앞으로 어떤 상황이 펼쳐질지 얘기해 줄 수 있냐고 그에게 묻는다.

그림요.

● 히틀러 이 미친놈은 마지막 일격을 날릴 테지만 그게 먹힐 거라고 생각하는 사람은 그 자신뿐이라니까요.
▲ 그럼요.
■ 네, 네, 네!

히틀러는 내일 정오에 대국민 연설을 할 예정이다. (이건 여러 신문과 라디오를 통해 이미 알려진 사실인데.) 이른바 평화 제안에 대해 간략히 얘기할 것이며, 프랑스와 영국이 반가워할 만한 성격은 아니다. "무슈 체임벌린 프랑드라 라 파롤 에 앙베라 프로므네 무슈 히틀러, 무슈 달라디에 앙 프라 오탕, 에 쥐트! 라 뤼트 상가쥐라, 푸르 드 봉 세트 푸아-시."●

"푸르 드 **푸르** 봉?" 레이디 블로필드가 불안한 목소리로 그의 말을 어설프게 되풀이한다.

기트닉은 아주 신속하게 대꾸한다. 헝가리어 같기도 하고 폴란드어 같기도 하며 두 언어가 섞인 것 같기도 한데 어쨌든 위안이 되는 내용은 아닌 듯. 마지막으로 그는 영어로 결론을 내린다. 이 나라 사람들은 우리가 북쪽과 동쪽뿐 아니라 남쪽과 서쪽도 아주 취약한 상황이라는 점을 아직 모르는 것 같다고.

그러자 레이디 블로필드가 힘없이 묻는다. 하늘은요?

기트닉은 위압적인 목소리로 단언한다. 런던은 방공이 잘돼 있죠. 그 점은 의심할 여지가 없습니다. 하지만 지방은 공습에 아주 취약해서 공격받을 확률이 높습니다. 이스탄불과 아테네, 뉴멕시

● 체임벌린 총리도 연설을 통해 히틀러의 제안을 단호히 거절하고 달라디에 총리도 그러겠죠. 그럼 젠장! 이번에는 제대로 전쟁이 시작될 겁니다.

코에 떠도는 얘기로는 리버풀에 70시간 폭격을 퍼붓는 게 나치스의 첫 계획이라고 하던데요.

레이디 블로필드는 신음만 할 뿐 아무 말도 하지 않는다.

다른 손님이 도착하는데, 내가 딱히 만나고 싶지 않았던 웨더비 부부다. 하지만 예의상 기쁘게 놀라는 표정을 짓는다.

기트닉이 바로 두 사람에게 이탈리아어로 말하자 그들은 자신 있게 프랑스어로 대답한다. 그러자 기트닉은 다시 영어로 얘기한다. 웨더비 부부는 전혀 동요하지 않는 것 같다. 곧이어 그들은 기트닉에게 미국의 태도에 대해 얘기해 줄 수 있냐고 묻는다.

이번에도 기트닉은 그럼요, 하고는 설명을 이어 간다.

현재 미국은 충돌을 피하고 있지만 연합국 쪽으로 기울고 있습니다. 틀림없이 무기 금수 조치를 두고 많은 논의가 있을 겁니다. 로마에서는 이 금수 조치가 내년 초에 풀릴 거라는 얘기가 도는데, 그 얘기는 제발 그만하죠.

레이디 블로필드는 감탄하는 얼굴이지만 웨더비 부부는 심드렁할 뿐이다(내게는 존경스러운 태도다). 무슈 기트닉은 토트넘 코트가* 뒷골목의 허름한 가게에서 수정 구슬로 점을 치는 저급한 주

---

* 린넌 중심의 수요 도로.

술사와 다를 게 없다는 확신이 점점 굳어진다.

식사가 나오자 어찌나 반가운지. 나는 불안한 유럽 정세 얘기에서 벗어나 바위 정원으로 화제를 옮기려 안간힘을 쓴다. 그러나 결국 참담하게 실패한다.

모두가 훌륭한 오믈렛과 닭고기 캐서롤, 다른 음식과 술을 조용히 먹고 있는 가운데, 기트닉은 안주인의 끈질긴 유도 심문에 못 이겨(아무래도 그녀는 쓸데없이 기트닉을 탈탈 털려고 작정한 것 같다) 자기가 소련으로 돌아가면 '너무 많은 것을 알고 있다'는 이유로 투옥될 거라는 경고를 들었다고 한다. 독일과 에스토니아, 근동에서도 같은 이유로 비슷한 운명이 그를 기다리고 있단다.

웨더비 부인이 말한다. 그 얘기를 들으니 예전에 무척 인기 있었던 연극 『너무 많은 것을 알고 있는 남자』가 떠오르네요(시간이 갈수록 웨더비 부인이 점점 대단하게 느껴진다). 아니, 제목이 『집에만 있는 남자』*였나?

웨더비 씨는 그게 맞는 것 같다고 한다. 나도 같은 생각이다. 레이디 블로필드는 이제 그런 건 중요하지 않다고, 그 모든 게 까마득한 일처럼 느껴진다고 서글프게 말한다.

● 원제는 『The Man Who Stayed At Home』. 1차 세계 대전 당시의 영국이 배경이며, 집에만 있는 것처럼 보이지만 사실은 독일 스파이를 쫓는 비밀 요원인 남자의 이야기.

기트닉은 빵 부스러기를 탁자 여기저기에 흘리며 알 수 없는 언어로 뭐라고 말하지만 아무도 대꾸하지 못한다. 때마침 레이디 블로필드의 개가 짧고 날카롭게 짖는다.

대화는 개 얘기로 옮겨 가고 어느새 나는 털이 북슬북슬하고 어깨가 떡 벌어져서 작은 곰을 연상시키는 로버트의 사랑스러운 개 벤지의 매력을 장황하게 늘어놓고 있다. 웨더비 부인은 관심을 표하지만 웨더비 씨는 여전히 냉랭하다. 그래도 페키니즈는 사람들이 생각하는 것보다 더 똑똑하다고 무심하게 인정해 준다. 레이디 블로필드는 자기 개를 쓰다듬으며 다음 주에 햄프셔에 있는 언니 집으로 피난을 보낼 거라고 한다.

기트닉은 고집스레 더 큰 쟁점으로 화제를 돌린다. 우리 모두가 이해할 만한 이유로 이름과 국적을 밝힐 수 없는 소식통이 역시 절대 밝혀선 안 되는 중립 국가에서 흥미로운 편지를 보냈다는 것이다.

이름을 밝힐 수는 없지만 궁금하다면 편지를 보여 줄 수는 있다고 한다.

"위, 위."* 레이디 블로필드가 몹시 상기된 얼굴로 대꾸한다. 마침 집사가 우리에게 커피와 담배를 내주고 있는데 이 짧은 프랑스

● 그럼요, 그럼요.

어로 그를 속일 수 있다고 생각하는 모양이다.

(집사의 반응이 궁금해서 흘끗 보니 원래 무심한 표정에 전혀 변화가 없다.)

커피를 금세 마셔 버린 뒤(좀 더 시간을 끌었어야 했는데) 우리는 다시 응접실로 자리를 옮긴다. 기트닉은 수첩 속에 넣어둔 신문 기사 스크랩과 평범한 프랑스 우표가 붙은 듯한 봉투, 그리고 엽서를 꺼내더니 엽서 한 면을 살짝 보여 준다. "주 크루아 크 무슈 히틀러 아 레 지터스."●

그러더니 나머지 내용은 아무것도 아니라고, 정말 아무것도 아니라고 한다. 그러나 그 한 문장만큼은, 유럽의 누구보다도 이 모든 상황에 정통한 사람의 의견인 만큼 자기가 보기에 놀랍도록 중요하다는 것이다. 그렇지 않나요?

모두가 심각한 얼굴이 되고 레이디 블로필드는 여러 번 고개를 저으며 그게 사실이라면 좋겠다고 한다. 우리 모두가 같은 생각이라고 하자 무슈 기트닉은 그 엽서를 다시 조심스레 수첩에 넣는다.

잠시 후 그는 이제 총알이 다 떨어진 듯 정보부에서 와달라고

● 이제 히틀러는 불안한 것 같습니다.

했는데 아무래도 좋은 소식을 가져다줄 수 없을 거라며 걱정하는 얼굴로 떠난다.

레이디 블로필드는 아쉬운 투로(하지만 딱히 확신은 없는 투로) 정말 흥미로운 사람이 아니냐고 우리에게 묻는다. 입을 굳게 다물고 있는 웨더비 부부를 본받고 싶지만 나도 모르게 애매하게 동조하는 소리를 낸다.

나는 웨더비 부부와 함께 나선다. 현관 밖으로 나오자마자 웨더비 씨가 단언한다. 저 나쁜 놈은 순 사기꾼입니다. 오히려 다른 사람보다 사정을 훨씬 모른다니까요.

웨더비 부인과 나도 가세한다. 그러고 나자 도무지 끌리지 않던 이 부부에게 매력을 느끼기 시작한다. 딱히 좋아하지 않는 사람끼리도 누군가를 함께 미워하고 흉보면 끈끈한 유대가 싹튼다는 생각에 씁쓸해진다.

하이드 파크 코너에서 두 사람과 헤어진다. 웨더비 씨는 내무성에서 기다리고 있으니 절대 늦어선 안 된다고 하며 택시를 잡아 타고 웨너비 부인은 달리아도 감상할 겸 공원을 질러 걸어가겠다고 한다. 나는 버스를 타고 옥스퍼드가의 대형 상점으로 향한다. 손님은 나뿐이다. 학교에 있는 비키에게 보낼 라일사 스타킹 두 켤레를 산다.

10월 6일

라디오에서 히틀러가 대국민 연설을 통해 말도 안 되는 평화 제의를 했다는 보도가 나온다. 아무도 관심을 갖지 않는다. 세레나가 중간에 라디오를 끄며 하는 말, 차라리 BBC가 그렇게 좋아하는 "런던데리의 아리아"*가 훨씬 더 재미있겠어요.

나도 맞장구치며 체임벌린 총리가 아돌프 히틀러의 헛소리에 성급하게 반응하지 않으면 좋겠다고 한다. 세레나는 그런 일은 없을 거라면서 늘 솔직한 견해를 내는 미국 신문들은 뭐라고 할지 무척 궁금하단다. 그런 뒤 내게 커피 한 잔과 담배 한 갑, 사과 두 개를 주문한다.

이윽고 우리는 여성 의용대▲가 해산되고 푸른 제복으로 새롭

- 북아일랜드 런던데리 일대에서 전해져 오는 민요. 국내에서 "아! 목동아"로 번안되어 발표된 곡이다.
▲ Women's Voluntary Service(WVS). 공습 대비대에 여성의 참여를 독려하기 위해 1938년에 조직되었으며 전쟁이 발발하면서 공습 대비대의 식사 지원이나 도시 어린이 피난 지원을 포함해 광범위한 역할을 맡았다. 이후 영국 의용대(Royal Voluntary Service)로 이름을 바꾸어 현재까지 자선 단체로 운영되고 있다.

게 편성된다는 소문을 놓고 한참 논쟁을 벌인다.

피코크 부인이 내게 금전 등록기를 맡아 달라고 하자 어쩐지 중요한 사람이 된 것 같아서 얼른 받아들인다.

또 그녀는 일요일에 일하려는 사람이 별로 없으니 내가 한두 시간 도와줄 수 있냐고 묻는다. 나는 물론이라고, 집이 코앞이라 언제든 건너올 수 있으니 아무 때나 말만 하라고 가볍게 대꾸한다. 모두가 기피하는 시간도 괜찮다면서. 그러자 그녀는 기다렸다는 듯이 내게 아침 6시 근무를 배정한다.

10월 8일

아무 때나 괜찮다고 하는 게 아니었다. 정말이지 아침 6시에는 영 기운이 나지 않는다.

7시 30분쯤 보핍 할머니가 (데이지처럼 청량한 모습으로) 매점에 들어오더니 얄밉게도 내 눈에 졸음이 가득하다고 한다. 잠 귀신이 멀리 못 간 것 같다나. 그러곤 아침 식사로 홍차와 버터 바른 토스트, 스크램블드에그를 주문한다.

식민지 출신 동료가 음식을 내주더니 (짜증 나게도) 원터개면 부인은 무척 훌륭한 분인 것 같다고 한다. 언제나 쾌활하고 언제나 기운이 넘치며 언제나 남을 생각한다나.

보핍 할머니가 득달같이 끼어들더니(귀가 엄청 밝은 듯) 무슨 말도 안 되는 소리냐고 되묻는다. 지난 전쟁의 그 용감한 벨기에 사내들은 이 쓸모없는 할머니가 조금은 도움이 된다고 했지만, 기껏해야 그 정도지 뭐 대단할 게 있나요? 난 최대한 도울 수 있다면 그걸로 **만족할** 뿐 항공기들이 날아와 내 머리에 폭탄을 떨어뜨려도 상관없다니까요. 그녀를 만난 이후 처음으로 동의하고 싶어진다. 식민지 출신 젊은 여성은 (아무래도 나보다는 훨씬 선량한 듯) 죽어도 상관없다는 말에 적당히 기겁하는 내색을 한다. 그러자 원터개먼 부인은 집게발 같은 손으로 곱슬머리를 부스스 헝클어뜨리며 들것병 한 명이 자기를 그림자처럼 졸졸 따라다니는데 대체 왜 그러는지 모르겠다고 한다. (나도 정말 모르겠다.)

밤새 거리에서 보초를 섰는지 몹시 피곤해 보이는 나이 지긋한 임시 경찰관이 소시지 두 개를 주문하자 얼른 주방에 전달한다. 요리사는 경악하며 의심 가득한 얼굴로 내가 잘못 들었을 거라고 한다. **소시지만** 주문하는 사람이 어디 있냐는 것이다. 구운 빵이나 으깬 감자, 하다못해 토마토라도 함께 주문했을 게 분명하단다.

임시 경찰관에게 다시 묻자 아니라고 한다. 그는 **소시지만** 주문했고 실제로 소시지만 원한다.

이 불굴의 의지를 다시 전하자 요리사는 여전히 믿을 수 없다는 듯이 창구 너머로 카운터에 기대 서있는 임시 경찰관을 못마땅하게 바라본다. 내가 커피나 버터 바른 빵, 차는 어떠냐고 물어도 고개를 젓고는 탁자 한구석으로 가서 소시지를 먹는 그를 보며 요리사는 혀를 끌끌 찬다. 어떻게 소시지만, 그것도 두 개를 먹는지 도무지 이해할 수 없단다. 그래도 이번 전쟁에서 이기려면 가능한 사람은 누구든 동원해야 할 거라고 덧붙인다.

바쁜 시간이 지나자 나는 피코크 부인의 상자에 걸터앉아 1914년 구급 간호 봉사대에서 일한 기억을 떠올린다. 사반세기의 세월이 사람을 여러 면에서 바꿔 놓았다는 생각에 우울해진다.

이런 생각을 하다 보니 자연스레 로빈과 비키가 떠오른다. 머릿속으로 한 명에게는 군복을 입히고 다른 한 명은 푸른 바지와 스웨이드 재킷, 철모로 무장시키고 있을 때 보핍 할머니가 우렁찬 목소리로 방해한다. 내가 무슨 생각을 하는지 다 안다는 것이다. 얼굴에 쓰여 있다나. 아이들 생각하고 있었죠?

내 평생 이렇게 지독한 살인 충동에 시달린 적이 있었나 싶다.

식민지 출신의 젊은 여자는 윈터개먼 부인의 가족 얘기를 정중하게 물으며 안 그래도 의욕 넘치는 그녀를 한껏 더 부추긴다(눈치가 없다면 숫기도 없는 편이 나은 것 같다). 윈터개먼 부인은 자기는 홀몸이지만 좋은 친구가 아주 많다고 하더니 그 친구들이 모두 자기를 인생에서 아주 중요한 존재로 여긴다고 단언한다. 아들을 낳았어야 **했는데** 그러지 못한 건 하느님의 실수였다. 사실 자기는 사내아이들을 무척 좋아하고 사내아이들도 자기를 좋아하는데 말이다.

수년 전 사랑하는 에드거가 런던 동부의 이스트엔드 교구를 맡아 그곳에 살 때 그녀는 늘 그에게 사내아이들을 가르치게 해달라고 졸랐다. 여자애들 말고. 사내애들. 사내애들만. 그러면 에드거는 사내아이들이 얼마나 거친지 모른다면서 말렸다. 얌전한 여자가 그런 애들을 어떻게 통제하냐면서. 하지만 윈터개먼 부인은 끊임없이 졸랐다. 나한테 사내애들을 맡겨 줘, 에드거. 결국 에드거, 그녀의 사랑 에드거는 거스르지 못하고 사내애들을 맡겼다. 그런데 어떻게 됐을까요?

그 사내애들은 여전히 무척 거칠었지만 많이 길들여졌다고 한다. 한 달도 안 되어 에드거는 이런 결론을 내렸다. 여성의 힘이란 참. 윈터개먼 부인은 생각에 잠긴 얼굴로 계속 말을 잇는다. 부둣가 출신의 말썽꾸러기가 하나 있었는데, 한번은 이 녀석이 그녀

앞에서 몹쓸 말을 했다. 그런데 다른 녀석들이 이 녀석을 혼쭐내 주었다. 기사도 정신, 순전히 기사도 정신이었다. 죽은 그녀의 남편은 그녀가 언제나 기사도 정신을 부르는 사람이라고 했다.

하하하. 그야 뭐, 내가 워낙 조그마하니까 그랬겠죠. 남자들이 보호본능을 느낄 테니까. 그녀를 햇살 같은 꼬마 엄마라고 부르는 아이들도 있었다. 하지만 그건 그녀의 곱슬머리가 지금처럼 희끗희끗하지 않고 금빛이었던 시절의 얘기다.

이쯤 되자 식민지 출신 여자도 당황한 듯 보인다. 윈터개먼 부인이 잠시 말을 멈추고 숨을 들이켤 때 그녀는 아주 조그맣게 기막히다는 듯한 소리를 내뱉는다. 나는 이미 정신을 놓고 축음기에서 아득히 들려오는 노래를 따라 부르고 있다. "저 아래 멕시코 국경의 남쪽······."

몇 주는 된 것 같은 겨우 두 시간의 근무를 끝내고 버킹엄가로 돌아온다.

왜인지 몰라도 모든 것이 비현실적으로 느껴진다. 모두가 빠르게 진선될 거라 생각한 전쟁이 기이하고 부자연스럽게 흘러가고 있기 때문일까? 아니면 잠이 부족해서? 혹은 그저 윈터개먼 부인에게 한참 시달렸기 때문에?

욕조에 뜨거운 물을 받아 놓고 그 안에서 이 문제를 고민하다가 퍼뜩 깬다. 내가 잠든 줄도 몰랐는데. 하마터면 익사할 뻔했다는 생각이 들면서 조지 조지프 스미스와 욕조의 신부들 사건*이 떠오른다. 하지만 침대에 눕자 이내 정신이 맑아지고 눈이 말똥말똥해진다.

계속 누워 있다가 결국 일어나 옷을 입고 홍차와 버터 바른 토스트를 준비한다.

소심하게 문 두드리는 소리가 들려 나가 보니 놀랍게도 곱슬머리 뮤리얼이 서 있다. 세레나가 우리 집에 욕실이 있으며 내가 무척 친절한 사람이라 욕실을 쓰게 해줄 거라고 했다나. 그녀가 묻는다. 정말 써도 될까요?

어쩐지 믿을 만한 사람이 된 것 같아서 뭉클하고 괜히 우쭐해진다. 나는 어서 들어오라고 한다.

의문 이번 전쟁에서 내가 우리 제국을 위해 할 수 있는 일은 결국 중요한 일을 맡은 사람들에게 욕실을 내주는 것이 아닐까? 답 지금으로선 그런 것 같다.

뮤리얼이 아까보다 훨씬 더 반짝거리는 모습으로(곱슬머리는 타고난 모양이다) 욕실에서 나오자 우리는 함께 일하는 사람들에

---

* 20세기 초 보험금을 타기 위해 여러 번 위장 결혼을 하고 신부를 욕조에서 익사시킨 살인 사건.

대해 다정하게 얘기를 주고받는다. 대개는 의견이 일치한다. 그런 뒤 뮤리얼은 올 때처럼 조용히 떠나며 오늘 오후에 아주 **멋진** 계획이 있다고 한다. 친구 한 명과 함께 그동안 배급받은 석유를 아껴 놓았는데 오늘 차를 몰고 리치먼드 공원에 가기로 했다는 것이다. 뮤리얼이 가고 나자 세레나에게 들은 얘기가 떠오른다. 그 애의 부모는 롤스로이스를 소유하고 있고 엄청난 부자라고 했다. 전시의 새로운 가치관에 관해 짧지만 멋진 글을 구상하려 해보지만 아무것도 떠오르지 않는다.

그 대신 남편에게 짧지도 멋지지도 않은 편지를 쓴다. 블란셰 이모에게도 편지를 써서 요리사가 굴뚝 청소를 원한다면 해도 좋으며 설탕이 충분하다면 블랙베리잼을 만들어도 좋다고, 하지만 무슨 일이 있어도 호박잼을 왕창 만드는 건 막아 달라고 이른다. 요리사는 틀림없이 이를 제안할 테지만 모두가 싫어해서 건드리지도 않을 테니까.

추신으로 덧붙인다. 원터개먼 부인을 꽤 자주 보는데 기운이 넘치는 것 같아요. 이모에게도 애정을 전해 달라고 했어요. 전쟁이 끝나도 원터개먼 부인과 다시는 함께 살지 않겠다고 하신 이유를 알 것 같아요. 원터개먼 부인의 역동적인 성격은 주변 사람들의 기운을 빼놓는 경향이 있네요.

추신을 다시 읽어 보니 차라리 직설적으로 말하는 게 낫지 않나 싶다. 원터개먼 부인은 전보다 훨씬 더 짜증 나는 사람이 되었으니 헤어지기로 한 건 정말 잘한 일이라고 말이다.

로즈에게도 전화해 일자리를 구했냐고 물어본다.

로즈는 말도 말라고 대꾸한다. 영국 의학 협회에 이력서를 보냈고 면접도 두 번이나 보았으며 수많은 양식을 작성했다. 심지어 영국군 소령으로 해외 파견 근무를 할 수 있냐는 편지가 와서 여자도 개의치 않는다면 그러겠다고 농담처럼 답장했는데 아직 소식이 없다.

로즈의 의료계 동료들도 모두 일자리를 찾지 못했고 할리가*의 산과 의사들은 더욱 괴로운 형편이다. 잠재적 고객이 모두 런던을 떠나 피난 중이고 그들의 전문 지식을 군대에서 활용할 가능성은 없을 테니까.

나는 어떠냐고 로즈가 묻는다.

매점 일을 최대한 부풀려 보지만(어쨌든 금전 등록기를 책임지는 것도 나름대로 중요한 직책이니까) 로즈는 그저 모두가 이렇게 아무것도 하지 않고 시간을 허비하다니 끔찍할 따름이라고 한탄한다.

전화를 끊고 나자 몹시 우울해진다.

---

* 개인 병원들이 밀집해 있는 런던 중심부의 거리.

10월 9일

피코크 부인이 들고 온 소식에 매점 전체가 들썩거린다. 그녀가 어떤 남자를 만났는데, 영국 정부가 히틀러의 평화 제의를 받아들일 거라 했다는 것이다.

나는 그렇게 생각하는 사람은 영국에서 그 남자가 유일할 거라고 대꾸한다. 주위에 있던 사람들이 모두 내 편을 들고 세레나는 한술 더 떠서 그 남자가 나치스 선전계가 틀림없다고, 그렇지 않고서야 어떻게 그런 터무니없는 생각을 하겠냐고 야단한다.

피코크 부인은 억울해하면서도 전혀 화나지 않은 얼굴로 그 사람이 나치스 선전계는 아니라고 한다. 어쩌면 자기 혼자 튀려고 했는지도 모르겠다면서 만약 그렇다면 전략이 성공한 셈이라고 덧붙인다.

그 사람에 대해선 아무도 더 얘기하지 않는다.

이후 별다른 일 없이 하루가 흘러가고 저녁 시간이 돼서야 언제나처럼 라디오와 축음기, 다트 시합, (여자 대기실 앞에 놓인) 새로 들여온 피아노 소리가 뒤섞여 절정에 이른다.

연한 적갈색 머리의 들것병이 오더니 달걀프라이 두 개와 베이컨 두 개, 소시지를 하나, 수이트 덤플링* 하나를 주문하고는 혹시 최신 소식을 들었냐고 묻는다.

괴벨스 박사가 총통의 명령으로 처형당한 게 아닐까 기대하지만 그렇게 자극적인 소식은 아니다. 그저 모든 차량의 뒤에 수의를 실으라는 명령이 지하 세계에 발효되었다는 것이다. 웃음이 터질 것 같지만 들것병의 얼굴이 너무나 침울해서 꾹 참는다.

얘기를 들어 보니 들것병은 이 혁신적인 조치에 화가 나는 모양이다. 그는 지난 전쟁에도 참전했는데 **그때는** 아무도 수의 같은 건 누리지 못했다면서 아주 '신사가 되었다'고 비꼰다.

내가 최대한 위로를 건네자 그는 주문한 음식을 받아 들고 여전히 수의에 대해 투덜거리며 저만치 간다.

10월 10일

중요한 공직에서 은퇴한 지 1년도 채 안 된 저명한 여자에게서 편지가 왔다. 그저 로즈의 친구로 알고 지내는 사이인데, 아주 고상

---

* 소나 양의 기름인 수이트로 반죽한 경단을 찌거나 삶는 영국의 전통 요리.

한 투로 혹시 제대로 된 전시 일자리를 소개해 줄 수 있느냐고 묻는다.

이어지는 내용을 보니 제대로 된 일자리를 묻는 이유를 알 것 같다. 그녀는 최근 자신의 지역 공습 대비대를 통해 조국을 위해 일하려 시도한 이야기를 들려준다. 딱히 화가 난 것 같지는 않지만, 어쨌든 수많은 양식을 작성하고 열아홉 살이나 됐을까 싶은 아주 세련된 젊은이에게 두 번 면접을 본 뒤 마침내 지방 의회 사무실에서 일하게 되었다. 이곳에서는 노련한 보조 인력이 필요하다고 했다.

막상 가보니 몹시 추운 의회 사무실 입구에 앉아서 방문객들에게 연료 배급에 관한 정보는 위층으로 올라가서 오른쪽으로 가라, 식량 정책은 아래층으로 내려가서 직진해라, 따위를 알려주는 일이었다.

그녀는 여전히 아주 점잖은 투로, 아무래도 의회 사무실에서 일하던 안내원이 징집된 것 같다고 한다.

충격적이고 안타까운 얘기지만 나 역시 건설적인 제안을 할 만한 입장이 아니다.

요리사도 (처음으로) 편지를 보냈다. 위니가 어머니의 편지를 받았는데, 학교에 있던 위니의 여동생이 귀가 아파서 집에 돌아왔고 이제 발까지 통증이 옮겨 갔으며 아무래도 류마티즘성 열병인 것 같으니 위니가 잠깐 돌아와서 도와달라고 했다는 것이다. 요리사는 위니를 집에 보내야 할 것 같다고 한다. P.S.: 정육점 주인이 위니를 중간에 내려 주겠다면서 태워 갔어요. P.P.S.: 굴뚝 청소는 어떻게 할까요?

몇몇 지점에서 부아가 난다. 위니의 부재는 더없이 불편한 일이며 누구보다도 불평을 토로할 사람은 요리사 자신이 아닌가. 위니 어머니가 말하는 "잠깐"이 내 생각과 일치하는지도 확신할 수 없다.

블란셰 이모에게서 왜 소식이 없는지 모르겠다. 요리사는 이모와 상의도 하지 않고 모든 일을 혼자 처리했나? 굴뚝 청소도 그렇다. 한 지 얼마나 됐다고 또? 내가 집을 떠난 지 얼마 안 돼서 요리사의 요청으로 블란셰 이모에게 굴뚝 청소를 부르라고 했는데 이모가 그걸 잊었나? 그렇다면 무슨 이유로? 그리고 왜 나는 그에 대해 아무 얘기도 듣지 못했을까?

아침을 먹는 내내 다른 생각을 할 수가 없다. 내가 직접 차린 아침 식사도 영 별로다. 이놈의 전기 토스터는 빵을 태워 버리지 않으면 가로로 시커먼 줄 세 개만 낼 수 있는 모양이다.

별일 아닐 테고 한두 번 편지를 주고받으면 다 해결될 거라고 스스로를 다독이며 내가 좋아하는 일간지의 '내부 정보' 칼럼에 집중하려 애쓰지만 다섯 번을 읽는 내내 머릿속에서는 요리사와 대화하는 상상이 펼쳐진다.

오전에 블란셰 이모에게 전화해 상황을 확실하게 알아보기로 한다.

다시 '내부 정보'를 읽는다.

전화는 비싸기만 할 뿐 만족스럽지 못할 때도 많으니 편지가 나을 것 같다.

다시 '내부 정보'를 읽는다.

머릿속에서 다시 상상의 대화가 시작된다. 이번에는 블란셰 이모를 상대로.

아무래도 전화를 하는 게 좋겠다. 아니, 하지 않는 게 좋겠다.

때마침 전화벨이 울린다. 이제 내가 결정할 일이 아니구나 하는 예감이 강하게 밀려든다(차라리 잘됐다).

여보세요?

코번트 가든이죠? 웬 남자가 말한다.

아닌데요.

남자는 탄식한다. 잘못 걸어서 미안하다기보다는 짜증이 난 것 같다. 전화가 끊어진다.

알 수 없는 충동에 이끌려 교환 번호를 누른 뒤 집 전화번호를 말한다.

주사위는 던져졌다.

평소처럼 윙윙거리는 소리에 이어 딸깍하는 소리가 나더니 로버트가 말한다. 여보세요? 교환이 통화하라고 한다.

우리는 통화를 시작한다. 괜찮냐고 묻자 그는 오히려 놀란 듯이 괜찮다고 한다. 애들하고 블란셰 이모, 일하는 사람들도 다 괜찮아? 위니는?

로버트는 모호하게 대꾸한다. 위니는 하루 이틀 집에 다녀온다고 갔고 다들 괜찮아 보이는데. 혹시 할 얘기가 있나?

나는 기운이 빠져 그저 다들 잘 있는지 확인하고 싶었다고 둘러댄다. 로버트는 다 괜찮다고, 안 그래도 오늘 밤에 편지를 쓰려했는데 공습 대비대 일이 시간을 너무 많이 잡아먹는다고 한다. 그러곤 매점 일이 재미있길 바란다고 덧붙인다. 너무 피곤하지 않으면 좋겠다면서. 그리고 히틀러는 이제 자기가 얼마나 어리석었는지 깨닫고 있는 것 같단다.

나도 같은 생각이라 그 얘기를 좀 더 하려다가 문득 굴뚝 청소가 떠올라 블란셰 이모를 바꿔 달라고 한다.

블란셰 이모님은 목욕 중이신 것 같은데.

전화기에서 삐 하는 소리가 세 번 들리자 로버트가 다른 용건이 없으면 그만 끊자고 한다.

길게 통화했지만 무엇 하나 해결된 게 없어서 영 찜찜하다.

10월 11일

블란셰 이모가 (나로서는 전혀 관심이 없는) 스코틀랜드 호수 풍경이 담긴 그림엽서를 보냈지만 쓸데없는 얘기만 잔뜩 늘어놓았다. 나무들이 물들고 있어서 얼마나 아름다운지 모른다, 호랑가시나무에 이렇게 **많은** 열매가 이렇게 **일찍** 열린 적은 처음인 것 같다, 일요일에는 아이들이 아름다운 너도밤나무 가지 몇 개를 꺾어 왔는데 집 안에서도 **몇 달** 갈 수 있게 글리세린에 담가놓으면 좋겠다, 들리는 소식이 **전반적으로** 괜찮은 것 같다, 소련군은 전쟁에 열광하지 **않는** 것 같고 히틀러는 스스로 아는지는 몰라도 **진퇴양난**에 빠졌다, 사랑을 보낸다, 등등.

주말에 집에 다녀올지 한참 고민한다.

10월 12일

피코크 부인에게 집에 급한 일이 생겼으니 열흘쯤 다녀와도 될지 물어보기로 마음먹는다. 매점은 내가 없어도 별 탈 없이 돌아간다는 것을 믿어 의심치 않지만 어째서인지 말을 꺼내기가 영 망설여진다.

피코크 부인은 나를 걱정해 주며 휴가 신청은 지휘관에게 직접 해야 한다고 한다. 내가 그 얘기를 듣고 몹시 당황할 거라고 생각하는 것 같다. 나는 억지로 아주 차분하게 그야 물론이죠, 하고 답한다. (물론, 그녀는 내 연기에 전혀 넘어가지 않을 테지만.)

머리를 쥐어짠다. 고민하느니 얼른 지휘관을 만나는 편이 나을까? 시간을 갖고 좀 더 마음의 준비를 하는 게 나을까? 이 두 번째 선택지는 그저 면담을 미루고픈 비겁한 열망에 불과할 테니 진지하게 고려할 가치가 없다는 것을 잘 알고 있다.

용기를 내려 하는데 세레나가 매점에 들어오더니 얼굴이 파리하다면서 아프냐고 물어본다.

아뇨. 멀쩡해요. 혹시 지휘관이 지금 자기 방에 있는지 알아요? 얘기 좀 하고 싶은데.

아, 그래서 얼굴이 창백했구나. 네, 방에 있어요. 세레나가 대답한다.

좋아요. 나는 아주 단호하게 말한 뒤 식당을 나선다. "경기병대의 돌격"*이 절로 떠오른다.

세레나가 달려오더니 함께 가주겠다면서 혹시 나쁜 일이냐고 묻는다.

아니에요. 잠깐 집에 다녀와야 할 것 같아서 열흘쯤 휴가를 요청하려고요. 그냥 형식상 지휘관의 승인을 받으려는 거예요.

그 말에 세레나가 한바탕 웃는 바람에 나도 함께 웃지만 세레나처럼 호탕한 웃음은 아니었으리라. 혹시 지휘관이 괜한 트집을 잡지 않을까 묻자 세레나는 아리송하게 대꾸한다. **트집**을 잡기보다는 밉살스럽게 굴겠죠. 나도 같은 생각이다.

잠시 대화가 끊어진다. 세레나가 사무실 창문에 코를 바싹 대고 들여다보더니 지휘관이 적십자 간호사 두 명을 호되게 야단치고 있다고 한다.

내게 유리한 상황은 아닌 것 같지만 나이로 치면 내가 지휘관의 엄마뻘이니 필요하다면 대놓고 그렇게 말하리라 다짐한다.

의문: 그런다고 지휘관이 눈이나 깜빡할까? 답: 당연히 아닐 거다.

● 원제는 "Charge of the Light Brigade". 크림 전쟁 당시 영국군의 무모한 돌격을 노래한 앨프리드 테니슨의 1854년 시.

사무실 문이 벌컥 열리더니 적십자 간호사가 동료 희생자를 안에 두고 혼자 나온다.

세레나와 내가 이구동성으로 무슨 일이냐고 묻자 저 여왕 폐하께서 꼭지가 돈 것뿐이라고 대꾸한다. 열의 넘치는 설명이 장황하게 이어지지만 내가 알아들은 얘기는 하나뿐이다. 자신은 누구에게든 자기가 무슨 일을 하는지도 모른다는 말은 두 번 다시 듣지 않겠다는 것이다. 이윽고 그녀는 우리에게 혹시 호더 경*을 아느냐고 묻는다.

당연히 이름은 들어 보았다.

적십자 간호사는 병동에서 자기만큼 일을 잘하는 사람은 없을 거라고 친히 말해 준 사람이 있는데 그게 누구인지 아냐고 묻는다.

그녀가 자신의 당당한 질문에 스스로 답하려는 찰나, 사무실 문이 다시 열리더니 두 번째 백의의 천사가 나온다. 첫 번째 간호사는 한층 더 흥분하며 그녀와 팔짱을 끼고 걸어가지만 그 와중에 불쑥 어깨 너머를 돌아보며 아주 또박또박 말한다. 그 사람은 바로 호더 경이랍니까.

● 에드워드 7세와 조지 5세, 조지 6세의 시의로 유명한 영국 의사 토머스 호더를 말한다.

세레나와 내가 킬킬거리자 안에서 지휘관이 소리친다. 누군지 몰라도 **당장** 문 닫아요. 왜 이렇게 시끄러운 거야? 여기가 여학교인지 중요한 국가 기관인지 모르겠네.

  둘 다 아니라고 대꾸하고 싶다.

  잠시 쌀쌀한 침묵이 이어지자 나는 세레나에게 묻는다. 이 지하 세계는 어떻게 이렇게 쌀쌀하면서도 동시에 답답한 걸까요? 당연히 그녀도 모른단다.

  세레나의 제안대로 노크를 하지만 답이 없다.

  세레나는 더 세게 두드리라고 한다.

  다시 시도했다가 또 실패하자 세레나는 쾅쾅 두드리라고 한다. 생각보다 너무 세게 두드렸는지 커다란 망치로 때리는 소리가 난다. 그제야 한껏 성난 목소리가 들린다. 들어와요! 나는 명령을 따른다.

  지휘관은 평소처럼 담배를 피우며 뭔가를 열심히 쓰고 있을 뿐 내게 눈길조차 주지 않는다.

  그녀의 뒤통수를 바라보면서(외투 옷깃을 솔질해야 할 것 같다) 어떻게 할지 생각해 본다. ⓐ 뭔가를 던진다. 주위에 던질 만한 건 마분지 방독면 상자뿐인데, 너무 가벼울 것 같다. ⓑ 그냥 나간다. ⓒ 나도 바쁜 사람이라고 분명하고 차갑게 말한다.

ⓒ를 응용하려 하는데 그녀가 무슨 일로 왔냐고 날카롭게 묻는다.

열흘 동안 런던을 떠나야 할 것 같아요.

지휘관은 여전히 날카롭게 왜냐고 묻는다.

데번 집에 가봐야 해서요.

데번? 지휘관이 무례하게 되묻는다. 데번이라니 그게 무슨 말이죠?

어째서인지 몰라도 갑자기 반항심에 사로잡혀 나도 모르게 아주 초연하게 말하고 있다. 나는 당신의 시간을 낭비하러 온 게 아니니 열흘 동안 내가 매점에서 일할 수 없다는 사실만 알아 주면 될 것 같다고.

지금 내가 서 있는 이곳에 벼락이 떨어져도 이상하지 않을 것 같지만 그런 일은 일어나지 않고 어째서인지 마음이 한껏 들뜬다.

지휘관은 마침내 (우리가 만난 이후 처음으로) 나를 보더니 얼음처럼 차갑게 말한다. 내가 자기 시간을 빼앗고 있다고. 매점 근무 일정은 전적으로 피코크 부인의 소관이니 휴가 신청은 그쪽에 해야 한다는 것이다.

그녀는 애꿎은 종이에 고무도장을 쾅쾅 두드리며 다시 등을 돌린다.

밖으로 나와 세레나에게 안에서 있었던 일을 전부 들려준다. 내가 좀 과장했는지 세레나는 한참 칭찬을 쏟아 낸 뒤 그 짧은 시간에 어떻게 그렇게 많은 얘기를 했냐고 묻는다. 생각해 보니 일리가 있다. 혼자 상상의 나래를 펼친 것 같아서 그중 절반을 깎아 낸다. 그래도 나머지 절반은 사실이라 세레나에게, 뒤이어 피코크 부인에게 찬사를 받는다.

피코크 부인은 잘 다녀오라면서 데번이라니 참 아름다울 것 같다고, 자기도 그런 곳에 살았으면 좋겠다고 한다. 그곳에 있는 일프러콤이라는 도시를 알아요? 그럼요, 잘 알죠. 거길 아세요? 그러자 피코크 부인이 말한다. 아뇨. 그냥 아름답다고 들었어요. 나는 무척 아름답다고 확인해 준다. 그런 뒤 우리의 대화는 다시 오늘 저녁 메뉴인 마카로니 토마토로 돌아간다. 베이컨은 다 떨어졌고 갈색 빵은 내일 아침에도 필요할 테니 아껴야 한다.

세레나가 커피를 주문한 뒤 카운터 앞에 서서 마시며 오늘 자정에 골절에 관한 수업이 있을 거라고 한다. 왜 자정에 하냐고 묻자 세레나는 모호하게 대답한다. 아, 그때가 어두울 테니까요.

딱히 이해되지 않지만 굳이 물어보지 않는다.

어째서인지 내가 열흘 동안 데번에 다녀온다는 소식이 매점 전체로 퍼져 나가 동료들이 말을 걸어 온다. 정말 좋겠다, 모어턴햄스테드를 아느냐, 플리머스 호 언덕을 아느냐, 액스민스터와 차모스를 잇는 길을 아느냐, 등등.

아니나 다를까 보핍 할머니도(아무래도 이 지하 세계를 한시도 떠나지 않고 밤낮으로 붙어 있는 게 틀림없다) 언제나처럼 농담거리를 물은 듯한 얼굴로 내게 다가와 묻는다.

방금 작은 새에게 들었는데 이게 다 무슨 일이에요? 갓 들어온 우리 동료가 벌써 쟁기를 놓으려 한다던데? 아니, 아니, 농담이에요. 시골에서 푹 쉬고 온다니 참 잘됐어요. 그것도 멀디먼 데번에서! 전쟁을 떠나, 고된 노동을 떠나 새들과 꽃들을 벗하면서 꿀 같은 휴식을 누린다니!

나는 그저 건조하게 설명한다. 집에 내가 꼭 필요해서 가는 것이며 인파를 헤치고 먼 길을 갔다가 이러저러한 집안 문제를 들여다보고 적당히 해결한 뒤 가급적 빨리 런던으로 돌아올 거라고.

윈터개먼 부인은 전혀 못 믿겠다는 투로 아무렴, 다 알죠, 하더니 일장 연설을 시작한다. 자기는 전혀 쉬지 않고 며칠 밤낮으로 일할 수 있다. 휴가? 그런 건 생각나지도 않는다. 어쨌든 생각해 본 적이 없다. 그렇다고 그녀가 남들보다 튼튼하냐? 정반대다. 사람들은 늘 자신을 연약하다고 생각한다. 그래도 할 일은 무조건 해야 하고 다른 생각은 전혀 하지 않는다.

사랑하는 에드거는 이렇게 말하곤 했다. 그러다 쓰러지겠어. 쓰러지고 말지. 계속 그렇게 살다가는 쓰러지지 않고 못 견딘다니까. 하지만 그녀는 그저 웃어넘기고 할 일을 계속했다. 언제나 그랬고 앞으로도 그러고 싶다.

나는 그녀의 바람이 틀림없이 실현될 거라고 믿어 의심치 않는다.

저녁은 평소처럼 흘러간다. 10시에 모의 공습경보가 울리자 세레나가 황급히 달려가서 철모를 머리에 쓰고 나오는 모습을 흐뭇하게 구경한다.

훈련에 참가하지 않고 자리를 지키는 매점 사람들은 이 막간을 이용해 커피를 마시거나 탁자를 닦고 얘기를 나눈다. 곧 우리 모두 흩어져 내무성 산하에 배치된다느니, 곧 모두 해고된다느니, 곧 모두 1인당 11실링짜리 파란 작업복을 입어야 한다느니 하는 소문이 오간다.

잠시 후 들것병들이 다시 나타나 훈련 중에 일어난 사건을 들려준다. 부상자 역을 맡은 사람이 들것에 실릴 때 머리보다 발의 위치가 높아지는 바람에 의식을 잃고 응급 처치 구역으로 실려 갔는데 아직 깨어나지 않았다는 것이다.

그때 요리사 중 한 명과 꽃무늬 캔버스 작업복을 입은 젊은 매점 자원봉사자 사이에 큰소리가 오간다. 자원봉사자는 자신이 전달한 주문들이 무시당하고 있다고 주장한다. 요리사는 **모든** 주문을 돌아가며 처리한다고 하지만 꽃무늬 작업복은 자신의 주문만 신경 쓰지 않는다고 우긴다. 해결할 길이 없어 보인다. 두 사람은 배식 창구를 사이에 두고 서로 노려보고 있다.

주방 안쪽에 있던 다른 요리사 두 명이 동료를 도우려고, 혹은 그저 재밌는 구경을 하려고 다가오자 꽃무늬 작업복은 자기는 그냥 이게 얼마나 기막힌 일인지 꼭 얘기하고 싶었다며 물러나서 찻주전자를 살핀다. 너무 소심한 것 같다.

그녀는 아주 진하고 설탕을 많이 넣은 차 한 잔을 주문하더니 내가 차를 갖다주자 이 식당은 제대로 돌아가지 않는 것 같다면서 바닥이 얼마나 지저분한지 보라고 한다. 나는 더 참지 못하고 그럼 직접 빗자루를 들고 쓸지 그러냐고 지적한다.

꽃무늬 작업복은 증오가 가득한 눈으로 나를 쏘아보더니 찻잔을 휙 집어 들고는 가장 멀리 떨어진 테이블로 걸어간다. 밤늦도록 몇 번이고 내 쪽으로 향하는 그녀의 분통 섞인 시선이 느껴진다.

세레나가 오더니 오늘 훈련에서 첩첩이 쌓이는 연습을 했는데 참가자들이 서로 팔다리를 뒤얽으며 장난치는 바람에 구급대원들이 애를 먹었지만 모두 재밌고 즐거운 시간을 보냈다고 한다.

그러면서 우울하게 덧붙인다. 다음 주에 있을 음악회는 그렇게 재미있지 않을 거예요.

이후 그녀는 커피 두 잔을 마시고 초콜릿바 반쪽과 바나나 한 개를 먹고는 자러 가겠다고 한다.

얼마 후 내게도 휴식이 찾아온다. 전쟁이 시작되고부터 매일 밤 10시부터 아침 10시까지 근무하는 조그만 갈색 단발머리 여자가 도착한 것이다. 내가 굉장한 희생이라며 감탄을 표하자 그녀는 아니라고, 자기는 자원봉사자가 아니라 월급을 받고 일하는 사람이니 전혀 감탄할 일이 아니라고 한다.

그렇다면 낮에도 일한다는 뜻일 테고 그럼 더욱 감탄할 일이라고 하자 그녀는 돈을 받고 하는 일일 뿐 칭찬할 일이 전혀 아니라고 다시 한 번 강조한다.

그렇긴 해도 '그 인간에게 저항하는' 일을 한다는 게 만족스럽다고 덧붙인다. 그녀는 처음부터 자기 아버지에게 그렇게 말했다. 아버지, 저는 그 인간에게 **저항하는** 일을 하고 싶어요. 그래서 이 일을 하기로 했고 병원에 헌혈도 자원했다. 이미 병원에서 피를 뽑아 갔고 나중에 또 하려고 한다. 그렇게 하면 **그에게 저항하고** 있다는 느낌이 들고 그게 바로 그녀가 원하는 일이다.

저렇게 예쁜 웃음과 작고 귀여운 외모 속에 저토록 맹렬한 저항 정신이 감춰져 있다니 놀라울 따름이다.

그녀와 인사를 주고받은 뒤 나는 여자 대기실로 가서 간이침대들 사이 옷걸이에 걸어 놓은 외투를 챙긴다.

간이침대 중 하나에 짐이 잔뜩 쌓여 있고 그 밑으로 유난히 곱슬거리는 머리가 보인다. 뮤리얼이 틀림없다.

옆 침대에서는 세레나가 똑바로 앉아 다리를 앞으로 쭉 뻗고 몹시 불편한 자세로 편지를 쓰고 있다. 대부분 그림엽서 같은데 대체 왜 이런 시간에 엽서를 쓰고 있는지 모르겠다.

밖에 있는 라디오에서는 격한 재즈 음악이 흘러나오고 엔진도 돌아가고 있으며 사람들이 요크의 주교에 관해 우렁차게 의견을 주고받는 소리도 들린다. 요전 날 요크의 주교가 출연한 방송 얘기가 나오자 모두가 그런 사람이 내각에 있어야 한다고 입을 모은다.

나도 같은 생각이다. 밖에 나가서 내 의견을 밝히고 아울러 요크의 주교님은 훌륭한 총리가 될 수 있다고 덧붙이고 싶지만 세레나가 불쑥 끼어들더니 구슬프게 말한다. 다들 같은 의견이고 어차피 맞장구만 칠 거라면 토론을 그만두고 잠 좀 자게 해줄 수는 없을까요?

그 말을 듣자 오랫동안 참아온 얘기를 할 때가 된 것 같다. 나는 세레나에게, 이 일을 계속하다가는 수면과 신선한 공기, 전반적으로 적절한 삶의 요건들을 누리지 못해 금방 쓰러질 거라고 에둘러 말한다. 좀 더 합리적인 일을 하는 게 좋지 않겠어요?

세레나는 그런 건 없다고 단호하게 말한다. 사람들은 그나마 이런 일자리도 구하지 못하고 있고, 또 아무것도 하지 않으면 정말 미쳐 버릴 거예요.

조금만 더 얘기하면 세레나는 눈물을 쏟을 것 같다. 그런 상황은 원치 않고 그렇다고 자기야와 지휘관처럼 싸우고 싶지도 않으니 자기 상황은 자기가 가장 잘 알 거라고 하며(전혀 그렇지 않은 것 같지만) 지하 세계를 나선다.

10월 13일

시골에 늘어서자 블랑셰 이모가 편지에 쓴 대로 평화로운 풍경과 가을 단풍, 예년보다 일찍 새빨간 열매를 맺은 호랑가시나무들이 보인다.

기차는 몹시 붐비는 데다가 35분이나 연착하지만 그래도 방학을 맞아 집에 가는 어린아이처럼 들뜬다. 공습 대비대 일 때문에 나올 수 없을 거라던 로버트는 역으로 마중 나왔고 반가워하는 눈치지만 딱히 말로 표현하지 않는다.

우리는 차를 타고 집으로 향한다. 모든 것이 아름다워 보이고 자작 농장의 어린 망아지는 기적처럼 제법 큰 검은 말로 변해 있다. 몇 년쯤 떠나 있었던 것 같다고 하자 로버트는 겨우 2주 반 되었다고 정확하게 짚어 준다.

피난민들과 강아지, 블란셰 이모, 요리사, 정원이 모두 잘 있는지 물어보고 세레나와 매점, 블로필드 부부와 그들의 범세계적인 친구(로버트는 이런 사람을 당장 가둬야 한다고 주장한다), 대답 없는 정보부의 태도 등에 대해 들려준다.

그런 뒤 핀란드에 대한 의견을 물어본다. 현재 핀란드 특사가 모스크바에 가 있으니까. 로버트는 핀란드가 아닌 스탈린에 대한 견해를 얘기한다. 흥미롭긴 하지만 이미 여러 번 들은 얘기다.

차가 대문 앞에 도착하자 마리골드와 마저리가 이리저리 뛰어다니고 있다. 잠시 로빈과 비키의 어린 시절로 돌아간 듯한 묘한 착각에 빠진다. 그러나 착각도 잠시, 급하게 차에서 내리다가 여행 가방이 나와 함께 쓰러지고 고장 난 자물쇠 때문에 내용물이 전부 자갈밭에 흩어진다.

로버트는 못마땅해한다.

마리골드와 마저리는 얼굴이 발그레하고 기운이 넘친다. 미스 도린 피츠제럴드가 정원에서 뜨개질을 하다가 다가오더니 정말 잘 오셨다고 한다. (이러다 내 방을 보여 주겠다고 하는 건 아닐는지.)

현관에 나타난 위니를 보고 나는 큰소리로 외친다. 어머, 돌아왔네, 위니? 너무 당연한 얘기를 한 것 같다. 위니가 '아뇨, 저는 모스크바 크렘린에 핀란드 대사와 함께 있답니다.'라고 말해도 뭐라 할 수 없을 것 같지만 다행히 위니는 이런 농담을 생각해 내지 못하고 그저 쾌활하게 웃으면서 말한다. 네, 엄마가 베시의 상태가 오래갈 수도 있으니 정 견딜 수 없을 때 다시 부르겠다고 하셨어요.

그렇다면 더욱 불안한 상황이지만 내가 위니에게 괜찮을 거라고 다정하게 말하는 소리가 들린다.

모두가 자갈밭에 떨어진 세간을 줍는 사이 벤지가 침실 슬리퍼 한 짝을 낚아채 멀리 떨어진 라일락 덤불 아래로 뛰어가며 나와 피난민 아이들을 유도한다. 녀석은 우리에게 시선을 둔 채 낮게 으르렁거리며 이로 슬리퍼를 물고 마구 흔든다.

마리골드와 마저리는 요란하게 웃고 손뼉을 치면서 슬리퍼를 빼앗으려 하고 그사이 블란세 이모도 아래층으로 내려와 내 해면을 주워 들고는 다정하게 나를 맞이한다.

사방으로 굴러가 흩어져 있는 세간을 주우려 한참 뛰어다니고 있을 때 대문 앞에 작은 차 한 대가 급하게 멈춰 선다. 나는 블란셰 이모에게 **누군지** 몰라도 돌려보내 달라고 부탁하고는 얼른 집 안으로 들어간다.

(그 사람이 누구든 벌써 나를 보았을 테지만 런던 사람처럼 낯선 복장을 하고 있으니 그저 현관 앞에서 짐 푸는 것을 좋아하는 손님이라고 생각하지 않을까? 그러길 바라지만 자신은 없다.)

황급히 위층으로 올라간 나는(낯익은 침실을 보자 또다시 반가움이 밀려든다) 내가 싫어하는, 이상한 매듭 장식이 달린 유난히 못생긴 초록색 유리 화병이 화장대 위에 놓여 있고 거기에 노란 달리아 두 송이와 창백한 갯개미취 가지 하나, 때늦은 개박하 가지 몇 개가 꽂혀 있는 것을 보고 뭉클해진다. 틀림없이 마리골드와 마저리의 선물일 것이다.

창문 아래서 모르는 손님들에게 장광설을 늘어놓는 블란셰 이모의 목소리가 들린다. 모자와 외투를 벗고 거울 앞으로 가서 머리를 빗고 립스틱과 파우더를 다시 바르다가 나도 모르게 이 모든 일을 접어 둔 채 벽에 걸린, 내가 가장 좋아하는 세잔의 모사품을 바르게 편 뒤 오른쪽으로 옮겨져 있는 작은 시계를 원래 자리인 왼쪽으로 옮기는 따위의 일을 하고 있다.

^{의문} 이것은 내가 유난히 질서 정연한 사람이라는 뜻일까? 그렇다면 훌륭한 자질이 아닐까? 아니면 그저 내가 젊을 때 '노처녀 히스테리'라는 저속하고도 부정확한 이름으로 알았던 현상일까?

차가 다시 떠나는 소리가 들려 창밖을 내다보니 번호판만 보일 뿐 아무런 정보도 얻을 수 없다. 벤지는 이제 잔해만 남은 슬리퍼를 씹고 있다.

저 녀석은 정말 순수한 어린양 같다고 소리치며 차를 마시러 아래층으로 내려간다.

식당에 차려진 다과는 놀랍도록 호화롭다. 게다가 블란셰 이모가 이런, 꿀을 안 내놨네, 하며 마리골드에게 가져오라고 하자 말문이 막힌다. 블란셰 이모는 버터도 부족할 것 같다며 미안해한다. 나는 전혀 부족하지 않다고 한다. 접시마다 버터가 100그램쯤 놓여 있는 것 같다. 이모는 버터가 부족해도 클로티드 크림은 원하는 만큼 먹을 수 있으니 그걸 최대한 활용하자고 덧붙인다.

우리는 그렇게 한다.

블란셰 이모가 세레나 아무개의 안부를 묻자 나는 몹시 흥분하며 우리가 절친한 친구가 되었고 세레나는 참으로 유쾌한 사람이라고 답한다. 뒤이어 이모가 퍼시 윈터개먼 얘기를 꺼내자 분위기가 사뭇 달라진다. 나는 그저 그녀가 아주 건강하고 힘이 넘친다고 대꾸하지만 블란셰 이모는 혀를 끌끌 차고 얼굴을 잔뜩 찌푸리며 소리친다. 정말이지 나쁘게 얘기하고 싶지 않지만 퍼시는 너무 어리석어서 성자도 못 견딜 정도라니까. 대체 왜 평생 그렇게 개념 없는 행동만 하는지 도무지 이해할 수가 없어. 어쨌든 예전부터 사람을 질리게 했거든. 아니, 나도 퍼시를 좋아하지만 잘못하는 건 잘못하는 거니까. 무슨 말인지 알지?

앞으로 윈터개먼 부인과 그녀의 잘못에 대해 얘기하며 많은 시간을 보낼 것 같다.

조금 전에 들어온 차는 누구였냐고 물어본다. 별것 아니야. 웬 부부인데, 5기니를 내면 원하는 사진을 정교한 모형으로 만들어 색을 칠한 뒤 액자에 넣어 주겠다고 하더라.

내가 어떻게 돌려보냈냐고 묻자 이모는 잠시 머뭇거리다가 솔직하게 털어놓는다. 우리는 그런 게 필요 없고, 조금 더 가서 좌회전하면 레이디 복스의 집이 나올 테니 거기로 가보라고 했어.

그러곤 서둘러 덧붙인다. 거기 집사는 그런 사람을 돌려보내는 요령을 잘 알 테니까.

부도덕한 행동이라는 건 알지만 고소한 마음을 도무지 숨길 수 없다.

자연스레 레이디 복스의 근황으로 화제가 옮겨 간다. 그녀는 여전히 자기 집을 장교 전용 적십자 병원으로 쓰겠다고 하는데 아직까지 장교는 한 명도 오지 않았다. 그런데도 레이디 복스의 벤틀리 앞 유리에는 '긴급 임무 수행' 표시가 붙어 있다. 게다가 그녀는 마을 사람들을 위해 응급 처치 훈련을 진행했다.

그 말에 나는 화가 나서 소리친다. 지난겨울 우리 모두가 응급 처치 훈련을 받을 곳이 유치원밖에 없어서 조그만 책상과 걸상에서 아주 불편하게 응급 처치 교육을 받았다고요. 대체 왜 그걸 **또** 했대요?

블란셰 이모는 고개를 저으며 말한다. 누가 아니라니? 그래도 사람들은 큰 저택에 들어가 보고 싶어 하잖아. 커피와 비스킷도 먹을 수 있고.

나는 스탈린의 행태만 아니라면 내일 당장이라도 공산주의자가 되고 싶다고 단언한다. 볼셰비키는 아니지? 블란셰 이모가 묻는다. 당연히 볼셰비키죠. 그래야 빈둥거리는 부자들의 머리를 칠 수 있잖아요.

다시 생각해 보니 내가 치고 싶은 건 부자들이 아니라 부자 한 명이다. 내 정치 성향이 너무 편향적이고 개인적인 원한에 치중해 있으니 더 이상 생각하지 않기로 한다. ^{메모} 이에 대해 더 얘기하지 말 것.

차를 마신 뒤 어린 피난민 마리골드, 마저리와 함께 행복한 가족 놀이를 하며 오래전에 지나간 로빈과 비키의 어린 시절을 회상한다.

얼마 후 두 아이 모두 잠자리에 든다. 이제 핑곗거리도 없으니 부엌에 가서 요리사를 만나야 한다. 처음 전쟁이 터졌을 때 요리사가 훌륭한 태도를 보여 주었고 블란셰 이모도 모든 게 순조롭게 돌아간다고 했지만 여전히 초조한 건 어쩔 수 없다.

부엌에 발을 들이는 순간, 왜인지 또는 어째서인지 내 불안이 합당했다는 것을 깨닫는다. 그래도 쾌활한 **척**하며 요리사에게 말을 건다. 집에 돌아오니 기분이 좋고 위니도 돌아와서 다행이며, 아이들도 건강하게 잘 지내는 것 같아서 다행이고, 요리사도 그리 피곤해 보이지 않아서 참으로 다행이라고. 그런 뒤 더 이상 다행스러운 게 떠오르지 않아서 입을 다문다.

요리사는 아주 심술궂은 투로 휴가를 재미있게 보냈길 바란다고 대꾸한다.

사실, **휴가**는 아니었는데.

(중요한 나랏일을 하느라 밤낮으로 정신없었다고 말하고 싶지만 그것은 전혀 사실이 아니고 매점 얘기를 해봐야 내 집안일 실력을 뻔히 아는 요리사는 시큰둥할 테니 말하지 않기로 한다.)

·

나는 그저 별일 없었냐고 힘없이 묻는다.

요리사는 그렇다고 하지만 어쩐지 아니라고 들린다. 그런 뒤 곧바로 덧붙이길, 자기는 아침부터 밤까지 일하고 있단다. 당연히 아이들 때문에 일이 훨씬 늘었고 위니라는 애는 머리가 없는 것 같다. **나쁜** 애는 아닌데, 머리를 못 쓴다. 앞으로도 나아질 것 같지 않다고 한다.

나는 이 문제에 걱정을 표한 뒤 머리가 있든 없든 위니가 한동안 집을 비운 점을 안타까워한다.

요리사는 그것도 딱히 그럴 필요가 있었는지 모르겠다고 근엄하게 대꾸한다. 어쨌든 자기는 저 잘난 부엌 화덕을 관리하느라 매일 아침 5시 30분에 일어나 부엌 바닥에 엎드려야 한다나.

(이게 사실이라면 이 집에서 일한 하인들은 요리사 자신을 포함해서 어떤 상황에서든 7시 15분 전에 내려온 적이 없으니 요리사가 굉장한 선례를 보이는 셈이다.)

요리사는 계속해서 화덕이 말할 수 없이 속을 썩인다고 한다. 아무리 말할 수 없이 속을 썩여도 말을 하지 않을 수가 없다. 게다가 새벽 5시 반에 바닥에 엎드려야 한다고 다시 한 번 강조한다. (이 특이한 동작을 꼭 해야 하는 것인지, 실제로 도움이 되긴 하는지 나로서는 알 길이 없다.)

요리사가 생각하기엔 화덕에 문제가 있다. 귀에 못이 박히도록 들은 이 지겨운 불평에 아마도 굴뚝 때문일 거라는 답이 거의 자동으로 튀어나오지만 요리사는 단호하게 굴뚝을 제쳐 놓고 화덕 자체가 **고장**인 것 같다고 한다. 무슨 뜻인지 알 거라면서.

그 말이 무슨 뜻인지 너무도 잘 알지만 지금 같은 상황에서 새 화구를 들여놓을 수는 없으며 그 점은 요리사 못지않게 나도 안타깝다고 다독인다. 요리사는 내 말을 믿지 않는 눈치다. 결국 우리는 우울하고도 거북하게 헤어진다.

또다시 소설과 현실이 너무도 다르다고 생각하며 《작은 아씨들》에 나오는 마치 집안의 충실한 하인 해나를 떠올린다. 전쟁이 시작될 때만 해도 해나의 행동과 우리 요리사의 행동은 확실히 비슷했는데 이제는 완전히 딴판이다. 요리사가 좀 더 일관적인 태도를 보인다면 훨씬 수월할 텐데. 가급적 해나와 비슷한 수준으로 머문다면 가장 좋겠지만 그보다 못한 수준이라 해도 왔다 갔다 하지 않고 일관적이라면 좋겠다.

로버트에게 이 모든 얘기를 축약해서 들려주자 그가 묻는다. 해나가 누구야? 고전에 나오는 인물이라고 하자 어이없는 표정을 짓는다. 그러곤 곧 서재로 들어가 버린다.

별수 없이 블란셰 이모를 찾아간다. 이모도 해나를 모르지만 내가 알려 주자 아, 《작은 아씨들》은 잘 알지, 하더니 그래도 해나라는 인물은 전혀 기억나지 않는다고 한다. 그러곤 마치 고모가 아닌 게 확실하냐고 묻는다. 어쨌든 책은 현실과 너무 다르다면서.

문학 얘기는 포기하고 대신 요리사를 어떻게 하면 좋을지 단도직입적으로 물어본다.

블란셰 이모는 바로 조언을 건넨다. 일주일 휴가를 줘봐. 일주일이면 완전히 달라질 거야. 요리는 우리와 위니가 함께 하면 되고 도린 피츠제럴드도 거들어 주겠지.

나는 이 조언을 받아들이되 조금 변형하기로 한다. 블란셰 이모와 위니, 도린 피츠제럴드의 도움을 빼고 시내에서 한때 레이디 프로비셔의 주방일을 하던 밸런스 부인을 불러오는 방식으로 말이다.

10월 15일

교회에서 추수절 예배가 열린다. 꽃과 감자, 사과, 넓적한 호박과 길쭉한 호박이 장식되어 있다. 어린 마저리가 손을 한껏 뻗어 내 치맛자락을 당기더니 한참 종알거리는데 한마디도 알아듣지 못한다. 나는 당황해서 다시 속삭여 묻는다. 나가고 싶니?

아이는 고개를 젓는다.

나는 무슨 말인지 알아들은 척 고개를 끄덕이며 그걸로 상황이 정리되길 바라지만 아이는 만족하지 못하고 다시 속닥거린다.

나는 그제야 알아듣는다. 가장 길쭉한 호박, 제 몸집보다도 커다란 호박을 오르간 파이프 옆에 갖다 놓은 사람이 자기라는 것이다. 나는 열심히 고개를 끄덕이며 대단하다는 듯이 호박을 바라본다.

마저리는 예배가 끝날 때까지 그 호박에서 눈을 떼지 않는다.

신도 가운데 아무도 방독면을 가져오지 않은 것을 깨닫고 나중에 로버트에게 그래도 괜찮냐고 묻자 그는 문제없다고 한다.

교구 목사님은 설교단에 서서 사람들을 격려한다. 영국 공군 제복과 육군 제복을 입은 사람이 한 명씩 들어오자 신도들 사이에 흥분이 감돈다. 정육점 큰아들과 밸런스 부인이 가장 아끼는 조카다. 등산복 차림의 낯선 부부가 (몇 년째 보이지도 않고 교회에 나오지도 않는) 고령의 농부가 앉던 신도석을 차지한 것을 보고 모두가 불경하리만치 못마땅한 시선을 보낸다. (교구 목사님은 예외이지만.)

밖에서 이웃들과 뻔한 인사를 주고받으며 언제나처럼 때가 되면 내가 묻히고 싶은 마당 한구석의 주목 밑을 흘끗거린다. 부디 나치스의 폭탄이 이 바람을 무색하게 만들지 않길 기도하며 몇 가지 소식을 주워듣는다.

워터레인 주택 단지의 조니 램이 **떠났다**. (세상을 떠났다는 말처럼 들리지만 마을을 떠나 솔즈베리 근처의 훈련소로 갔다는 뜻이다.)

다른 청년들은 대부분 아직 떠나지 않았지만 모두들 떠나고 싶어 안달이 났으며 곧 그러길 기대하고 있다.

지난 전쟁에도 나갔던 빌 처프는 바로 일을 구했고 아내 말로는 데번포트의 발전소를 이끌고 있다. (빌 처프가 데번포트의 발전소를 성공적으로 이끌기 위해서는 크게 변화해야 한다고 생각하지만 당연히 입 밖에 내지 않는다. 지난 15년 동안 빌 처프와 정신적으로 씨름하느라 애쓴 우리 교구 목사님이 이 상황을 어떻게 생각하는지 듣고 싶을 뿐.)

사흘 전에 제분소 위로 외국 항공기처럼 보이는 비행체 한 대가 아주 낮게 날아가는 광경이 목격됐지만 아무 일도 일어나지 않은 것으로 보아 벨기에 비행기로 추정된다. 이 소식은 일일이 분석될 수 없어서 그저 그럴 가능성이 아주 높다고 대꾸한다.

레이디 복스가 여자들 가운데 자신의 응급 처치 시험에 통과하는 사람을 미래의 적십자 병원에 고용하겠다는 소식을 보내왔는데, 아직 아무도 응하지 않았다. 간호는 자기가 맡고 바닥을 닦거나 요리를 시킬 사람을 구하려는 거라는 소문이 돌고 있기 때문이다.

나 역시 그렇게 생각하며 구구절절 말하지 않고도 그런 뜻을 전하는 데 성공한다.

흐뭇하게도 어느새 나는 전쟁 상황의 권위자가 되어 수많은 질문을 받고 있다.

핀란드는 어떻게 될 것 같아요? 소련이 두 얼굴을 하고 있는 게 맞을까요? (이 질문에는 적어도 세 얼굴을 하고 있다고 대꾸한다.)

영국군이 정확히 어디 있는지 알아요?

몰라도 어쩔 수 없지만, 영국군이 실제로 전방까지 이동했는지 아닌지를 안다면 마음이 훨씬 편할 것 같네요. 정보부에서 그런 건 **알려 주지** 않겠죠?

그럼요.

그럼 정보부는 **왜** 있는 걸까요?

이 질문엔 대답을 얼버무릴 수밖에.

그린슬레이드 부인의 딸 아이비가 작년에 결혼해서 맨더빌 피츠워런 마을로 갔잖아요. 그런데 그곳에는 아직 방독면이 하나도 지급되지 않아서 불만이 이만저만이 아닌가 봐요. 세상과 완전히 동떨어진 것 같잖아요. 사실 그렇지도 않은데.

맨더빌 피츠워런 문제는 곧장 로버트에게 얘기해서 그가 지역 공습 대비대 책임자의 재량으로 해결하게 하겠노라고 약속한다.

(맨더빌 피츠워런은 오두막 여섯 채와 농장 하나, 여인숙, 우체국 하나가 전부인 아주 작은 마을이고, 외딴 골짜기, 그것도 조그만 샛길이 미로처럼 엉켜 있는 곳에 숨어 있어서 어디서도, 심지어 하늘에서도 보이지 않는다.)

마지막 질문. 로빈은 아직 열아홉 살이 안 됐나요? 아직 안 됐다고 하자 모두 다행이라고 하며 그 애가 학교를 마치기 전에 전쟁이 끝났으면 좋겠다고 입을 모은다.

벅찬 마음을 안고 차로 향하다가 그 안에 앉아 창밖을 바라보는 고양이 톰슨을 보고는 소스라치게 놀라 모든 감동이 산산이 깨져 버린다.

어린 피난민 마리골드와 마저리는 입을 헤벌리고 톰슨을 보며 녀석이 집에서부터 계속 따라오는 바람에 어쩔 수 없이 차에 태웠다고 실명한다. 결국 톰슨을 내 무릎 위에 태우고 집으로 향한다. 모퉁이에서 로버트가 경적을 울리자 녀석이 나를 신하게 할킨다.

오후는 평화롭게 흘러간다. 나는 많은 편지를 쓰고 블란셰 이모는 신문을 읽을 필요가 없어서 무척 편하다며 대신《미스 위턴의 가정교사 일기》*에 푹 빠져서는 마음이 차분해진다고 한다.

나는 그 책을 세 번이나 읽었는데 매력적이긴 하지만 마음이 차분해지는 책은 아니라고 주장한다. 바턴 이모의 행동을 보면 속이 터지지 않아요? 오빠 톰은 또 어떻고요?

블란셰 이모는 책에 완전히 정신이 팔려 멍하니 대꾸한다. 가엾은 미스 페더가 방금 불이 붙어 무섭게 타고 있는데 어떻게 될지 궁금하니까 방해하지 말아 줄래?

블란셰 이모가 마음이 차분해진다는 문학을 마음껏 즐기도록 내버려둘 수밖에.

편지는 다 썼지만 일요일엔 일하는 사람들을 야단치지 않는 관습 때문에 요리사를 찾아갈 수도 없다. 이 기회에 옷장을 살펴보기로 하지만 막상 열어 보니 몹시 실망스럽다. 로버트에게 산책을 가자고 하지만 그는 장부를 들여다볼 시간이 지금밖에 없다면서 안 된다고 한다.

그러곤 서재 벽난로 앞에 놓인 안락의자에 깊숙이 앉아 〈블

---

* 원제는 《Miss Weeton: a Journal of a Governess》. 랭커셔의 교사였던 엘런 위턴이 1807~1825년 가정교사로 일하던 시절에 쓴 일기로 사후에 발견되어 1936년에 출판되었다.

랙우드 매거진〉을 무릎에 올려놓고 있다. 장부 얘기는 핑계였으리라.

여유 시간이 **딱** 한 시간만 있어도 어깨끈이나 스타킹 등을 수선하고 장갑을 빨고 남프랑스에 있는 로버트의 어머니에게 긴 편지를 쓸 텐데, 하고 수없이 생각한 일이 떠올라 블란셰 이모가 앉아 있는 응접실 벽난로 앞 안락의자로 가는 순간, 차 마시는 시간을 알리는 종이 울린다.

아이들과 나무 블록 빼기 놀이를 하며 저녁 시간을 보내는데 둘 다 어찌나 잘하는지 블란셰 이모와 나는 도무지 따라갈 재간이 없다.

11시를 알리는 종이 울리자 잠자리에 들려고 올라가지만 도중에 문득 맨더빌 피츠워런 문제가 떠올라 다시 내려간다. 아래층에서 로버트에게 그곳 주민들의 어려움을 기세 좋게 설명한다.

로버트는 전혀 공감하지 않는다. 그는 맨더빌 피츠워런에서 편지를 여러 번 받았고 그곳의 교구민 열네 명을 직접 만나 그들을 잊은 것이 절대 아니라고 분명하게 말했다. 어쨌든 그는 누군가가 그곳에 폭탄을 투하할 가능성은 전혀 없으니 걱정할 필요가 없다고 잘라 말한다. 그저 전부 망상일 뿐이라면서.

우리의 토론은 그렇게 끝난다.

10월 16일

요리사와 나 사이에 피곤한 언쟁이 벌어진다.

나는 밝은 표정을 지으며 유쾌한 말투로 단호하면서도 너그럽게 이른다. 그동안 열심히 일했으니 내가 집에 있는 동안 일주일 휴가를 주고 싶다고. 수요일부터 쉬면 좋을 것 같다.

요리사는 아주 불쾌한 표정을 지으며 대꾸한다. 어머, 아니에요, 그럴 필요 없어요. 저는 휴가를 전혀 원치 않는답니다.

나는 당연히 원할 거라고, 그녀를 위한 일이라고 우긴다.

요리사는 고개를 저으며 소리 없이 우쭐한 미소를 짓는다.

아냐. 정말 다녀와.

아니에요. 제안은 아주 고맙지만 그런 건 생각할 수도 없어요.

집안일은 우리가 알아서 할 수 있다고 우기자 요리사는 어이없고 화난 표정을 짓는다. 나는 꼭 다녀왔으면 좋겠다고, 휴가는 **꼭 필요한** 거라고 밀어붙인다.

요리사는 휴가를 가기엔 너무 피곤하니 가봐야 즐길 수 없을 거라는 궤변을 늘어놓는다.

정신을 차려 보니 우리는 다시 화덕 얘기를 하고 있고 나는 그 모든 얘기를 다시 한 번 듣고 있다. 화덕에 문제가 있다느니,

작동하지 않는 건 아니지만 곧 그렇게 될 거라느니, 아침 5시 30분에 바닥에 엎드리는 기이하고 부자연스러운 동작을 해야 한다느니.

나는 살짝 짜증을 내며 말한다. 그녀가 없는 동안 사람을 불러서 고치게 하겠다고. 요리사는 누구를 부르든 아무것도 하지 못할 거라고 단정한다. 지난번 굴뚝 청소부도 화덕을 보고는 무너지지 않고 버티는 게 신기하다고 했단다. 그의 의견으로는 슬쩍 건드리기만 해도 산산이 부서질 것 같다면서.

굴뚝 청소부가 대단한 달변가였는지 요리사는 계속해서 그의 말을 인용한다.

메모: 반경 15킬로미터 안에 다른 굴뚝 청소부가 있는지 알아보고, 있다면 그쪽으로 바꿀 것.

나도 모르게 요리사 얘기를 듣고 반응하는 척하면서 슬금슬금 문으로 다가가고 있다. 하지만 완전히 빠져나갈 구실이 떠오르지 않는다.

영원 같은 시간이 지나고 마침내 요리사가 잠시 말을 멈추자 나는 그 틈에 휴가를 보내 주겠다고 한 번 더 힘주어 말한다. 요리사는 그런 게 필요하지도 않고 가능하지도 않다고 한 번 더 되풀이한다. 혹시 소설에 나오는 벌티투드 씨 얘기를 들어 봤냐고 묻고 싶다. 자기가 없으면 모든 게 엉망진창이 될 줄 알았다가 알고 보니 자신이 그리 중요한 사람이 아니었다는 것을 깨달은 남자 말이다.

그 얘기는 접어 두고 대신 요리사에게 수요일에 떠날 준비를 하라고, 마을의 밸런스 부인이 도와주러 올 거라고 이른다.

그런 뒤 황급히 부엌을 빠져나오지만 뜻하지 않게 요리사의 기막혀하는 표정을 보고 만다.

복도에서 마주친 블란셰 이모가 안색이 안 좋다며 어디 아프냐고 묻는다. 그런 건 아니지만 부엌에서 언쟁을 벌이고 나니 정말 아픈 듯한 기분이라고 솔직하게 털어놓자 블란셰 이모는 무슨 말인지 잘 안다고, 대화는 언제나 어렵지만 이틀만 지나면 모든 게 풀릴 거라고 한다. 원래 말이라는 게 그렇다면서.

듣고 보니 맞는 말인 것 같아서 기운이 난다.

고맙게도 세레나가 편지로 몇 가지 소식을 전해 준다. 지하 세계에 내가 없어서 몹시 아쉽다고 한다. 쇼크 관리에 관한 수업을 한 번 더 들었고, 모두가 다음 일요일에 공습이 시작될 거라고 예상하고 있다. 추신으로 이렇게 덧붙였다. 어젯밤에 J. L.과 저녁을 먹었는데 아직 마음을 정하지 못해서 너무 힘드네요. 빨리 돌아와서 조언을 해주셨으면 좋겠어요.

(이 추신을 읽고 나자 조언을 구하는 것과 조언을 해주는 것이 과연 바람직한 일인지 한참 생각하게 된다. 둘 다 바람직하지 않다는 결론에 이른다. 내가 하는 말이 세레나의 인생행로를 실제로 바꾸지는 않을 테고 이 사실을 그녀도 나만큼 잘 알 테니까. 그보다는 그저 누군가에게 얘기하고 싶은 것뿐이리라. 그런 마음은 충분히 이해하고 그런 거라면 얼마든지 해줄 수 있다.)

공문서가 들어 있는 듯한 우표 없는 봉투가 보이자 드디어 정보부에서 그동안 나 같은 인재를 못 알아본 게 얼마나 어리석은 일이었는지 깨닫고 편지를 보낸 모양이라고 넘겨짚는다. 봉투를 뜯기도 전에 머릿속에서는 이미 로버트에게 상황을 설명하고 블란셰 이모에게 요리사 문제를 맡긴 뒤 짐을 챙겨 11시 40분 기차를 타고(아직 운행한다면) 런던으로 떠난다. 막상 뜯어 보니 분명 좋은 의도일 테지만 전쟁과는 전혀 상관없는 자선 모금을 강력하게 호소하는 편지다.

로버트가 작은 2인승 공무용 차를 타고 공습 대비대 사무실로 떠나면서 내게 차를 쓰고 싶다면 석유가 3갤런도 남지 않았으며 다음 배급은 23일이나 돼야 나온다는 점을 명심하라고 당부한다.

나는 맨더빌 피츠워런 상황을 한 번 더 상기시킨다. 그는 그곳을 전혀 잊지 않았으며 어쨌든 그곳은 잉글랜드 은행만큼 안전하다고 단언한다.

나는 위층으로 올라가 침대를 정돈한다.

도린 피츠제럴드가 나를 도우면서 월요일에 매트리스를 뒤집으면 재수가 없다고 하는 바람에 매트리스는 그대로 둔다. 나중에 블란셰 이모에게 들으니 도린 피츠제럴드는 일요일과 금요일, 매달 13일에 관해서도 비슷한 견해를 피력하고 있다.

1시 라디오 뉴스에서 핀란드와 소련의 협상이 중단되었다는 소식을 듣는다. 블란셰 이모마저도 이제 유럽의 모든 국가가 전쟁에 휘말리는 건 시간문제라고 하자 도무지 기운이 나지 않는다.

점심 식사가 이어지고 아이들 앞에서는 세계 정세에 관해 얘기하지 않으려 안간힘을 쓰지만 딱히 성공하지 못한다. 애플 타르트를 먹던 마리골드가 불쑥 똑똑한 말투로 내게 묻는다. 독일군이 영국에 실제로 **상륙**할까요, 아니면 비행기에서 폭탄만 떨어뜨릴까요?

나는 석유 사정이 어떻든 마리골드와 마저리를 태우고 나가 가까운 시내에 새로 문을 연 작은 찻집에서 차를 마시며 기분 전환을 하게 해주리라 결심한다.

둘 다 위층에서 공식적으로 휴식 시간을 보내고 있을 때(마저리가 "국경이 남쪽"을 아주 크게 부르고 마리골드는 끊임없이 침대 발치를 걷어차는 소리가 들린다) 위니가 일부러 극적인 효과를 내려고 작정하기라도 한 듯 불쑥 거실 문을 열더니 레이디 복스가 왔다고 이른다.

몇 달 만에 만난 레이디 복스는 눈부신 검정 투피스와 커다란 밍크 목도리, 새로 산 듯한 흰 장갑, 세련된 신발과 스타킹, 검은색과 횐색, 빨간색, 파란색, 주황색이 들어가서 얼핏 촌스러워 보일 것 같지만 어째서인지 아주 세련되고 우아한 분위기를 풍기는 작은 모자로 치장했다.

문득 내 현실을 깨닫는다. 머리카락 컬은 모두 풀렸고 몇 시간째 화장을 고치지 않았으며 파란 스웨이드 신발은 회색 트위드 드레스와 전혀 어울리지 않는다. 게다가 블란셰 이모는 낡은 보라색 울 카디건을 1분도 더 입을 수 없다고 해놓고 여전히 입고 있다. 레이디 복스는 이런 결함을 나만큼 뚜렷이 의식하고 있을 게 분명하지만 당연히도 우리 둘 다 아무렇지 않은 척 그저 반가워하는 연기를 한다.

블란셰 이모를 소개하자 레이디 복스는 이모의 정수리 위쪽을 보며 아주 거만한 투로 방해하지 않았길 바란다고 하더니 권하지도 않았는데 자리에 앉는다.

그녀가 말한다. 우리가 지금 얼마나 기막힌 세상을 살고 있나요! 우리 모두 마찬가지죠. (바로 이 점이 그녀에겐 유독 이상하게 느껴지는 모양이다.) 우리 모두 똑같이 고통받고 있으니 가난한 사람이든 부자든 **똑같이** 자기 역할을 해야죠.

블란세 이모는 괜한 열의를 보이며 소득세가 대폭 늘어났으니 이제 '가난한 사람이든 부자든'이 아니라 '가난한 사람이든 가난한 사람이든'이 되었다고 거든다. 레이디 복스는 (몹시 놀란 얼굴로) **너무도** 옳은 말씀이라고 인정한다. 그녀는 런던에 있는 집을 폐쇄하고 남프랑스의 별장은 매각한 뒤 스코틀랜드의 집은 다음 세대에게 넘기고 집의 절반만 사용하며 검소하게 살아야 하나 진지하게 고민 중이라고 한다.

그 가운데 무엇 하나라도 실제로 추진하고 있냐 물으니 아니라고 한다. 조만간 부상 장교들이 몰려올 테니 그들이 집을 쓸 수 있게 준비해야 한다나. 게다가 하인들을 내보내 실업률을 높이는 건 애국하는 길이 아니라면서 모두 데리고 있을 예정이란다. 하인 중 한 명이 징집되자 그녀는 이렇게 말했다. 헨리, 그럼 **가야지**. 나라의 부름을 받았으니 네가 나가서 싸우는 걸 말릴 수는 없어. 주소를 알려 주면 담배라도 보내 주마.

헨리는 너무 고마워서 눈물을 글썽거렸다.

이윽고 그녀는 몹시 걱정하는 투로 내게 묻는다. 대체 어디서 무얼 했기에 그렇게 허수아비 같은 몰골이 됐어요? 듣자 하니 피난민도 받았다던데, 대체 이 집의 어디에 **끼워** 넣은 거예요? 사람이 정말 야무지다니까.

나는 피난민들에게 온갖 시설이 갖춰진 별채 두 채를 내주었고 서쪽 별채는 아직 통째로 비어 있다고 말할까 잠시 망설인다. 하지만 결국 솔직하게 말하는 편이 더 간단하고 설득력 있을 터, 그저 우리 아이들이 모두 나가 있어서 문제 없다고 대꾸한다.

그러자 레이디 복스는 이제 딸이 꽤 많이 컸을 텐데 어딘가에서 일하고 있냐고 묻는다.

아뇨, 아직 학생이고 앞으로 2년 반은 학교에 더 다녀야 한답니다.

레이디 복스는 사뭇 놀란 투로 그렇구나! 하더니 다시 묻는다. 그럼 아들은? 프랑스에 있나?

아뇨. 럭비 학교 6학년이에요.

아, 럭비! 레이디 복스가 말한다.

조금 있으면 이튼 스쿨에 다니는 자기 조카들 얘기를 꺼낼 게 분명하니 서둘러 화제를 돌린다. 이 전쟁이 얼마나 갈까요?

레이디 복스는 고개를 저으며 어차피 우리는 **모든** 정보를 듣지 못하는 것 같다고 대꾸한다.

하지만 며칠 전 육군성에 다녀왔는데(대체 왜? 어떻게?) 그곳에서 극비 사항을 들었다고 한다.

레이디 복스는 커튼 뒤에 게슈타포 한 무리가 숨어 있기라도 한 듯 방안을 한번 둘러보더니 내게 창문을 닫아 달라고 애원한다. 혹시 모르잖아요. 특히 조심해야 해요. 고트 경과 관련된 일이거든요. (고트 경은 또 누구일까?)

나는 창문을 닫고(잔디밭에 검은 새 한 마리가 앉아 있을 뿐 아무도 보이지 않지만) 블랑셰 이모는 문을 열었다가 다시 닫는다.

나는 문을 열 때마다 바로 앞에 요리사나 위니가 서 있으면 어떻게 할까 자주 생각해 보곤 했는데 지금은 잊기로 한다.

레이디 복스가 지금부터 하는 얘기는 **절대** 이 방의 벽을 넘어가선 안 된다고 한다. 그러면서 블랑셰 이모를 빤히 보자 이모는 하얗게 질린 얼굴로 물론이라고 중얼거린다. 몹시 불안한 눈치다.

레이디 복스는 블랑셰 이모에게 묻는다. 혹시 티팅턴 공작부인 비올레타를 아세요?

아뇨.

그럼 혹시 **나**는 티팅턴 공작부인 비올레타를 아느냐고 다시 묻는다.

나 역시 티팅턴 공작부인 비올레타가 누군지 전혀 모른다고 대답하지만, 그래도 공작부인을 많이 알고 있고 그 가운데 비올레타라는 이름이 있는지 고민하는 척하려고 일부러 생각에 잠긴 투로 말한다.

비올레타는 레이디 복스의 친구인 모양이다. 당연히 내각과 상원, 하원의 대변인, 육군성, 해군성과도 긴밀히 소통하고 있는데, 이 가운데 하나 이상의 정보통을 통해 곧 **소강상태**가 올 거라 추론했다고 한다. 그 상태가 봄까지 이어질 것이고 이는 연합군에게 유리한 일이다.

블란셰 이모가 흥분하며 묻는다. 공중전도 마찬가지일까요? 그러고는 황급히 덧붙이길, 자기는 폭탄이나 가스 따위가 무서운 게 전혀 아니라고 한다. 그런 건 절대 아니지만 그저 아무것도 **모른다**는 게 너무나 불안하다. 모두가 처음부터 공습을 예상하고 있었는데 왜 아직도 공습이 일어나지 않는지 모르겠다는 것이다.

아, 일어날 거예요! 레이디 복스가 매우 권위적으로 말한다.

공습이 제대로 일어날 거고(표현이 좀 그렇지 않나?), 그리 유쾌하지 않을 거예요. 그러니까 그 점은 각오해야 하겠죠. 그래도 우리의 방비는 아주 훌륭하고 방공 기구도 있잖아요. 비올레타의 남편인 공작은 적의 폭탄 가운데 우리 방비를 뚫는 건 열다섯 개에 하나꼴도 안 될 거라고 했다니까요.

런던 전역에 공습이 있을까요? 블란셰 이모가 다시 묻는다.

나는 블란셰 이모에게 눈치를 주려고 애쓴다. 레이디 복스는 정확한 소식통이 아니니 철썩같이 믿는 듯한 인상을 주어선 안 되고 피난민 아이들을 데리고 나가려면 당장 레이디 복스를 내보내야 한다는 뜻을 전하려 노력하지만, 이 많은 내용을 한 번의 눈짓에 담기엔 역부족인지 아니면 받아들이는 사람의 능력이 모자란 것인지 모르겠다. 이모는 그저 커다란 안경을 쓴 눈에 열의를 가득 담은 채 레이디 복스를 바라보고 있다. 불안하면서도 현명한 흰 올빼미가 떠오른다.

레이디 복스는 런던에 대해 암울하지만 그리 절망적이지 않은 의견을 내놓는다.

주요 목적은 건물을 때리는 것이겠지만 공중에서 특정 건물을 명중시키는 건 사실상 불가능하죠. 이건 확실한 사실로 받아들이셔도 좋아요.

나는 그것이 사실임을 부인하고픈 욕망이 끓어올라 레이디 복스에게 안타깝지만 템스강은 아무리 높은 곳에서도 훤히 보인다고 우긴다.

그러나 곧 레이디 복스에게 완패하고 만다. 그녀는 몹시 걱정스러운 투로 대체 어디서 그런 얘기를 들었냐고 캐물으며 그건 정확하지도 않은 악의적인 소문일 뿐이고 정부는 그런 소문을 추적해 폭로하려 한다고 일갈한다.

그 얘기를 즉석에서 지어낸 나는 몹시 당황하며 어디서 들었는지 기억나지 않는다고 얼버무린다.

기억**해야죠**. 레이디 복스가 말한다. 그런 종류의 헛소문을 전국으로 퍼트리는 건 나치스 선전 요원들의 소행이라 정부는 단호히 타도하려 한다니까요. 국가의 사기를 떨어뜨리려고 꾸며 낸 이야기예요.

나는 나치스 선전 요원에게서 나온 건 분명히 아니라고 단언하지만 레이디 복스는 만족하지 못하고 내게 더 조심해야 한다고, 무엇보다도 그런 험한 소문을 들으면 바로 자기에게 직접 알려야 한다고 애원한다.

당연히 그럴 생각은 추호도 없다.

블란셰 이모는 레이디 복스의 태도에 아랑곳없이 해군 상황에 관해서도 내부 정보를 알면 얘기해 달라고 조른다. 레이디 복스는 해군이 잘하고 있다고 한다. 불과 며칠 전에 해군성 장관과 함께 식사를 했는데 영국 해군은 아주 잘하고 있다고, 하지만 이 역시 무슨 일이 있어도 소문내선 안 된다고 했다는 것이다.

블란셰 이모는 영국 해군은 언제나 훌륭하다고 단호하게 말한다. 나는 이모가 내 눈빛을 알아들었나 보다고 생각하며 잘했다는 시선을 보내지만 그녀는 나를 무시하고 계속 레이디 복스만 바라볼 뿐이다.

예전에도 여러 번 그랬듯 속으로 되뇐다. 아무리 힘든 날에도 시간은 흐른다고.

레이디 복스는 내게 런던에서 무얼 했냐고 묻더니 대답을 기다리지도 않고 내가 돌아와서 기쁘다면서, 요즘 집에서 할 수 있는 일이 얼마나 많은데 굳이 수많은 **젊은이**들이 달려드는 전쟁 일자리까지 찾아 나설 필요가 있냐고 덧붙인다.

정보부에서 급하게 일을 맡아 달라 했다고 말하고 싶지만 굳이 블란세 이모가 끼어들어 내가 여성 의용대가 운영하는 매점에서 밤 근무를 하면서 큰 도움을 주고 있다고 한다(좋은 의도였을 테지만 가만히 있었다면 더 좋았을 텐데).

버클리 광장에 있는?

아뇨, 버클리 광장 말고요. 아델피예요.

아델피는 별 볼 일 없다고 생각했는지 레이디 복스는 금세 흥미를 잃고 일어선다.

그녀는 서재를 둘러보더니 내게 응접실을 폐쇄한 건 잘하는 일이라며 자기는 아래층 방 서너 개만 쓸까 생각 중이라고 한다. 그러더니 **쪽모이 세공** 마룻바닥을 깔지 않는 이유가 뭐냐고, 카펫은 계속 청소하다 보면 여기저기 구멍이 뚫린다고 성화한다. 그런 뒤 구석에 놓아 둔 볼품없는 국화 화분 세 개를 보며 감탄한다.

혹시 라가론 알아요? 예쁜 분홍 국화인데 계단 밑이나 방 한쪽에 한 아름씩 두면 보기 좋거든요.

(우리 집 계단 밑에는 국화 화분 두 개만 놓아도 지나다닐 수가 없으니 안타까울 따름이다.)

라가론에 적당히 관심을 표한 뒤 종을 울려 위니를 부르지만 답이 없다. 할 수 없이 내가 직접 레이디 복스를 현관까지 데리고 나가 벤틀리를 기다렸다가 작별 인사를 한다. 마지막으로 그녀는 상황이 **너무** 어려워지면 꼭 전화하라면서, 이런 시기에는 모두가 서로 도와야 하지 않냐고 한다.

그런 뒤 벤틀리에 오르더니 기사가 건네는 커다란 모피 덮개를 우아하게 덮고 떠난다.

서재 벽난로로 돌아가서 블란셰 이모에게 스탈린 정권에 대해선 혐오스러운 소식만 들었지만 그래도 가끔은 공산당에 합류하고 싶다고 푸념한다. 블란셰 이모는 로버트 앞에선 그런 얘기를 하지 않는 게 좋겠다고 아주 분별 있게 대꾸한 뒤 마리골드와 마저리에게 외출 준비를 하라고 할까 묻는다.

다행히 오후의 외출은 매우 성공적 이다. 비탈을 내려갈 때는 연료가 절약되길 바라며 기어를 중립에 놓고 달린 뒤 최근에 문을 연 베티 버터라는 작고 사랑스러운 가게에서 다과를 즐긴다.

소등 시간 전에 돌아와 6시 뉴스를 듣는다. 독일 항공기가 스코틀랜드 포스만 상공을 대낮에 급습했다가 쫓겨 갔고 에든버러 주민들은 거리에서 공중전을 보았다고 한다.

블란셰 이모는 자기 올케가 **일부러** 안전한 곳을 찾아 북부로 갔는데 결국 이 난리를 겪고 험한 꼴을 보았겠다며 몹시 흥분한다. 저녁 내내 분을 삭이지 못하고 **꼭** 엘리너 같은 짓을 했다고 이따금 씩씩거린다.

이후 저녁은 별일 없이 지나간다. 집에 돌아온 로버트는 뉴스를 다 들었다면서 다시 얘기하고 싶지 않은 듯 〈타임스〉의 낱말 맞추기에 몰두한다. 블란셰 이모는 눈치 없이 포스만 공습 얘기를 또 꺼내곤 자기 올케 엘리너가 거기에 있다고 한다. 그런데 이번엔 황당하게도 그 굉장한 광경을 공짜로 보았다고 강조하는 게 아닌가.

로버트는 모호한 소리를 낼 뿐 딱히 대꾸하지 않는다.

그러나 나중에야 내게 말한다. 비키의 학교도 동부 해안에 있으니 공습 소리를 들었을 테고, 그랬다면 아이가 무척 좋아했을 거라고.

10월 18일

비키가 긴 편지를 보냈다. 학교에서 라크로스 경기 도중 **실제로** 공습경보가 내려져 모두가 대피소로 갔다고 한다. 내내 궂은 날씨가 이어지고 있다. 무척 아름다운 음악회가 열려 아름다운 남자가 바이올린을 멋들어지게 연주했단다. 비키는 끝을 안으로 말아 넣는 새로운 헤어스타일을 시도했는데, 어떤 친구들은 독일 배우 엘리자베트 베르크너 같다고 하고 또 어떤 친구들은 끔찍하다고 한다. 무척 사랑한다고, 이렇게 지루한 편지를 보내서 끔찍하게 미안하지만 끔찍하게 지루한 시기이고 아무 일도 일어나지 않는 것 같다고 마무리한다.

이 대목에서 로버트가 신랄하게 묻는다. 요즘 애들은 대체 뭘 바라는 거야? 도무지 만족할 줄 모른다니까.

10월 19일

요리사는 한없이 우울한 얼굴로 내가 운전하는 차를 타고 먼 교차로까지 가서 우유 통이 가득 실린 커다란 차를 몰고 나온 삼촌을 만난다. 그러곤 우유 통들 사이에 여행 가방을 끼워 넣고 음울하게 말한다. 자기가 급하게 필요하면 언제든 옆 농장인 블로어에 전화하면 된다고. 그럼 그쪽에서 자기에게 소식을 전해 줄 것이며 그러면 삼촌이 이 교차로까지, 혹은 집까지 태워다 줄 것이다. 삼촌에겐 석유가 충분히 있다고 한다.

떠나면서 그 삼촌은 나보다 훨씬 형편이 좋은가 보다고 생각한다.

집에 돌아와 보니 부엌에 밸런스 부인이 와 있는데, 자기는 아무 말도, 정말 아무 말도 하지 않겠다고 한다. 하지만 이곳을 청소하는 데만도 시간을 다 써버릴 것 같단다.

나는 화제를 돌리기 위해 나도 요리를 최대한 배우고 싶으니 밸런스 부인이 뭐든 가르쳐 주면 좋겠다고 제안한다. 결국 우리는 하루 중 일정 시간 동안 부엌에서 만나자는 원만한 합의에 이른다.

전쟁이 끝난 뒤 내가 직접 훌륭한 식사를 만들어 (역시 훌륭한) 하숙생들에게 먹이는 공상에 빠져 본다. 머릿속으로 미국식 바닷

가재 요리와, 녹인 설탕을 실처럼 가늘게 뽑아서 감싼 포도를 특별 메뉴로 삼아 굉장한 만찬을 차리고 있을 때 위니가 들어오더니 밸런스 부인의 말을 전한다. 식료품점에서 주문을 받으러 왔는데, 다른 건 됐고 괜찮다면 옥수숫가루 한 봉지와 달걀 여섯 개만 주문하면 될 것 같다고 했다는 것이다.

옥수숫가루 한 봉지와 달걀 여섯 개를 허락하면서 현실과 상상이 너무도 다르다는 사실을 뼈저리게 상기한다.

얼마 후 이 점을 한층 더 뼈아프게 느끼는 계기가 생긴다. 역시 다름 아닌 밸런스 부인의 제안이다. 정원사가 신선한 토끼 두 마리를 올려 보내 내일 점심으로 준비할 생각이니 토끼를 손질하는 법을 보여 주겠다는 것이 아닌가. 대부분의 귀부인은 이런 요령을 전혀 모른다면서.

나도 그중 한 명으로 남고 싶지만 차마 그렇게 말하지 못한다.

10월 21일

블란셰 이모가 토끼 손질을 진지하게 말린다. 원한다면 아침 식사용 스콘 정도, 정말 필요하다면 마요네즈 소스와 가끔 과자를 만드는 건 좋지만 토끼는 정말 **아니**라면서. 토끼 같은 건 전문 요리사에게 맡기면 되고 그래야 한다는 것이다.

전문 요리사가 많지도 않고 조만간 나 같은 사람은 그런 요리사를 쓸 수도 없다는 점을 지적하고 싶지만 집안 어른과 입씨름을 해봐야 좋을 게 없다는 사실을 늦지 않게 떠올리고 말없이 부엌으로 간다.

얼마 후 블란세 이모의 조언을 들을 걸 그랬다고 뼈저리게 후회한다.

그래도 피 튀기는 불쾌한 순간을 견디고 나자 후회가 사라지고 뿌듯함이 밀려든다. 밸런스 부인도 내가 모든 요리 과정을 통틀어 최악의 고비를 넘겼다고 인정해 준다.

어찌나 고마운지.

토끼 스튜는 성공적이지만 나는 스크램블드에그로 점심을 때운다.

10월 24일

요리사 삼촌의 이웃에게 전화해 우리가 역이나 버스 정류장까지 태우러 나가기엔 연료가 부족하니 삼촌에게 집까지 태워다 달라고 하거나 다른 수단을 이용하라는 전갈을 보낸다.

블란셰 이모가 로버트에게 공습 대비대 연료는 충분하지 않냐고 하자 로버트는 심각하게 인상을 쓰며 절대 아니라고, 임무를 수행하는 데 필요한 정도일 뿐이라고 엄격하게 말한다.

블란셰 이모는 로버트의 말투에 서운해하더니 어째서인지 내게도 서운해한다. 내가 항의하자 펄쩍 뛰면서 내가 무슨 말을 하는지 모르겠다고 한다. 자기는 아무렇지도 않고 그런 일에 서운해하는 사람도 아니다, 한 번도 그런 적이 없다, 이만큼 겪어 봤으면서 자기를 그렇게 모르냐, 등등.

물론 잘 안다고 다독이지만 별로 소용이 없는 것 같다. 몹시 서운한 얼굴로 세탁소 장부를 들여다보는 이모를 두고 아이리시 스튜와 사과 푸딩에 대해 밸런스 부인과 상의하려고 부엌으로 간다. 얼마 후 돌아가 보니 블란셰 이모는 기분이 전혀 나아지지 않은 듯 제대로 된 테이블 냅킨이 하나도 없고 전부 너덜거린다고 한탄한다.

블란셰 이모가 이 모든 일을 전적으로 나 때문이라고 생각한다는 확신이 들면서 정말 그런 걸까 하는 불편한 생각을 떨쳐 낼 수기 없다.

의문: 왜일까? 내가 그만큼 우유부단하다는 불편한 증거가 아닐까?
답: 생각하고 싶지 않다.

이모에게 마을에 같이 가겠냐고 물어도 어차피 거절할 것 같아서 혼자 마리골드와 마저리를 데리고 간다. 마리골드는 예쁜 자전거를 타고 쌩쌩 달려 나가고 마저리는 조그만 세발자전거를 타고 아주 느릿느릿 페달을 밟는다.

너무도 힘든 여정이다. 농장 트럭이 언제 튀어나올지 모르는 모퉁이를 쌩쌩 돌며 앞장서 가는 마리골드도 불안하지만, 한참 뒤처져서 오르막길이나 내리막길이 나올 때마다 무척 힘들어하는 마저리에게서도 눈을 뗄 수가 없다. 세발자전거를 살짝 밀어 주면 안 될까 물어도 마저리는 매번 고개를 저으며 숨을 쌕쌕 몰아쉰다.

아무도 죽거나 다치지 않고 마을에 도착했다는 사실에 놀라고 안도하며 자전거 두 대를 모두 우체국 앞에 세워 놓는다. 마저리와 마리골드는 대장간에서 발굽을 갈고 있는 크고 얼룩덜룩한 말을 구경한다.

우체국의 S 부인은 두 아이가 꼭 엘리자베스 공주와 마거릿 공주 같지 않냐고 한다(여태 창문에 붙어 있다가 자리로 돌아간 모양이다).

나는 딱히 닮은 구석을 찾을 수 없지만 조금 그런 것 같기도 하다며 상냥하게 동조해 준다.

흥미진진한 대화가 길게 이어진다. 목사님 아내는 마침내 도움의 손길을 구했다고 한다. 종교적인 구원처럼 들리지만 사실은 그저 이웃 교구에서 젊은 여자 한 명을 데려왔다는 뜻이다. S 부인에 따르면 노련하진 않지만 말을 잘 듣는 것 같다. 우리는 어쨌든 없는 것보다는 낫지 않느냐고 입을 모은다. S 부인은 자기가 잘못 생각하는 게 아니라면 이제 여자들도 예전 같지 않다고, 전국 곳곳의 귀족들이 집을 폐쇄하고 있으니 곧 빵의 어느 면에 버터를 바르는지도 모르는 아이들이 늘어날 거라고 우울하게 덧붙인다.

식량 배급이 시작되면 버터는 아예 바르지 못할 가능성이 높다고 지적하자 S 부인은 내 말이 몹시 재밌다는 듯이 호쾌하게 웃는다. 그래도 마가린이 지난 전쟁 때와는 완전히 달라졌다고 하자 조금은 기운이 난다.

그 말이 맞기를 진심으로 바랄 뿐이다.

3실링짜리 우표집을 달라고 하지만 S 부인은 꺼낼 생각도 하지 않고 소련이 어떻게 할지 아느냐고 묻는다.

지금은 전혀 모르겠네요.

S 부인은 히틀러가 **자기**에게 물어봤더라면 절대 이런 혼란을 일으키지 않았을 거라고 한다. 그야말로 혼란스런 상황이고 히틀러도 지금은 놀라도 곧 알게 될 거라면서.

S 부인과 유럽 정세를 논하다간 하루가 다 가버릴 것 같아서 다시 우표집을 달라고 재촉한다.

그런 뒤 우리는 여성회로 화제를 돌린다. 요즘은 여성회에서 강연할 사람을 구하기가 너무도 어렵다고 한다. 회원들이 돌아가며 서로를 즐겁게 해주면 어떻겠냐는 내 제안에 S 부인은 코웃음을 치며 우리 여성회에서는 아무도 나서지 않을 게 분명하고 설사 누가 나선다고 해도 잡담이나 주고받을 거라고 한다. 소문에 따르면 이웃 마을 회관은 공습 대비대에게 빼앗겼다. 여성회가 월례 모임을 열게 해달라고 애원한 끝에 결국 공습경보가 울리면 회원들이 당장 회관을 비우고 거리로 나가겠다는 조건으로 허락을 받았다.

실제로 이런 조건이 합의되었는지 여부는 모르지만 어쨌든 S 부인은 마지막으로 한 번 더 물어보고 싶단다. 정말 공습이 일어날까요? 그렇다면 우리 마을도 공습을 당할까요?

그저 아니길 바란다고 말할 수밖에. 내가 다시 우표집을 달라고 하자 S 부인은 서랍에서 꺼내면서 말을 잇는다. 핀란드 일은 참 유감이에요. 핀란드도 곧 곤란한 상황에 빠질 것 같네요. 우표집은 3실링이랍니다.

대장간에서는 아직 말발굽 작업이 한창이고 마리골드와 마저리는 여전히 그 자리에 못 박힌 채 구경하고 있다. 나도 같이 구경하려 하는데 누가 어깨를 세게 때리는 통에 씩씩거리며 돌아본다. 미스 팬커톤이다.

그녀는 국방색 바지를 입고(이보다 더 안 어울리는 색이 있을까 싶다) 무척 호전적인 모습으로 서 있다. 코안경은 뜬금없어 보이지만 어쩔 수 없이 썼을 것이다.

그녀는 자기가 맡은 악동 여섯 명이 학교를 마치고 돌아올 시간이라 마중 나왔다고 한다. 전형적인 런던 동부 출신의 골칫거리들이지만 자기가 그동안 잘 가르쳐서 이제는 말썽을 피우지 않는다나. 곧 만나게 될 거라고 한다.

그런데 요즘 뭘 하세요? 미스 팬커톤이 묻는다. 나 같은 지식인은 지금 같은 시기에 아주 중요한 일을 해야 한다면서.

짧은 순간, 아주 강렬한 열망이 나를 덮친다. 나 역시 그런 생각을 자주 했지만 그렇다고 미스 팬커톤의 말에 무작정 반박하고 싶은 열망이 사라지는 건 아니다.

언제나처럼 적당한 선에서 타협하기로 하고 별다른 일은 하지 않는다고, 아주 착한 피난민 아이 둘을 집에서 돌보고 있고 대개는 런던에서 지내며 매점에서 일하고 있다고 대꾸한다.

그러나 미스 팬커톤은 이제 우체국 창문을 열어젖히고 바싹 붙어 서 있는 S 부인에게까지 들릴 만큼 큰 소리로 떠든다. 아니,

그게 **말이 되는** 소리냐, 나 같은 사람은 **정말** 중요한 일을 해야 한다, 전쟁이 터졌을 때 가장 먼저 내가 떠올랐다, 그 가엾은 여자도 마침내 기회를 얻겠구나, 더는 시간과 재능을 허비하지 않겠구나, 마침내 자아를 찾겠구나 생각했다, 내가 뭐라고 하든 자기가 생각하기엔 아직 늦지 않았다, 등등.

나는 미스 팬커튼을 경악의 눈초리로 바라보지만 그녀는 내 표정을 오해한 듯 더 열성적으로 애원한다. 당장 정신 차리세요. 영국 정부는 중책을 맡을 사람을 부르짖고 있다니까요.

나는 그렇다 해도 나와 내 주변 사람들에게는 그 부르짖음이 전혀 도달하지 못했다고 귀띔한다. 정반대로 모두가 일자리를 구하고 있는데 아무도 성공하지 못했다면서.

사람을 잘못 찾아간 모양이네요. 미스 팬커튼이 말한다.

아뇨, 그것도 아니에요.

교착 상태에 이른 것 같다. 길 한복판에 서서 서로를 노려보는 미스 팬커튼과 나는 틀림없이 많은 이웃에게 흥미로운 추측거리를 던져 주고 있으리라.

때마침 학교에서 아이들이 줄줄이 나오며 상황이 일단락된다. 미스 팬커튼이 말한 악동들도 나타난다. 모두 여섯 명이고 작고 창백하며 아홉 살이 채 안 된 듯 보인다.

그나마 미스 팬커톤에게 시달리지 않은 듯 쾌활해 보여서 마음이 놓인다. 잠시 후 미스 팬커톤은 아이들을 일렬로 세워 함께 걸어간다.

떠나면서 그녀가 내게 육군이나 공군 여군 지원단에 들어가면 좋겠다면서 자기가 넣어 줄 수도 있다고 한다. 나는 고맙지만 그런 건 생각하지도 않는다고 차갑게 대꾸한다. 미스 팬커톤은 어깨 너머로 태연하게 소리친다. 하긴 그렇네요. 그런 건 어울리지 않죠. 정보부에 가야 해요. 거기엔 지식인이 필요할 테니까.

나는 지식인이 아니니 그렇게 생각하지 말라고 외치고 싶지만 체면을 구기고 싶지 않고, 게다가 미스 팬커톤은 이미 언덕을 반쯤 올라갔으니 아주 크게 외쳐야 닿을 수 있을 것이다. 그녀의 옆에서 일렬로 따라가는 악동 여섯 명이 흰 쥐처럼 보인다.

마리골드와 마저리를 데려가려고 돌아보니 둘 다 어디론가 사라졌다. 결국 해로울 게 전혀 없어 보이는 골목에서 놀고 있는 모습을 발견하는데 어째서인지 둘 다 신발에 타르가 잔뜩 묻었다.

풀을 몇 줌 뜯어 지워 보지만 예상한 대로 효과가 없다. 그나마 외투에 묻지 않아서 다행이라고 생각하며 집으로 향한다. 집에 도착하는 순간 두 아이의 외투뿐 아니라 마리골드의 스웨터와 마저리의 양말에도 타르가 묻어 있는 것을 발견한다.

도린 피츠제럴드에게 사과하며 아무래도 지우기 어려울 테니 포기해야 하지 않을까 묻자 그녀는 씁쓸하게 대꾸한다. 네, 그러겠습니다. 어쩐지 우리의 관계는 조금도 발전하지 않은 것 같다.

다행히 블란셰 이모는 마음이 풀렸다. 우리는 점심을 먹으며 기분 좋게 세레나 얘기를 주고받은 뒤(이모는 여전히 세레나 아무개라고 부른다) 신분증* 얘기로 옮겨 간다.

블란셰 이모가 묻는다. 신분증을 잃어버리면 **샛주홍색** 신분증이 발급되는 거 알아?

내가 대꾸한다. 그럼 '주홍 여자'▲가 되는 거예요?

그렇다니까. 아니, 엄밀히 말하면 '주홍 글자'지. 어느 쪽이든 주홍 신분증을 써야 하고 잃어버린 신분증을 되찾아도 영원히 이 주홍 신분증을 써야 한대.

나는 뭐라고 해야 할지 몰라서 오랜 침묵 끝에 정말 끔찍하다고 대꾸한다. 그러자 블란셰 이모가 말한다. 그렇다니까.

때마침 마저리가 오늘 아침에 침대 두 개를 저 혼자 정돈했다고 불쑥 말하자 그제야 대화에 다시 활기가 돈다.

---

* 영국에서는 1939년 2차 세계 대전의 발발과 함께 긴급조치로 도입된 국민 등록법에 따라 신분증이 발급되어 소지하는 것이 의무화되었고 전후에 다시 폐지되었다.
▲ 'Scarlet woman'. '매춘부'라는 뜻이다.

앞으로도 계속 그렇게 하라고 부추기자 마저리는 흡족한 표정을 짓는다. 다시 생각하니 부모가 들으면 내가 집안일을 시켰다고 생각할까 봐 불안해진다.

마저리와 마리골드에게 오후 내내 축음기로 무슨 음악이든 들어도 좋다고 허락한다.

얼마 후 블란셰 이모가 내게 그게 잘하는 일인지 모르겠다고 한다.

두 번째 우편배달로 세레나의 편지가 도착한다. 내가 없어서 매점이 무척 허전하고 피코크 부인은 나의 **밝은** 얼굴을 빨리 보고 싶다고 했단다. (세레나는 여기에 느낌표를 세 개나 붙였는데 감탄의 표현인지 놀라움의 표현인지 모르겠다. 어느 쪽이든 피코크 부인이 내 얼굴을 묘사한 표현은 썩 마음에 들지 않는다.)

지하 세계에는 음모가 들끓고 있고 자기야와 지휘관이 화해해서 이제는 한순간도 떨어지지 않으려 한다. 그런데 이번에는 (응급구조대의) 네틀십 부인과 (구급차 운전사인) 미스 칼로힐이 심하게 다퉈 말을 하지 않으며 모두 편을 갈라서 그만두겠다고 협박하고 있다.

갑자기 탁구 열풍이 불었고 사람들이 여자 대기실 앞에서 밤새도록 탁구를 즐기는 동에 세레나는 며칠째 밤잠을 자지 못했다. 또 J. L.과 저녁을 먹고 나치스의 잔학 행위가 잔뜩 나오는 끔찍한 영화를 본 뒤 더욱 잠을 이루지 못했다.

마지막으로 세레나는 아주 다정한 투로 빨리 돌아오라고 애원한다. 내가 몹시 보고 싶고 상황이 너무나 지독하다면서. 그리고 이렇게 덧붙였다. 혹시 《비밀 요원》*이라는 책 읽으셨어요? 아주 훌륭하지만 지독하게 불편하니 읽지 않는 편이 좋을 거예요..

(《비밀 요원》이 이미 내 도서관 대여 목록에 올라 있지 않았다면 당장 넣었을 것이다.)

블란셰 이모가 겸연쩍게 묻는다. 혹시 세레나 아무개의 편지야? 당연히 자기는 봉투를 보지 않았고 내 사적인 편지에 대해 알고 싶은 마음이 눈곱만큼도 없지만 **눈에 보이는** 걸 어쩌겠냐고 묻는다.

나 역시 과거에 비슷한 말을 많이 했기에 블란셰 이모의 말이 진심이라는 것을 조금도 의심하지 않는다. 어차피 숨길 내용이 있는 것도 아니니 세레나의 편지를 보여 주겠다고 한다.

아니, 아니, 그런 뜻은 아니었어. 블란셰 이모는 힘주어 말하면서도 한 손으로 안경을 쓰고 다른 손으로 편지를 받아 든다. J. L.

---

* 원제는 《The Confidential Agent》. 영국의 소설가 겸 극작가, 평론가인 그레이엄 그린의 1938년 소설.

대목에 이르자 모호한 감탄사를 내뱉으며 좋은 일이 아니냐고 내게 묻는다.

글쎄요. 딱히 그런 것 같지는 않아요. 제가 보기에 세레나는 이 남자를 그닥 좋아하지 않는 것 같거든요.

블란셰 이모는 신음하며 무척 안타깝다고 하더니 금세 다시 쾌활해져서는 J. L.이 제복을 입고 전장에 나가면 완전히 달라질 거라고, 세레나는 자기가 **사실은** 그를 좋아하고 있었다는 걸 깨달을 거라고 한다. 너무 늦지 않기를 바란다면서.

아무래도 블란셰 이모와 나는 성공적인 연애를 근본적으로 다르게 바라보는 것 같아서 화제를 돌린다.

저녁 시간이 끝나 갈 무렵 요리사가 돌아온다. 기운을 되찾은 모습으로 내게 휴가가 무척 즐거웠다고 한다. 삼촌의 두 번째 아내와 함께 호박잼을 만들면서 많은 시간을 보냈다는 것이다.

로버트에게 목요일에 런던으로 돌아갈 생각인데 괜찮냐고 물어본다.

그는 괜찮다고 하고는 묻는다. 거기서 무얼 하려고?

전시의 런던에 관한 글도 쓰고 공습 대비 기지 매점 일도 도와야지. 정보부에서 중요한 일자리를 맡게 될 거라고 덧붙이고 싶지만 미스 팬커튼이 떠올라 그만두기로 한다.

로버트는 시큰둥한 반응이지만 어차피 자기는 집에 있는 시간이 별로 없고 블랑셰 이모가 집을 잘 관리하고 있으니 상관없다고 한다. 그러곤 이해할 수 없는 질문을 던진다. 이모님이 늘 얘기하는 버디라는 사람이 누구야?

나는 별수 없이 되묻는다. 버디가 누군데?

어쨌든 그와 비슷한 이름이었다고 한다. 그리고 성이 조금 길었다. 개먼 스피나치? 비슷하긴 한데 아닌 것 같기도 하다나. 순간 보핍 할머니가 떠오른다. 혹시 퍼시 윈터개먼? 그러자 로버트가 대답한다. 맞아. 맞는 것 같아.

내가 윈터개먼 부인에 관해 한참 설명하자 로버트는 한동안 침묵하더니 이렇게 말한다. 그런 사람은 가스실에 넣어야 할 것 같은데.

10월 26일

로버트가 공습 대비대 사무실에 나가는 길에 나를 역까지 태워다준다. 헤어지면서 그는 확실하진 않지만 맨더빌 피츠워런 주민들에게 방독면을 지급할 수 있을 것 **같다**고 한다.

기차가 늦어져서 승강장이 몹시 붐빈다. 승강장 맨 끝의 좋은 자리를 선점하고 이 자리에 굳건히 남아 있겠노라, 기차의 이쪽 끝에서 저쪽 끝까지 미친 듯이 옮겨 다니는 여행객들에게 절대 휩쓸리지 않겠노라 맹세한다. 하지만 이쪽 승강장에는 일등칸만 선다는 사실을 깨닫고 별수 없이 계획을 변경한다. 삼등칸 쪽으로 가보니 이미 사람들과 짐이 가득 차 있다. 최대한 끼어 타자 네 귀퉁이에 편안하게 자리 잡은 승객 네 명이 증오와 분노가 섞인 시선으로 나를 본다.

황급히 일간 그림 신문을 펼쳐 얼굴을 가린 뒤 '내부 정보' 칼럼을 흡수하다시피 한다. 아무리 봐도 이 칼럼은 거의 전지전능한 수준이다. 특파원이 히틀러의 쓰레기통이나 스탈린의 잉크통 안에 밤낮없이 숨어 있는 게 아닐까 싶다.

여행 가방을 다른 짐과 함께 짐칸에 올렸다는 사실을 뒤늦게야 깨닫는다. 기차에서 읽으려 했던 도서관 책이 그 안에 들어 있는데.

이 상황에서 일어나 그것을 꺼내려 하면 지금보다 더 미움을 받을 게 분명하다.

그림 신문을 처음부터 끝까지 다시 한 번 읽고 (배려 없게도 거울에 붙여 놓은) 공습 시 행동 요령도 꼼꼼히 읽으며 최대한 버틴다.

모두 객차 바닥에 엎드리라는 조언 따위에는 영 흥미가 일지 않아서 같은 칸에 탄 승객들을 차례로 훑어 보지만 어째서인지 아까보다 더 따분해진다.

결국 나는 '해보는 거야, 돔비 부인.'* 하고 스스로를 재촉하며 자리에서 일어나 여행 가방을 공략한다. 그 안에 접어 넣은 물건들을 헤집으며 한참 뒤적거린다. 보이지는 않지만 다 헝클어졌을 게 분명하다. 그래도 마침내 빅토리아 시대 잉글랜드를 다룬 긴 소설을 꺼낸다.

옷이 뒤틀린 것을 느끼며 다시 자리에 앉는다. 실제로 뒤틀렸을 게 분명하다. 게다가 그사이에 누가 창문을 연 탓에 머리카락이 마구 날려 눈과 코를 뒤덮는다.

객차 안의 다른 승객은 모두 멀쩡하다.

빅토리아 시대 잉글랜드를 다룬 긴 소설에 도통 흥미가 일지 않는다. 저자가 샬럿 메리 용거를 연구했다면 그 시대를 좀 더 잘 알았을 텐데 아쉬울 따름이다. 깜빡 잠이 들었는데 모르는 사람이 내 무릎을 툭 치며 묻는다. 혹시 레딩에서 내리시나요?

아뇨. 레딩은 아니에요. 고맙습니다.

모르는 사람이 나가자 나는 그 틈을 타서 책을 도로 여행 가

• 찰스 디킨스의 소설 《돔비와 아들(Dombey and Son)》에 나오는 저항적인 인물 돔비 부인에 빗댄 표현.

방에 넣고 손거울을 본다. 이론상 잠은 건강에 이로워야 하는데 서른 살이 넘은 사람에게는 외모에 악영향을 미치는 것 같다.

잠의 유린을 어떻게든 무마해 본다.

같은 칸 승객이 차가 담긴 컵을 들고 돌아오자 이제 식당칸을 이용할 수 없다는 사실이 떠올라 창문으로 햄롤을 산다.

그러곤 물러서다가 컵을 치고 만다. 아니, 어쩌자고 차가 담긴 컵을 바닥에 내려놓았을까?

나는 당연히 사과를 한다. 다 내 잘못이라며 너무나 미안하다고(진심이다) 사과하자 모르는 여자는 대범하게도 괜찮다고, 어차피 이미 마실 만큼 마셨다고 하는데 속내와는 다른 것 같다. 나는 새로 한 잔을 사주겠다고 제안한다.

괜찮아요.

아니에요, 사드릴게요.

결국 그녀는 받겠다고 하지만 기차는 이미 출발했다. 남은 여정 내내 저 여자가 얼마나 목이 마를까 생각하느라 아무것도 할 수가 없다.

그 뒤로 우리는 침묵하고 있다가 패딩턴역에서 헤어진다. 내가 들릴락 말락 작별 인사를 중얼거리자 그녀는 책망이 담긴 미소를 짓는다.

런던 집에 돌아오자 세레나가 다녀갔는지 꽃이 가득하고 짜증나는 우편물 더미도 나를 기다리고 있다. 주로 소소한 청구서와 따분한 광고, 온갖 명목을 대며 구독을 부탁하는 전단지 등이다.

딱히 아무것도 하지 않고 저녁 시간을 보내다가 결국 로즈에게 전화해 일을 구했냐고 물어본다.

예상대로 아니라는 대답이 돌아온다.

로즈는 등화관제만 아니면 나를 초대해 함께 식사할 거라며 아쉬워한다. 나 역시 등화관제만 아니면 기꺼이 갈 거라며 아쉬워한다. 어차피 우리가 당장 접촉할 일은 없을 것 같아서 맥없이 전화를 끊는다.

길 건너 지하에 있는 중국 음식점에 가서 밥과 양파, 알 수 없는 각종 재료로 만든 이국적인 요리로 기운을 내본다.

10월 29일

살면서 자주 경험했듯이 어디서든 잠시 자리를 비웠다가 돌아와 보면 모든 게 달라져 있음을 깨닫는다. 매점도 예외는 아니다.

피코크 부인은 사라졌다. 처음엔 다리 상태가 악화된 모양이라고 걱정했는데 그와는 상관없이 다른 지부로 옮겨 갔다고 한다. 이제 전문 계산원이 금전 등록기를 맡았는데 금방 강도가 들기라도 할 것처럼 높다란 목제 바리케이드 뒤에 앉아 있다. 카운터 한쪽 끝에는 불안하게도 '위험'이라고 적힌 커다란 새 항아리 두 개가 놓여 있다. 안에 폭발물이라도 들어 있냐고 장난스레 묻자 새로 온 계산원 여자는 무표정한 얼굴을 하고 스코틀랜드 억양이 짙게 밴 말투로 하나는 뜨거운 우유이고 다른 하나는 커피라고 대답한다.

세레나가 비번이라 집으로 전화하자 유대인 난민이 받더니 어설픈 영어로 길고 괴로운 얘기를 늘어놓는다. 알아들은 말은 이것뿐이다. "세레나는 햄스테드의 천사가 아닐까요?" 내가 동조해 주고 다정하게 작별 인사를 건네자 유대인 난민은 내가 친절하다는 둥의 얘기를 하는 것 같다. (내가 뭘 했다고?)

매점 축음기 레퍼토리가 바뀌었는데, 이건 분명 반가운 일인 듯. 이제 "사랑은 결코 늙지 않는다."*와 "달려라, 토끼, 달려"▲가 나온다. 이 노래의 마지막 후렴구가 "달려라, 히틀러, 달려"로 바뀌었

---

* 원제는 "Love Never Grows Old".
▲ 원제는 "Run, Rabbit, Run".

는데, 이건 좀 아닌 것 같다.《인간 소년》*에서 던스턴 박사의 대사가 떠오른다. "몰락한 지도자를 조롱하는 건 적절하지 않습니다. 그 지도자가 몰락하기 전이라면 더욱 그렇지요."

이제는 아주 젊고 예쁜 자매가 카운터 일을 돕고 있는데, 퍼트리샤와 후아니타로 불러 달라고 한다. 남자 **고객**은 모두 이 자매에게만 주문하려 들고 자매 역시 가죽 재킷과 산뜻한 넥타이 차림의 청년들과 한참 속닥거리곤 한다.

그러다 보니 적십자 직원과 여자 구급차 운전사, 임시 경찰관, 들것병 등은 내 차지가 된다.

그 가운데 안경을 쓰고 머리가 희끗희끗한 사내가 다가오더니 메뉴를 한참 살피다가 묻는다. 오늘 밤에는 뭐가 있어요? 시력이 나쁜 모양이라고 생각하며 메뉴를 읽어 주겠다고 제안한다. 그는 불쾌한 듯이 사양하며 이미 다 읽었다고 한다. 무안해진 나는 메뉴 글씨가 엉망이라 제안한 거라고 둘러댄다.

그러자 곧 비난이 이어진다. 스코틀랜드 여자가 항아리들이 놓인 높은 자리에서 몸을 기울이더니 메뉴를 **자기**가 썼고 누구나 알아볼 수 있도록 특히 신경 썼다고 하는 게 아닌가.

● 원제는《The Human Boy》. 영국 작가 이든 필포츠의 1899년 단편 소설집.

더 변명하지 않고 넘어가기로 한다.

잠시 막간이 이어지는가 싶더니 어느새 시간이 훌쩍 지나 11시가 되자 세레나가 불쑥 나타나 평소처럼 커피를 주문하며 내가 돌아와서 기쁘다고 한다. 지금 저녁 먹으려고 하는데 같이 하실래요?

좋아요. 무료 식사를 제공받는 나는 한참 고민한 끝에 정어리와 버터 바른 빵, 홍차, 번 두 개를 고른다. 그러곤 세레나에게 여자들이 흔히 그러듯 일정하지 않은 시간에 부실한 음식을 먹는 게 싫어서 나오기 전에 제대로 저녁을 먹었다고 설명한다.

세레나는 샌님처럼 굴지 말라면서 무얼 먹었냐고 묻는다. 생각해 보니 근처 샌드위치 가게에서 수프와 통조림 연어 샌드위치로 때운 일이 떠올라 얼른 화제를 돌린다.

그동안 어떻게 지냈어요? 내가 묻는다.

세레나는 툴툴거리면서 일요일 아침에 공습경보가 울렸는데 자기는 만반의 준비를 하고 있던 터라 바로 차의 시동을 걸었지만 금세 조용해졌다고 한다. 밖으로 나가 보니 임뱅크먼트 가든의 방공 기구가 방어 준비를 하고 있다가 경보 해제 사이렌이 울리자 바로 내려가더라니까요. 너무 무책임한 거 아닌가요?

세레나는 그동안 J. L.을 계속 만났고 그 얘기도 하고 싶다면서 저녁에 한 번 그를 우리 집에 데려와 함께 술을 한잔하면 어떨까 묻는다.

그럼요. 좋죠. 내일 어때요?

세레나는 한숨을 쉬더니 괴로운 얼굴로 무척 재미있을 거라며 동의한다. J. L.이 기운을 내게 해줘야 할 것 같아요. 사실은 너무 의기소침해 있거든요. 얼마 전에 소설을 완성했는데, 남편이 정치범으로 강제 수용소에 끌려간 뒤 소식을 듣지 못하고 거리에서 몸을 팔기 시작한 여자의 이야기예요. 자식 중 하나는 뇌전증을 앓고, 다른 자식은 조직 폭력배에 휩쓸려 나쁜 길로 빠져요. 결국 여자는 총에 맞고 아이들은 지하실에서 굶주리는 걸로 끝이 난답니다. J. L.은 자기가 쓴 작품 가운데 최고라고 생각하는데, 출판사는 그렇긴 하지만 지금 같은 시기에 누가 그런 책을 읽겠냐고, 사지도 않을 거라고 했대요.

심지어 사람들이 원하는 건 P. G. 우드하우스* 같은 작가라고 했다나 봐요. J. L.은 머리끝까지 화가 났더라고요. 그런데 그게 우드하우스를 존경하지 않아서가 아니라 자기는 그 사람을 절대 흉내 낼 수 없을 것 같아서래요.

---

* 코믹한 작품으로 유명한 영국 작가 펠럼 그렌빌 우드하우스.

다행히 세레나는 내게 시사적인 소설을 어떻게 생각하는지, J. L. 편인지 출판사 편인지 묻지 않는다. 이후 우리는 좀 더 광범위한 문제들로 화제를 돌린다.

내가 먼저 세레나에게 요즘 뉴스에 대해 어떻게 생각하냐고 묻는다.

글쎄요, 우리가 많은 소식을 **접하진** 못하는 것 같아요. 늘 독일 전역과 지그프리드선 너머로 우리 항공기가 날아갔다고 하는데 **매번** 사상자가 한 명도 없이 돌아오는 걸까요? 소련 소식도 이해할 수가 없어요.

뉴스에 따르면 소련은 아무것도 할 수 없잖아요. 석유도 풍부하고 곡식도 풍부하고 아마 탄약도 풍부할 텐데 수송 능력은 1미터에도 미치지 못하고 항구들은 연중 4분의 3은 꽁꽁 얼어 있는데다가 소련의 공학자나 전화 교환원, 증기기관 운전사, 광부, 사업가들도 하나같이 건설적인 일을 전혀 못하는 것 같다니까요.

만약 소련이 독일이 아닌 우리와 불가침 조약을 맺었다면 얘기가 완전히 달라졌겠죠.

세레나는 나치스의 항공기가 늘 북부로 향하는 것도 불만인 모양이다. 스코틀랜드는 언제나 자기네가 세상의 중심이라고 생각하는 경향이 있는데 이번 전쟁이 그걸 공고히 해주었다는 것이다.

스코틀랜드 사람들은 이제 적군이 런던보다 에든버러가 중요하다는 것을 입증했다고 생각하겠죠.

정보부도 못마땅하단다. 정말이지 참담한 수준이라니까요. 의회에서 정보부를 어떻게 얘기하는지 보세요. 아니, 의회 밖에서도 마찬가지죠. 신문들은 또 뭐라고 하나요! 물론, 실수할 수는 있죠. 하지만 전시에 누구 하나 제대로 된 정보를 얻지 못하는데 거기를 정보부라고 부르는 거, 그게 가장 치명적인 실수라니까요.

그러곤 내게 묻는다. 정보부에서 아무 연락 없어요?

전혀요. 하지만 A 삼촌의 소개장을 들고 가볼까 생각 중이에요. 삼촌이 30년 전쯤 정보부 어느 부서장의 대부를 서주셨거든요. 물론, 그 부서장은 아직 아무것도 모르고 있지만.

세레나는 그 사람을 찾을 수 있기를 바란다면서, 자기가 들은 바에 따르면 현재 런던 대학교 건물에 들어가 있는 정보부는 대영박물관보다도 크고 안내도 제대로 안 되어 있다고 한다. 게다가 찾는 이름을 대면 처음엔 정보부에 그런 사람이 없다고 하고, 두 번째로는 그 사람이 있다는 부서에 그런 사람은 없다고 한대요. 그다음엔 그 부서가 건물 다른 곳으로 옮겨 갔는데 그곳이 어디인지 아무도 모른다고 하고, 마지막으로 그 사람이 열흘 전에 정보부를 떠났다고 한다니까요.

그렇다면 시간을 넉넉히 잡고 가는 편이 좋겠다.

세레나의 동료 뮤리얼이 오더니 우리에게 묻는다. 혹시 리츠 호텔 얘기 들으셨어요? 다른 호텔들은 그냥 공습 대피소라고 써놓았는데 리츠 호텔은 출입구마다 프랑스어로 우아하게 '아브리 뒤 리츠'●라고 써놓았어요.

어차피 리츠 호텔은 안에 들어가는 건 고사하고 입구에도 갈 일이 없으니 다음에 피커딜리에서 버스를 기다릴 때 봐야겠다고 마음먹는다.

식사를 마치고 카운터로 돌아간다.

지하 세계 주민들은 모두 자정까지 밤 생활을 즐기며 달걀과 베이컨을 찾으러 온다. 베이컨이 떨어지고 셰퍼드파이▲도 동난다. 소시지 튀김도 메뉴에서 지워진다. 스크램블드에그와 소시지, 햄으로 어떻게든 버티지만 밤이 끝나기 전에 햄도 떨어져 간다.

● 리츠 대피소.
▲ 으깬 감자 안에 다진 고기를 넣어 만든 파이.

얼마 후 홍차를 맡은 스코틀랜드 여자가 차 항아리를 다루는 높은 자리에서 내려오더니 내게 자기 자리를 맡아 달라고 한다. 부탁이 아니라 명령에 가깝다.

별 탈 없이 차를 따라 주다가 한 시간쯤 지나자 도무지 알 수 없는 이유로 뜨거운 우유통 꼭지가 잠기지 않아서 바닥뿐 아니라 내 신발과 스타킹까지 젖는다.

적지 않은 피해를 입고 꽤 많은 우유를 버린 뒤에야 다시 잠그는 데 성공한다.

계산원이 말한다. 어머나, 저런, 우유가 너무 아깝지 않아요? 퍼트리샤는 걸레로 닦아야겠다고 냉담하게 말한다.

둘 다 맞는 얘기지만 어째서인지 두 사람에게 몹시 짜증이 난다. 걸레질을 하고 집으로 돌아가면서 내가 예전처럼 유용한 사람이 될 나이는 지났다고 스스로를 타이른다. 옷을 벗는 중에도 이런 생각이 계속되다가 목욕물이 차가운 것을 깨닫는 순간 절정에 달한다. ^{메모:} 삶의 소소한 불행은 밤이 깊어질수록 더 크게 와닿는 것 같다. ^{의문:} 등화관제가 이런 상태에 어떤 식으로든 영향을 미치는 걸까?

탕파에 물을 채우려 하는데 주전자의 물도 도통 끓지 않아서 결국 춥고 소외된 기분으로 잠자리에 든다.

10월 31일

정보부를 방문한다. 커다란 홀에 들어서자 제복 입은 하급 관리가 못마땅한 눈초리로 나를 보며 무슨 일로 왔냐고 묻는다.

나는 몰스워스 씨를 만나러 왔고, 전화로 약속도 해놓았다. 무작정 찾아올 만큼 무모한 사람은 아니니까.

하급 관리가 미심쩍다는 듯이 **몰스워스?** 하고 되묻자 머릿속에서 엉뚱한 상상이 펼쳐진다. 내가 불쑥 "아뇨. 몰스워스 씨는 농담이었어요. 사실은 피셔를 만나러 왔답니다."라고 한다면 이 사람은 뭐라고 대꾸할까?

쓸데없는 망상이라는 것을 얼른 깨닫고 몰스워스가 맞다고 대답한다. 하급 관리는 아주 느릿느릿 고개를 젓더니 장부를 보고 다시 고개를 젓는다.

하지만 약속했는걸요.

그는 다른 사람의 의견이 필요한 듯 승강기 옆에 서 있는 사람에게 몰스워스 씨를 아느냐고 묻는다.

몰스워스? 아뇨. 잠깐. **몰스워스?** 아, 알아요.

어디 있어요?

그건 전혀 모르겠다고 한다. 지난주에는 6층에 있었는데 이제다 바뀌었거든요. 미스 호그가 알 겁니다.

미스 호그는 동료들처럼 비밀스러운 사람은 아닌 듯 전화로 바로 연결된다. 한참 기다린 끝에 하급 관리가 전해준 바에 따르면 3층으로 가보는 게 좋겠단다. 확실하진 않지만 몰스워스 씨가 예전에 거기 **있었고** 미스 호그는 그가 다른 곳으로 옮겨 갔다는 얘기는 듣지 못했다는 것이다.

희망을 안고 승강기로 가려 하자, 홀을 가로질러 건물의 반대편으로 가서 그곳에 있는 승강기를 타라고 한다. 하급 관리는 마지막으로 생각났다는 듯이 몰스워스 씨의 방 호수를 아느냐고 묻는다. 그럴 리가.

긴 복도 몇 개를 한참 걸어간 끝에 젊은 금발 여자 몇 명을 마주친다. 대부분이 주홍 스웨터를 입었고(이건 좀 아닌 듯) 친절하지만 딱히 유용한 정보는 주지 않는다.

문득 전설에 나오는 사라센 여인이 떠올라 나를 대입해 본다. **런던**과 **길버트** 말고는 영어를 전혀 모르는 채로 연인을 찾아 영국에 왔다는 그 여인 말이다. (그 시절에는 런던 전체가 오늘날의 정보부보다도 훨씬 작았을 것이다.)

마침내 머리카락이 붉은 젊은 여자(다행히 주홍 스웨터를 입지 **않은**)가 568호실로 가라는 확실한 지침을 주자 안도보다는 놀라움이 앞선다. 그녀는 몰스워스 씨가 한 시간 전까지만 해도 그곳에 있었지만 그 후에 다른 곳으로 옮겼을지도 모른다고 한다.

아니었다.

문 앞에 그의 이름이 적힌 명판이 걸려 있다.

내 입에서 길버트라는 이름이 절로 나오지 않는 게 신기할 따름이다.

놀랍게도 그새 약속 시간에 15분이나 늦었다. 몰스워스 씨가 나를 20분 기다리게 해도 할 말이 없다.

마침내 책상을 사이에 두고 그와 마주 앉는다. 친절하고 예의 바른 사람이다. 그는 내게 아주 어릴 때 이후로 A 삼촌을 만난 적이 없지만 세례식에서 받은 은색 컵을 아직 갖고 있으며 그 노신사가 훌륭한 분이라는 얘기를 많이 들었다고 한다.

맞아요. 훌륭하신 분이죠.

A 삼촌이 훌륭하다고 몇 번을 말해도 전쟁을 승리로 이끄는 데 도움이 되는 건 아닐 테니 결국 나는 소심하게 우리의 승리를 위해 무언가를 하고 싶다고 넌지시 말한다.

몰스워스 씨는 **이번** 전쟁이 1914년의 전쟁과는 많이 다르다고 한다. (그래도 정부 부처는 똑같은 것 같지만 이 말은 속으로 삼킨다.)

그는 훈계조로 말을 잇는다. 1914년에는 거대한 체계를 마련해야 했지요. 그래서 무한한 비용과 무수한 실험을 동원해야 했습니다. **이번**에는 완전히 다릅니다. 지난번에는 마지막에야 비로소 완성된 그 체계가 이번에는 처음부터 작동했으니까요. 그리고 비용도 무한히 들지 않습니다. 오히려 정반대지요.

그야 그렇죠, 하고 나는 대꾸한다. 이 문제에 대해 많이 생각해 보기라도 한 것처럼.

뒤이어 몰스워스 씨는 프랑스군과 터키군, 소련군, 최근의 독일 정찰 비행에 관한 얘기를 늘어놓는다.

제가 시간을 많이 빼앗으면 안 될 것 같아요. 저는 그저 도울 일이 있는지 알아보러 온 것뿐이에요.

몰스워스 씨는 제안해 줘서 고맙다고 하고는 호어 벨리샤*와 하원 얘기를 꺼낸다.

나는 윈스턴 처칠에 대한 (호의적인) 견해와 새뮤얼 호어 경▲에 관한 (그리 호의적이지 않은) 견해로 화답한다.

어느새 우리는 (어째서인지 모르겠지만) 인도의 자치 행정 얘기로 넘어가 있다.

● 2차 세계 대전 발발 당시 영국의 국무장관. 1940년에 교체되었다.
▲ 당시 내무장관이었던 영국의 보수 정치가.

몹시 지쳐 보이는 턱수염 사내가 들어오더니 나를 보고는 사과하며 나가려 하자 몰스워스가 그를 붙잡고 우리를 서로에게 소개한다(나는 그의 이름을 알아듣지 못했고 틀림없이 그도 내 이름을 알아듣지 못했을 것이다).

그런 뒤 사내는 내게 얘기를 시작한다. **이번** 전쟁은 1914년의 전쟁과는 다릅니다. 거대한 체계가 작동하고 있고…… 비용이…… 실험이…… 지난번에는 1918년에야 완성된 체계가 **이번엔** 처음부터 작동했으며……

나는 이 모든 얘기를 처음 듣는 척하며 그가 말하는 정세에 걱정을 표하고 나도 절실히 돕고 싶다고 설명한다.

그러자 턱수염 사내가 말한다. 아, 정보부는 활용하고 싶은 사람을 모두 활용하기가 무척 어려운 것 같습니다. 그건 정말 어려운 일이지요. 나중에는 꼭 맞는 자리가 나타날 겁니다. 그러니까 훨씬 더 나중에 말입니다.

이 전쟁이 그렇게 오래갈 거라고 생각하시나요? 그러자 몰스워스 씨가 진지하게 말한다. 너무 낙관적으로 보는 건 희망적 사고에 불과하겠지요. 아마도 몇 달쯤, 어쩌면 더 오랫동안 별다른 일이 일어나지 않을 수도 있습니다. 그래도 이번 겨울 정도면 모를까 그 이후의 일까지 섣불리 예측하진 않는 게 좋겠지요.

춥고 길며 어둡고 지겨운, 끝없는 겨울이 기다리고 있습니다. 석유는 더 부족해지고 여행도 더 제한될 것이며 등화관제도 더 엄격해지고 특정 식품의 품귀 현상도 더 뚜렷해질 겁니다. 사람들은 전쟁에 **지칠** 테고요. 갈수록 사기가 떨어지겠지요.

나는 동요를 떠올린다.

북풍이 부네요.
눈이 올 거예요.
가엾은 울새는 어떻게 하나요?

하지만 입 밖에 내기엔 부적절할 것 같다.

대신 나는 그 우울한 미래를 개선하기 위해 내가 할 수 있는 일이 있는지 물어본다.

우리 모두가 뭔가를 할 수 있습니다. 몰스워스 씨가 말한다. 예를 들어 현재 갖가지 헛소문이 돌고 있지요. 그 출처를 추적하고 (어떻게?) 사람들이 그런 헛소문에 휘둘리지 않게 해야 합니다.

턱수염 사내가 끼어들더니 지난 전쟁에서는 우리 가운데 스파이가 있다는 제보가 수없이 많았다고 내게 일러 준다.

(그는 수염을 기르긴 했어도 지난 전쟁 때 요람에 있었을 게 분명하

다. 나는 그때 이미 요람을 떠난 지 20년쯤 되었으니 이런 정보는 내가 그에게 전해 주는 게 더 합당하지 않나?)

정부는 이런 소문을 몽땅 걸러 내길 원하니(정말 그러려고 한다면 엄청나게 바빠질 텐데) 이 부분에서 도움을 주면 좋을 것 같단다. 그러더니 예를 들어 내가 사는 잉글랜드 북쪽 끝에서는 어떤 얘기가 오가냐고 묻는다.

저는 잉글랜드 서쪽 끝에 사는데요.

아, 그렇죠. 그렇죠. 당연히 압니다. 몰스워스 씨는 아주 잘 아는데 말이 헛나왔다고 한다. 그럼 서쪽 끝에서는 어떤 얘기가 오갑니까?

갑자기 머릿속이 하얘진다. 버터 배급이 부족해도 클로티드 크림은 충분할 거라는 얘기, 실제로 어디를 가든 방독면을 굳이 갖고 다닐 필요는 없다는 얘기만 떠오를 뿐.

나는 자신 없는 목소리로 간신히 말한다. 우리는 아직 사기가 꽤 높은 편인 것 같고 우리 집 피난민들은 잘 지내고 있다고. 그 말에 몰스워스는 실망하는 눈치다. 그럴 수밖에.

안 그래도 어려웠을 취업의 가능성이 이제 0에 가까워졌다.

소심하게나마 그 주제를 다시 꺼내자 몰스워스 씨는 (아무래도 나를 빨리 보내기 위해서인 듯) 스케인 트링 대위를 만나 보라고 제안한다. 그 사람은 다른 건물 4층 4978호실에 있다고(어쨌든 이틀 전에는 그랬다) 한다. 혼자 찾아갈 수 있겠어요?

아니라는 걸 알기에 솔직하게 얘기하자 몰스워스 씨는 한숨을 쉬면서도 친절하게 직접 데려다주겠다고 나선다.

가는 길에 우리는 교황의 회칙과 A 삼촌 얘기를 한 번 더 나누고, BBC로 화제를 옮겨 간다. 몰스워스 씨는 BBC 프로그램 대부분이 너무 **밝다**고 투덜거린다. 시네마 오르간* 음악은 왜 그렇게 많이 나옵니까? 나는 BBC 편을 들며 나는 대중음악을 대부분 좋아한다고, 단, 주부들을 위한 토크 쇼는 별로라고 한다.

몰스워스 씨는 깊은 한숨을 쉰다. 동의하지 않는 눈치다. 그러다 마침내 우리 둘 다 L. A. G. 스트롱▲의 단편을 좋아한다는 사실을 발견한다.

덕분에 숨통이 좀 트이려는 순간, 수백 장의 파일을 들고 가는 창백한 청년을 마주친다. 몰스워스 씨가 그에게 다정하게 말을 건다. 어이, 바질, 또 이사해?

● 무성 영화가 활발히 제작되던 시기에 오케스트라 소리를 내기 위해 극장이나 영화관에 설치한 오르간.
▲ 영국의 인기 소설가 겸 비평가, 역사가.

바질은 지친 목소리로 네, 하고는 터벅터벅 걸음을 옮긴다. 몰스워스 씨는 가엾은 바질이 지난 열흘 사이 세 번이나 자리를 옮겼다고 설명한다.

그가 시야에서 사라지려 할 때 몰스워스 씨가 그를 다시 부르더니 혹시 스케인 트링 대위가 아직 선전부 4978호에 있냐고 물어본다. 바질은 어리둥절한 얼굴로 스케인 트링이라는 이름은 들어 본 적도 없다고 한다. 어쨌든 선전부 사람들은 모두 자리를 옮겼고 그 부서가 사용하던 방은 국가 경제부 사람들이 쓰고 있다나.

몰스워스 씨는 툴툴거리면서도 과감히 밀고 나간다. 이 불굴의 정신은 뜻하지 않은 (틀림없이 그가 전혀 예상하지 않았을) 보상을 받는다. 4978호실 문에 스케인 트링 대위의 이름이 붙어 있는 것이다. 그는 나를 데리고 들어가 소개한 뒤 내게 스케인 트링 대위, 즉 제리가 아주 잘해 줄 거라고 단언하고는 다시 만나길 바란다면서(진심은 아닐 테지만) 나간다.

나이는 나와 비슷해 보이고 조금 반항적인 얼굴에 렌즈가 유난히 볼록한 안경을 쓴 제리는 곧장 본론으로 들어가 내가 글 쓰는 사람이라 들었다고 한다.

네, 맞아요.

그렇다면 '글 쓰는 사람들이' 알아야 할 것은 딱 하나, 바로 모두가 **평소처럼 해야 한다**는 것이다. 소설가라면 계속 소설을 쓰고 시인이라면 전처럼 시를 쓰며 가벼운 기사를 쓰는 사람이라면 계속해서 가벼운 기사를 써야 한다. 단, 전쟁과 관련된 주제는 피해야 한다. 전쟁에 대해서는 한 글자도 써선 안 된다.

강연은요? 하고 내가 묻는다.

제리는 너그럽게 대답한다. 강연은 무조건 해야지요.

과거에 관한 글을 많이 읽되 역사는 피하세요. 역사는 멀리하는 게 좋습니다. 패류학, 우표 연구, 빙하기의 여성의 지위 등을 다룬 글이 어떨까요? 현재 국제 정세와 전혀 관련 없는 글을 읽으세요.

나는 대부분의 사람이 현재 알고 싶어 하는 게 국제 정세가 아니냐고 지적한다.

제라는 아주 단호하게 책상을 톡톡 두드리며 글 쓰는 사람들은 다 똑같다고 한다. 전쟁과 관련된 뭔가를 하고 싶어 안달이지요. 그래선 안 됩니다. 전쟁에서 벗어나 있어야 합니다. 전쟁을 잊어버리세요. 전쟁이 없는 것처럼 글을 계속 써야 한다는 말입니다.

그 말에 나는 참지 못하고 짚어 준다. 우리 대부분은 자신과 식솔들의 생활비를 벌기 위해 글을 쓰는데, 지금 같은 상황에서 우리의 글을 판매로 이어지게 할 가능성이 가장 높은 단 하나의 주제를 일부러 피하지 않아도 충분히 어려운 형편이라고.

제리는 고개를 젓는다. 그런 건 도움이 되지 않아요. 전혀 도움이 되지 않을 겁니다. 작가들, 시인들, 예술가들(어쩐지 그가 실제로 내뱉고 싶은 말은 '쓰레기들'인 것 같다), '그쪽 사람들'은 모두 그저 평소처럼 살아가는 데 만족해야 합니다. 그러지 않으면 도움은커녕 방해가 될 겁니다.

이쯤 되자 제리가 내게 중요한 일자리를 내줄 가능성은 전혀 없으니 한시라도 빨리 가는 게 낫겠다는 확신이 든다. 그래도 마지막 충동을 누르지 못하고 묻는다. 지금 같은 시기에는 어떤 글이든 시장을 찾기가 정말 어렵다는 걸 아시나요? 제리는 퉁명스럽게 대꾸한다. 당연히 종이 부족은 아주 심각하고 앞으로 훨씬 더, 훨씬 더 심각해지겠지요.

하지만 한편으로 사람들은 다른 소일거리가 없으면 자연히 읽을거리를 찾게 마련입니다. 예를 들면 노인네들, 전쟁에 보탬이 될 능력도 의지도 없는 여자들. 그들은 가벼운 소설을 읽으며 긴 저녁을 버티려 하겠지요. 그러니까 부인께서도 전쟁이 터지지 않았을 때와 똑같이 생활하신다면 문제없을 겁니다.

그의 결론에 전혀 동의하지 않지만 굳이 말하지 않고 그저 일어나서 작별 인사를 한다. 제리는 온 마음을 다해, 줄리아 대고모님이 물려준 반지가 손가락을 파고들 만큼 힘주어 내 손을 잡고 악수한다.

안녕히 가십시오. 제가 조금이라도 도움이 되었다면 정말 기쁠 것 같네요. 다른 문제로 조언이 필요하시면 망설이지 말고 언제든 저를 찾아 주십시오.

멍한 상태로 그의 방을 나와 발길 닿는 대로 걷다 보니 어느새 1층 반대편 출입구에 와 있다. 어떻게 왔는지 전혀 기억나지 않는다.

메모: 길 찾기는 의식적으로 노력할 때보다 무의식을 따를 때 훨씬 나은 결과가 나오기도 한다. 이를 주제로 심리학 전문지에 흥미로운 글을 기고하면 어떨까 진지하게 생각해 본다.

밖에는 비가 쏟아진다. 우산이 없어서 별수 없이 찻집에 들어가 커피를 주문하자 우유막이 허옇게 뜬 커피가 나온다. 화가 치밀어 미국이나 다른 나라에서는 절대 이런 일이 없을 거라고 투덜거린다.

그런데도 이런 조국을 도울 가망이 전혀 없다는 사실에 이토록 낙담하다니.

11월 2일

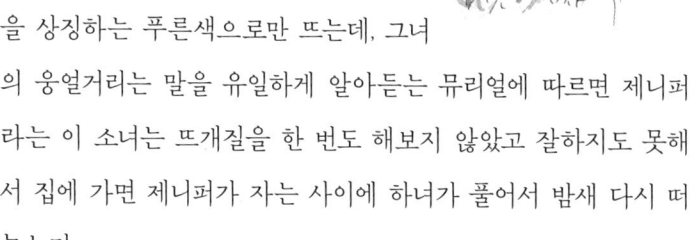

지하 세계에 뜨개질 열풍이 불고 있다. 왜인지, 어떻게 그렇게 되었는지 모르겠다. 사교계에 갓 데뷔한 소녀는 공군을 상징하는 푸른색으로만 뜨는데, 그녀의 웅얼거리는 말을 유일하게 알아듣는 뮤리얼에 따르면 제니퍼라는 이 소녀는 뜨개질을 한 번도 해보지 않았고 잘하지도 못해서 집에 가면 제니퍼가 자는 사이에 하녀가 풀어서 밤새 다시 떠놓는다.

뮤리얼은 방한모를 뜨고 있고 노부인 전령은 군청색 실로 뭔가를 열심히 뜨는데 아마도 조만간 양말이 될 것 같다. 모두들 뜨개 방법과 바늘, 무늬를 서로 견주어 본다. 피코크 부인도 돌아왔는데, 다리 상태가 많이 좋아졌지만 여전히 엎어 놓은 상자에 자주 앉아 있다. 그녀는 쉬지 않고 빠르게 무언가를 뜨면서 아무 말도 하지 않다가 니에게만 슬썩 털어놓는다. 사실은 곧 태어날 손자의 망토를 뜨고 있는데 나라에 보탬이 되는 일이 아니라서 사람들에게 말하고 싶지 않다는 것이다.

나는 공감해 주면서도, 내심 놀란다. 피코크 부인은 나와 나이가 비슷할 텐데 여태 내가 할머니가 된다는 생각은 한 번도 해보지 않았다. 그래도 이제는 그런 생각에 하루빨리 적응해야 하리라(아직 성공하지 못했다).

세레나도 뜨개질을 하고 있다. 짧은 국방색 머플러를 뜨는데 그보다 복잡한 건 도저히 뜰 수 없다고 하면서도 아주 단순한 모양이 아니라 한쪽 끝이 좀 더 넓어지는 모양을 택했다. 그녀는 틈만 나면 매점에 와서 카운터에 기대 서서 내게 J. L.을 어떻게 해야 할지 모르겠다고 토로한다. 출판사에서 그의 소설을 받아 줬다면 모를까 안 그래도 상심해 있는 J. L.에게 자기까지 상처를 줄 수 없어서 거절하기가 어렵다는 것이다.

혹시 약혼했어요?

어머, **아뇨.** 세레나는 기겁하며 대답한다.

결혼할 생각은 있고?

세레나는 모르겠다고 한다. 아무래도 **아닌** 것 같다면서.

이제 사람들의 의식이 많이 바뀌었으니 현대적인 사고 방식에 익숙해져야 한다는 생각에 세레나에게 혹시 J. L.과 '일을 치를' 생각이 있냐고 과감하게 물어본다.

세레나는 충격 받은 얼굴로 자기는 **절대** 그런 사람이 아니라고 단언한다. 오히려 아주 구식이며 자기 친구들도 마찬가지이고,

요즘에는 결혼반지를 끼기 전에는 아무것도 하지 않는 추세라고 한다.

나는 몹시 당황하며 이번에도 시대와 발맞추는 데 완전히 실패했다는 것을 깨닫는다.

내가 사과하자 세레나는 괜찮다면서 지난 전쟁 이후부터 이번 전쟁이 터지기 전까지 사람들 생각이 조금 이상해지긴 했지만 1920년대 말부터 그런 기류도 서서히 사라졌다고 설명한다.

아직 누군가의 할머니가 되진 않았지만 정신적으로는 확실히 할머니가 된 모양이다.

세레나는 전혀 다른 얘기로 화제를 돌린다. 들것 부대 지휘관이 해외 복무를 위해 최근 사임했고, 사람들은 그동안 훌륭하고 유용한 강연을 해준 그에게 빨간 모로코 케이스에 담긴 만년필과 연필을 선물했다는 것이다.

작별 인사가 오가고 지휘관은 빨간 모로코 케이스를 고맙게 받았다. 그런데 이 지휘관이 건강상의 이유로 해외 복무를 거절당하는 바람에 갑자기 다시 나타났으니 그 빨간 모로코 케이스를 받은 게 얼마나 민망하겠냐고 한다.

달리 할 말이 떠오르지 않아서 그저 그걸 어떻게 할지는(어떻게 하기나 한다면) 전적으로 그 지휘관이 알아서 할 일이라고 대꾸한다.

때마침 원터개먼 부인이 와서 대화를 끊더니 할머니의 저녁 식사로 무얼 추천하겠냐고 묻는다.

스테이크 푸딩? 소시지와 으깬 감자? 아니면 스파게티? 원터개먼 부인은 곱슬머리를 흔들고 눈을 찡긋하며 쾌활하게 말한다. 아니, 아니, 아니. 이렇게 말하면 내가 좀 짓궂은 걸까? 어쨌든 전부 안 끌리는데. 그냥 수프 딱 한 숟가락과 버터 바른 갈색 빵으로 할게요.

이 간단한 식사를 받아서 앞에 놓아 주자 그녀가 말한다. 이 정도면 내일 아침까지 든든할걸요. 예전에 우리 에드거는 걱정하면서 그렇게 참새처럼 먹어서 되겠냐고 잔소리를 했는데, 그때마다 난 이렇게 말했어요. 여보, 내가 얼마나 작은지 잊었나 봐. 난 딱 참새만큼만 먹으면 살 수 있어. 그저 정성껏 만든 음식이라면 그걸로 충분하다니까. 식탁에 놓인 화병 하나, 술이 달린 깔개 하나만 있으면 난 빵부스러기와 사과 한 쪽만 먹어도 연회에 온 것처럼 행복해. 아니, 아니, 그보다 더 행복하지.

도무지 뭐라고 해야 할지 몰라서 멍하니 보픕 할머니를 바라본다. 그러자 그녀가 짓궂은 미소를 지으며 하는 말, 아무래도 잠에 취한 모양이네. (왠지 내가 지능이 떨어진다는 얘기 같다.)

나와 함께 윈터개먼 부인의 얘기를 듣고 있던 세레나가 불쑥, **자기**는 저녁으로 차가운 소고기와 피클, 치즈 토스트를 주문하겠다고 한다. 왜인지 알 것 같다.

윈터개먼 부인은 여전히 카운터에 붙어 서서 이것저것 물어본다. 데번은 어떠냐. 가엾은 블란셰는 어떻게 지내냐. 남편이 나를 몹시 그리워하지 않더냐. 등등. 자기는 남편 에드거가 살아 있을 때 한 번도 그의 곁을 떠난 적이 없다고 한다. 그래서 그이가 나한테 자기 일을 내가 더 잘 안다고 했다니까. 물론, 그럴 리가 없죠. 내가 무슨 재능이 있나. 기껏해야 시시한 집안일만 할 줄 알았지. 그래도 집을 최대한 아늑하게 꾸미려 애썼어요. 여긴 이렇게, 저긴 저렇게 예술 감각을 더하고 무엇보다도 미소를 잃지 않았죠. 무슨 일이 있어도 에드거에게 언제나 미소를 보여 줬다니까. 그러기 위해 고개만 들면 내 얼굴을 볼 수 있게 책상 위에 미소 거울을 걸어 놓고 내가 **늘** 미소를 짓는지 확인했어요. 미소가 안 보이면 이봐, 퍼시, 뭐 하는 거야? 하고 나를 채찍질하며 미소가 보일 때까지 거울을 봤다니까요.

나도 모르게 불쑥 윈터개먼 부인에게 묻는다. 그런데 블란셰 이모와는 어떻게 함께 살게 되셨어요? 블란셰 이모에게 그 얘기를 들은 기억이 없고, 누가 됐든 보핍 할머니의 미소와 함께 살기로 마음먹는 계기가 무엇인지 도무지 이해할 수가 없어서다.

원터개먼 부인이 설명한다. 아, 우리 둘 다 친했던, 지금은 세상을 떠난 친구가 몇 년 전에 나한테 와서 제안하더라고요. 그 친구는 가엾은 블란셰가 늘 자기 안에 갇혀 있다면서 벗어나게 해줘야 한다고 했어요. **어째서** 내가 그 일에 꼭 맞는 사람이라고 생각했는지는 모르죠. 하지만 어쨌든 그렇게 생각했나 봐요. 그리고 어째서인지 블란셰는 그때부터 한층 밝아졌고 자기 문제에만 빠져 있기보다는 남들에 대해 생각하는 것도 **재미**있다는 사실을 깨닫는 것 같더라고요. 어떻게 그렇게 되었는지는 묻지 마요. 나도 모르니까. 블란셰는 그냥 전염된 거예요. 홍역에 걸리듯. 보핌 할머니는 명랑하게 소리친다. 사람들이 늘 나한테 그러거든. 내 웃음은 금세 전염된다고. 사실 나는 어디서든 즐거운 면만 보는 것 같아요. 그러니까 블란셰도 전염되었다고 생각할 수밖에요.

그러다 전쟁이 터지자 원터개먼 부인은 곧바로 결심했다. 쓸모없는 노인네에 불과한 자기가 가서 도와야 한다고. 그래서 지휘관에게 돕겠다고 했다. 현 지휘관 말고 지금은 잉글랜드 다른 지역에서 전혀 다른 일을 하고 있는 예전 지휘관에게 돕겠다고 하자 그 사람은 이렇게 말했다. 퍼시, 그렇게 용기 있고 유능하고 밝고 아름다운 모습이 부럽네요. 구급차 운전을 맡아 주실래요?

그럼요. 윈터개먼 부인은 어떤 차든 맡아서 언제든 어디든 달려가겠다고 했다.

김새는 대답밖에 할 수 없겠다고 생각하고 있을 때 스코틀랜드 여자가 내 귀에 대고 속삭이는 소리에 마음이 놓인다. 잠깐 쉬었다 올 테니 홍차 좀 맡아 줄래요?

나는 얼른 그리로 간다.

홍차를 제대로 우리는 방법은 도통 모르겠다. 잉크처럼 새까맣고 마시면 죽을 것처럼 진하지 않으면 꺼림칙하게 멀겋고 찻잎이 둥둥 떠다닌다. 뜨거운 물을 좀 더 현명하게 조절하면 이 두 상황을 모두 피할 수 있을 것 같은데 아무리 실험해도 결과는 만족스럽지 않고 모든 일에 뛰어난 보핍 할머니와 달리 내가 얼마나 무능한지 또 한 번 절감할 뿐이다.

거의 한 시간 동안 부지런히 차를 내주다가 예쁘장한 유대인 여자 계산원과 메뉴 얘기를 시작한다. 우리 둘 다 메뉴가 너무 단조롭다고 입을 모은다.

내가 묻는다. 훈제 청어를 넣으면 어떨까요? 늘 인기가 많잖아요. 그리고 생선 완자는요? 유대인 계산원은 훈제 청어는 괜찮지만 생선 완자는 바에서 시 먹기에 좋은 메뉴가 아니라고 한다.

무슨 뜻일까 한참 고민하다가 문득 깨닫는다. 생선 완자는 그 안에 어떤 재료가 들어갔는지 확실히 알아야 한다는 뜻일 것이다.

어째서인지 생선 완자에서 엉뚱한 곳으로 생각이 흘러간다. 1912년쯤 벨그레이브 광장 무도회장에서 미국 방위군 소속의 젊은 군인과 함께 있던 기억. 물론, 그 군인은 오랫동안 보지 못했을뿐더러 이제는 젊지도 않고 군인도 아닐 텐데 말이다. 그러다 이내 축음기에서 나오는 "행복한 과부"* 왈츠가 매점에 쩌렁쩌렁 울려 퍼지고 있음을 아주 서서히 의식하면서 왜 뜬금없이 그런 생각을 했는지 깨닫는다.

청춘이 인생에서 가장 행복한 시절이 아님에도 그후의 여생은 지나간 청춘을 아쉬워하며 보낸다는 점이 참으로 얄궂은 것 같다. 그렇다면 노년은 어떨지 궁금하다. (물론, 금방 알게 되겠지만.)

붉은 머리카락이 사랑스러운 (이름 모를) 젊은 여자가 오더니 따뜻한 우유와 다이제스티브 비스킷 하나를 주문하며 내가 무척 심각해 보인다고 한다.

맞아요. **아주** 심각하죠. 세월에 대해 생각하고 있었거든요.

그러자 그녀는 놀랍고도 인상적인 대답을 차분하게 내놓는다.

---

* 원제는 "Merry Widow".

자기도 세월을 자주 생각할 뿐 아니라 존 윌리엄 던*의 책도 읽었다는 것이 아닌가.

다 이해했어요?

처음 두 쪽 반은 완벽하게 이해했어요. 단순한 논리라 어린애도 이해할 수 있을 것 같던데요.

그러다가 갑자기 이해할 수가 없는 거예요. 어느 쪽을 펼쳐도, 어느 단락을 읽어도, 심지어 어느 문장을 보아도 이해가 되지 않아서 처음에는 무척 당황했어요. 어쨌든 그랬답니다. 완벽하게 이해하며 읽다가 어느 순간 무슨 말인지 도통 알 수 없게 됐죠.

나도 존 윌리엄 던의 책을 읽을 때 똑같은 경험을 했다고 귀띔한다. 한 가지 다른 점이 있다면 두 쪽 반이 아니라 딱 두 쪽만 이해했다는 것이다.

조만간 그 책과 다시 싸워 보기로 (전에도 자주 그랬듯) 결심한다.

한편, 지하 세계 주민들 사이에서 홍차가 새로이 유행하기 시작한 터라 나는 열심히 일한다.

9시 뉴스는 못 듣고 넘어갔는데, 틀림없이 소음 때문에 대부분이 그랬을 것이다. 나중에 세레나가 와서 소식을 전해 준다. 너

---

* 영국의 군인 겸 항공 엔지니어, 철학자로, 1927년 자신의 예지몽과 시간에 대한 이론을 다룬 《시간 실험(An Experiment with Time)》이라는 작품을 발표했다.

필드 경*이 항공성 보수 관리 책임자로 임명되었다. 그 얘기를 듣고 그에게 유능하고 의욕 넘치며 효율적인 비서를 원치 않느냐고 물어보는 상상을 한다. 당장 와달라고 애원하는 전보를 받아 들었을 때쯤, 우유가 다 떨어졌고 10분 전에 주방에서 가져왔어야 했다는 사실을 깨닫는다.

집으로 돌아가 로버트에게, 정보부에서는 아직 소식이 오지 않았지만(몇 번이나 지원했는데 소용이 없다고 말하는 것보다 나으니까) 여전히 매점에서 자원봉사를 하고 있고 모두가 희망에 차 있는 것 같다고 편지를 쓴다.

침대로 가면서 갖고 있는 옷이 다 지겨워졌는데 새 옷을 살 수도 없는 형편이라는 생각에 우울해진다.

11월 4일

놀랍게도 내 저작권 대리인이 전화해 요즘 무얼 하냐고 묻는다.

뭐, 정보부에 계속 연락하면서 매일 저녁 매점에서 자원봉사

---

* 자동차 회사 모리스사의 창업자인 윌리엄 리처드 모리스 너필드를 말한다.

를 하고 있어요. 혹시 제가 나라를 위해 펜을 들어야 한다고 제안하려는 거라면……

아뇨, 그런 제안을 하려는 건 아닙니다. 오히려 정반대로 지금 상황에서는 평소와 똑같이 생활하는 것이 최선이며 당연히 새 소설을 쓰고 있을 거라 믿는다고 한다.

지금 같은 상황에서 새 소설을 쓰기란 무척 어렵다고 하자 저작권 대리인은 물론 그럴 테지만 그래도 시도하는 게 내 의무라고 한다. 자기가 관리하는 다른 **모든** 작가에게도 그렇게 얘기하고 있다면서.

다른 작가들이 모두 그의 조언을 따른다면 조만간 문학 시장에는 새로운 소설이 봇물 터진 듯 쏟아질 테고, 안 그래도 생계가 어려운 작가들은 아예 생계를 유지할 수 없게 되는 게 아닐까? 안타깝게도 이런 생각은 전화를 끊고서야 떠오른다.

막연히 새로운 소설을 구상해 보려고 책상 앞에 앉아서 시간을 보낸다. 두 시간쯤 지나고 보니 앞에 놓인 전화번호부 표지에 테 없는 둥근 모자를 쓴 멋진 남자 그림이 완성돼 있다. 지난번에 블란셰 이모가 보낸 편지의 봉투에는 앞부분이 높이 올라간 튜더 양식의 전원풍 집이 그려져 있는데, 이건 그리 훌륭하지 않다. 한참 전에 썼어야 할 수표 두 장을 썼고 (보아하니) 담배도 여러 대피웠는데 도무지 기억나지 않는다. 구매 의사가 전혀 없는 '멋진 후드가 달리고 플리스 안감이 덧대어진 외투' 신문 광고도 정성스레 오려 놓았다.

새 소설은 전혀 구상하지 못했다.

또 전화벨이 울린다. 수화기를 드는 순간 시끌벅적한 소음이 들리는 것으로 보아 아델피 지하 세계인 모양이다.

역시 그렇다.

세레나가 오늘 저녁 6시 30분쯤 J. L.과 함께 술 한잔하러 들러도 되냐고 묻는다. J. L.이 자기 신작 소설 얘기를 하고 싶은가 봐요. 나 역시 내 신작 소설 얘기를 그에게 하고 싶다고 우울하게 대꾸한다. 그러나 세레나가 네? 하고 되묻는 바람에 나의 냉소적인 농담은 허공으로 사라진다. 세레나는 거칠게 덧붙인다. 여길 폭파해 버리든가 해야지, 빈민굴보다 더하다니까요.

별 얘기 아니라고, 이따 얘기하자고 하자 그녀는 송화구에 대고 크게 외치면 들릴 거라고 한다. 나는 또 한 번 괜찮다고 하며, 괜히 기운 빼지 말자고 다독인다.

우리 집에서 6시 30분에 J. L.과 함께 보기로 하고 대화를(대화라고 할 수 있다면) 끝낸다.

길모퉁이 와인 가게에 가서 아몬틸라도가 있냐고 물어본다.

내가 아는 셰리라고는 그것뿐이니까.

사실 지금은 아몬틸라도를 구하기가 여간 어려운 게 아니지만(그렇게 말할 줄 알았다) 그래도 드릴 수 있을 것 **같습니다**. 대량으로 필요한 게 아니라면요.

사실은 한 병만 사려고 했는데 그 말을 들으니 도저히 그럴 수가 없어서 **우선** 두 병이면 될 것 같다고 한다. (한 시간쯤 뒤에 다시 와서 몇 병을 더 사기라도 할 것처럼.)

아, **그렇다면** 드릴 수 있죠. 상인은 아주 고맙게도 전혀 실망한 기색 없이 상냥하게 말한다.

우리는 셰리가 얼마나 드라이해야 하는지에 관해 짧게 얘기를 나눈다. 부디 내가 이 주제에 대해 아주 잘 안다는 인상을 주었길 바랄 뿐이다. 셰리 두 병의 값을 지불하자 그는 금세 문 앞으로 배달해 주기로 하고 실제로 금세 가져다준다.

다음으로 나는 세레나에게 정성을 보여 주기 위해 작은 치즈 비스킷을 산다.

그런 뒤 매점에 나가지만 별일 없이 한가한 시간이 이어진다. 세레나는 비번이고 보핍 할머니는 저만치 떨어진 곳에서 오염물 제거반 사람들에게 에워싸여 있다. 틀림없이 자기 인생 이야기를 들려주고 있을 텐데 어째서인지 사람들이 꽤 흥미로워하는 것 같다.

피코크 부인은 무어*가 이번 전쟁을 예측했으며 1940년에 끝날 거라고 했다는 얘기를 들려준다. 1940년 몇 월에 끝난대요? 피코크 부인은 11월이라고 한 것 같은데 확실하진 않다고 한다. 혹시 그가 지난 대전과 혼동한 건 아닐까요? 내 물음에 그녀는 서운한 얼굴을 한다.

6시에 근무를 끝낸 뒤 지하 세계를 나서면서 응접실에 세 사람의 자리를 어떻게 배치할까 고민해 본다. 접이식 탁자를 펼쳐 아몬틸라도와 잔을 놓으면 겨우 두 사람이 편안하게 앉을 수 있을 테니까.

집에 가보니 문이 활짝 열려 있고 커튼은 내려져 있으며(갈색 종이는 붙이지 않았다) 등불과 난롯불이 환하게 타오르고 있다. 세레나가 J. L.과 뮤리얼, 영화배우 같은 외모의 모르는 청년을 대접하고 있다. 접이식 탁자가 펼쳐져 있고 아몬틸라도도 이미 땄으며 기분 좋은 담배 연기가 자욱하다.

세레나가 말한다. 오셨네요. 저희가 먼저 들어왔는데 괜찮으시죠? 어차피 한 잔씩 돌리려 하셨을 테니 제가 대신 따랐어요.

나는 물론이라고 하고는 계단에서 립스틱과 파우더를 바르고

---

* 18세기 아일랜드 출신의 점성술사로, 현재까지 250여 년 동안 해마다 간행되는 《올드 무어의 책력》의 창시자.

머리 빗질을 해서 다행이라고 내심 생각한다.

흥겹고 즐거운 대화가 이어진다. 영화배우 청년에게 말을 걸자 그는 J. L.의 소설 원고를 읽고 있는데 정말 좋은 것 같다면서 나도 읽었느냐고 묻는다.

아뇨, 세레나에게 얘기만 들었어요. 제목이 뭐죠? 알고 보니 제목은《수란과 마블 아치》다.

나는 아주 훌륭한 현대 소설가에게 **기대**할 법한 제목이라는 듯이 감탄하며 머리를 끄덕인다. 그러나 영화배우 청년의 반응에 허를 찔린다. 그는 생각에 잠긴 표정으로 너무 모호하고 이상한 제목 같다고 하는 게 아닌가. 그러더니 솔직하게 덧붙인다. 사실은 그게 맞는지도 모르겠네요.《마블 아치 위의 수란》인가?《마블 아치에서 수란을》일지도 몰라요.

어느새 우리는 다 함께 대화를 나누기 시작한다. 세레나와 뮤리얼은 각자의 일에 관해 얘기하지만 나는 내 일에 관해 아무 말도 하지 않는다(말을 아낀다기보다는 매점 일이 딱히 인상적이지 않으니까). 영화배우 청년은 공군 예비군에 지원했다고 한다. 실제로 그는 영화배우가 아니라 정신과 의사인데 전쟁이 시작된 뒤로 환자가 뚝 끊어졌다. 그의 환자는 대부분 아이들이었는데 이제는 아이들이 런던을 떠나 피난을 갔기 때문이다.

내가 혹시 그와 아주 비슷한 처지인 로즈를 아냐고 묻자 그는 이름은 잘 안다고 한다. 그러나 대화는 더 진척되지 않는다.

J. L.은 전과 똑같이 우울한 지성인의 모습을 하고 있고 아몬틸라도 때문인지 한층 더 우울해 보인다. 그런데 이 술이 신기하게도 내게는 정반대의 효과를 내는 듯 나는 유달리 말이 많아지고 정보부에 관해 (내가 생각하기에는) 재치 있는 얘기를 늘어놓는다.

세레나와 뮤리얼이 무척 즐거운 얼굴로 요란하게 웃음을 터트리자 더욱 자신감이 생긴다. 영화배우 청년도 즐거워하고 J. L.마저도 희미하게 미소를 짓는 것 같다.

세레나와 뮤리얼이 이제 아델피에 출근해야 한다고 하자 어찌나 아쉬운지. (사실은 둘 다 7시부터 근무해야 했으니 정확히 한 시간 늦은 셈이다.)

두 사람은 한참 동안 작별 인사를 한 뒤 영화배우 청년의 호위를 받아 떠난다. 청년은 초대해 줘서 진심으로 감사하다고 한다. 나는 그를 초대한 적도 없고 누가 초대했는지도 모르지만 당연히 그렇게 얘기할 수는 없는 노릇이다.

뜻밖에도 J. L.이 내게 오늘 함께 저녁을 먹을 수 있냐고 묻는다.

내가 어차피 다른 할 일이 전혀 없다고 하자 그는 어딘가에서 저녁을 먹고 자기가 회원으로 있는 예술 클럽에 가서 『리지웨이의 한밤의 여흥』*을 관람하자고 제안한다. 빅토리아 시대 노래를 부르면서 관객에게 코러스를 함께 부르게 하는 공연이란다.

솔깃한 제안이다. 빅토리아 시대 노래건 다른 노래건 코러스를 함께 부르려면 조금 알딸딸한 상태가 좋을 테니 거기에 도착할 때까지 아몬틸라도 기운이 사그라지지 않길 바랄 뿐.

J. L.과 나는 밖으로 나간다. 등화관제가 시작되어 어쩔 수 없이 서로를 꼭 붙들고 암흑 속을 걸어가지만 모래 주머니에 조금씩 부딪히는 것을 피할 수 없고 이따금 경찰관이 상냥하면서도 단호하게 손전등을 너무 자유롭게 비추지 말라고 야단친다.

J. L.은 나를 작고 예쁜 식당에 데려가 훌륭한 저녁을 주문하고는 세레나 얘기를 꺼낸다.

먼저 그는 세레나 때문에 너무도 답답하다고 솔직하게 털어놓는다. 세레나는 매력적이고 똑똑하며 지적이고 아름답지만 우리가 결혼한다면 100퍼센트 성공할 수 있을까요?

나는 전혀 모른다고 말할 수밖에. 100퍼센트 성공적인 결혼은 거의 없어요. 대부분은 75퍼센트만 성공해도 꽤 괜찮은 편이라고 생각하죠. 이런 걸 물어봐도 될지 모르겠지만 혹시 세레나와 결혼

---

* 원제는 『Ridgeway's Late Joys』. 3차 세계 내선 직전 런던에서 시작되어 큰 인기를 끈 공연.

을 약속했어요?

아, 그건 아닙니다.

그럼 세레나에게 결혼을 약속해 달라고 했나요?

그렇기도 하고 아니기도 합니다.

나 역시 답답한 마음으로 그를 보며 지난 20년 사이에 세상이 참 많이 변했다는 뻔한 생각을 할 뿐이다.

J. L.은 계속 얘기하다가 잠시 멈추고 내게 무얼 마시겠냐고 묻더니 웨이터를 불러 알자스 포도주 얘기로 한참 열을 올린 뒤 다시 괴로운 얼굴로 인생 최악인 동시에 최고의 존재인 세레나 얘기를 이어 간다.

무슨 말을 해도 그의 귀에는 들어오지 않을 것 같아서 애써 생각하기보다는 그저 관심 있게 들으며 공감하는 표정을 보여 준다.

이 전략이 성공하는가 싶었는데 J. L.이 불쑥 내게로 몸을 기울이더니 진지하게 묻는다. 세레나는 작가의 아내가 되기엔 너무 예민하지 않나요? 나는 망설임 없이 대답한다. 내가 보기에 그건 중요하지 않다고. 오히려 작가들이 누구에게든 이상적인 남편이 되기엔 너무 자기중심적이라는 점이 걱정이라고.

J. L.은 바로 인정하면서도 어쩔 수 없다고 여길 뿐 고칠 생각

은 없어 보인다.

나는 그저 지금 출발하지 않으면 한밤의 여흥 공연에 늦겠다고 대꾸한다.

그는 다정하게 동의하더니 밤이 깊을수록 점점 더 쾌활해진다. 다행스러운 일이다. 나 역시 아름답게 연출된 공연에 완전히 매료되고 몰입해서 그가 자살하고 싶다고 해도 관심을 쏟지 못했을 테니까.

J. L.은 뜻밖에도 힘이 넘치는 바리톤 목소리로 "나의 폴카를 봐"● 와 "그녀의 등 뒤로 금빛 머리칼이 흘러 내리네"▲의 후렴을 따라 부른다. 우리는 맥주를 마시며 한껏 흥에 취해 있다가 내키지 않는 걸음으로 극장을 나선다.

11월 9일

뮌헨의 맥줏집에서 폭탄이 터졌다고 한다. 히틀러가 연설하는 시간에 맞춰 그를 포함한 나치스 지도자들을 암살하려 했던 모양이

● 원제는 "See me Dance the Polka".
▲ 원제는 "Her Golden Hair was Hunging Down her Back".

다. 그들이 앉았던 자리 바로 위에 폭탄이 설치되었다. 그러나 히틀러는 평소보다 20분 일찍 연설을 끝낸 뒤 제때(그의 관점에서) 그곳을 떠났다.

아침 8시에 라디오에서 이 소식을 듣고 서둘러 스트랜드로 나가 보니 신문의 주요 기사를 홍보하는 전단들에는 루돌프 헤스[●]가 사망했다고 나와 있다. 신문을 세 종류나 사지만 헤스는 그저 사망했다고 **전해졌을** 뿐이다. 기독교 정신과 문명의 본능이 가혹한 시험에 들었고 그리 만족스런 결과를 내고 있다고 말할 수가 없다.

레이디 블로필드에게 클럽에서 점심을 함께 먹자고 제안했다. 지난번 초대에 작게나마 보답하고 싶었고, 또 언젠가 남편 아치볼드 경에게 일자리를 부탁할 수도 있으니까. 20분도 더 기다린 끝에 버스가 오는데 정원보다 500명쯤 더 탄 것 같다.

1914년부터 그후 몇 년간의 상황이 떠오른다.

그새 신문 전단들에서는 헤스가 부활했다.

1시가 조금 안 돼서 클럽에 도착하자 안내원이 내 손님은 아직 도착하지 않았다고 일러 준다. 위층 응접실로 올라가 보니 보

● 나치스 정권의 국무장관이자 당시 총통의 지명 후계자.

라색 양모 카디건을 걸친 노부인들과 바지를 입은 새파란 여자들만 가득하다. 그 중간쯤 되는 사람은 나밖에 없다.

응접실에 딸린 작은 방에 라디오가 있어서 얼른 그리로 들어간다. 머리가 희끗희끗하고 걱정스러울 만큼 심란해 보이는 클럽 회원이 안경을 바닥에 떨어뜨린 채 나를 흘끗 보더니 명령조로 속삭인다. 쉿!

나는 숨을 죽인 채 차마 의자에 앉지도 못한다. 1시 뉴스에서는 히틀러가 폭탄이 터지기 정확히 15분 전에 뮌헨의 맥줏집을 떠났다는 소식이 반복해서 나오고 있다.

이 소식에 머리가 희끗희끗한 회원은 놀랍게도 두 손을 마구 비틀더니(이런 행동을 실제로 하는 사람은 처음 본다) 광분하며 울부짖는다. 끔찍하군. 끔찍해! 겨우 15분 차이로 놓치다니! 아, 아, 대체 왜 시간을 정확히 못 맞춘 거야?

나는 또 한 번 도덕적 갈등에 휩싸인다. 나 역시 같은 생각임을 부인할 수 없지만 너무나 노골적인 솔직함이 불편하다. 다행히 뭐라고 말할 필요도, 말할 수도 없는 상황이 이어진다. 그 회원이 라디오 볼륨을 쩌렁쩌렁하게 높였다가 또 참지 못하고 완전히 낮추는 탓이다.

혼란스러워하는 모습이 안타까울 뿐이다.

뉴스가 끝나자 눈빛으로 내 마음을 전달한다. 이 방법이 너무 잘 통했는지 그녀는 두서없이 말을 쏟아내더니 마지막으로 내 의견을 묻는다.

나는 곧 독일에서 혁명이 일어날 거라고 단언한다.

그리 참신하지 않은 이 의견에 그녀는 놀란 듯 눈을 휘둥그레 뜨며 혁명이 위에서 일어날지 밑에서 일어날지 묻는다.

나는 양쪽 모두라고 주저 없이 대꾸한 뒤 더 이상 말할 틈을 주지 않고 방을 나온다.

레이디 블로필드가 나를 기다리고 있다. 검은 깃털이 달린 모자를 쓰고 무척 아름다운 모피 망토를 둘렀지만 언제나처럼 걱정이 가득한 모습이다. 우리는 인사를 나눈 뒤 뮌헨 폭발 얘기를 (그럭저럭 조심스러운 어조로) 주고받는다. 레이디 블로필드가 읽은 신뢰할 만한 신문들에서는 헤스가 살아 있으며 털끝 하나 다치지 않았다고 확실하게 단언했다.

내가 셰리를 권하자 그녀는 거절한다. 나는 마시고 싶지만 어쩔 수 없이 포기한다. 우리는 식당으로 향한다.

나는 공식적으로 나온 보도 이외에 다른 특별한 전쟁 소식이 있는지 물어본다.

레이디 블로필드는 전에 같이 만났던 기트닉을 기억하냐고 묻더니 그가 파리로 가버려서 한동안 못 만났다고 한다. 잘 아시겠지만 저는 주로 그 친구를 통해 세계 정세를 들었거든요. 이제 그 친구가 없으니 아치볼드가 내부 정보를 조금씩 들려주는데 별것 없어요. 어쨌든 남편 말로는 곧 전쟁이 시작될 거라고 하더라고요.

나는 (모두가 그렇듯) 전쟁은 아직 시작되지 않았다고 자주 떠들었음에도 그녀의 말에 낙담한다.

아치볼드 경께서 실제 적대 행위가 언제 어디서 시작될지도 얘기하시던가요?

레이디 블로필드는 고개를 젓는다. 네덜란드가 아주 위험한 상태이고 벨기에도 마찬가지죠. 핀란드와 스웨덴도 그렇고요. 하지만 히틀러의 **진짜** 표적은 영국이 분명하잖아요. 런던뿐 아니라 영국 전체에 공습을 퍼부을 가능성이 아주 높아요. 겨울엔 얘기가 달라진다고 하는데 말도 안 되죠. 그건 그냥 바람일 뿐이에요. 날씨는 아무 상관이 없다니까요. 현대 항공기는 어떤 기상 조건도 **전부** 감당힐 수 있으니까요.

공습 시기를 예상할 만한 정보는 있으세요?

레이디 블로필드는 (당연한 얘기지만) 그런 건 **예상**할 수 있는 게 아니라고 한다.

때마침 웨이트리스가 주문을 받으러 오는 바람에 대화가 끊어지자 오히려 마음이 놓인다. 나는 레이디 블로필드에게 자몽과 닭고기찜을 추천한 뒤 한 번 더 술을 권한다. 그녀의 기운을 북돋을 수만 있다면 한 병을 통째로 사줄 의향도 있으니까. 하지만 그녀는 다시 술을 거절하고 찬물만 홀짝인다.

그녀는 내게 요즘 무얼 하며 시간을 보내냐고, 혹시 뭔가 쓰고 있냐고 묻는다. 엊그제 아치볼드가, 내가 요즘 뭔가 쓰고 있는지 궁금해했다는 것이다. 내가 대중이 알면 좋을 만한 내용으로 글을 쓴다면 무척 유용할 거라고 했다나.

나는 희망에 부풀어 묻는다. 예를 들면 어떤 내용이요?

레이디 블로필드가 대답한다. 뭐, 뿌리채소도 좋죠. 영국 주부들은 뿌리채소를 요리에 잘 활용하지 못하니까. 그걸 주제로 매력적인 소책자를 내면 지금 같은 시기에 도움이 될 것 같은데.

내 시큰둥한 마음이 얼굴에 드러났는지 그녀는 낙담한 표정으로 덧붙인다. **그게** 싫다면 요즘 국내 경제에 관해 유용하고 유익하면서도 재미있는 글을 쓰면 좋지 않을까요? 예를 들면 가정에서 절약하는 방법이라거나.

그런 방법을 내가 알았다면 나의 재정 상황도 지금과는 크게 달라졌을 거라고 하자 레이디 블로필드는 180도 입장을 바꿔 그렇다면 그런 글을 읽으라고 제안한다.

혹시 필요하면 소책자를 한두 권 보내 줄게요.

나는 솔직하게 대꾸한다. 과거에도 주로 여성회에서 그런 소책자를 많이 받았고 몇 권 읽기도 했지만 그런다고 제 생활이 바뀌지는 않는 것 같아요.

그러자 레이디 블로필드가 우울하게 말한다. 그렇다면 **지금** 말고 전쟁이 끝난 뒤에 보내 줄게요. 그게 언제가 될지는 하늘만 알겠죠. **그때가 되면** 그저 **존재하는** 것만도 아주 어려워질 테고 지금 우리가 아는 것과는 완전히 다른 삶을 살아야 하겠죠. 나 역시 그런 생각을 자주 했고 자주 말하기도 했지만 레이디 블로필드에게 들으니 더 암울하게 느껴진다. (게다가 불합리한 일이기도 하다. 나는 심지어 현재 사회 제도가 모든 면에서 완전히 재편되어야 한다고 생각하니까.)

나는 아주 기발한 아이디어가 떠오르기라도 한 것처럼 제안한다. 우리 전쟁 얘기는 그만하고 다른 얘기 할까요? 레이디 블로필드는 놀라는 눈치이지만 이내 그러자고 하며 곧바로 물어본다. 우리 집 주방에서 일하는 아이가 결혼해서 나가려고 하는데 혹시 주변에 추천할 만한 사람이 있어요? 지금은 좋은 사람을 찾기가 더 쉬울 것 같은데.

(만약 레이디 블로필드가 이것도 달라진 삶의 방식을 준비하는 과정이라 생각한다면 나와는 견해가 완전히 다른 것 같다.)

나는 그쪽 방면으로 신뢰할 만한 사람이 못 된다고 솔직하게 시인한 뒤 『조지와 마거릿』*을 보았냐고 물어본다.

아뇨, 조지와 마거릿이 누구예요? 혹시 데이지 헨드리크 들라니와 가엾은 조지 경을 말하는 건가요?

나는 연극 제목이라고 설명한다.

그녀는 『조지와 마거릿』을 보지 **않았고**, 내가 무척 재미있다고 단언하는데도 볼 생각이나 계획이 전혀 없다는 듯이 말한다.

다행히 때마침 케냐에 사는 (나는 딱 두 번 만났을 뿐 거의 모르는) 로버트의 누이 부부가 아치볼드 부부와 친구 사이라는 사실이 떠오른다. 덕분에 식사를 끝마칠 때까지 우리는 로버트의 누이와 (내가 한 번도 본 적 없는) 그녀의 아이들 얘기를 주고받는다.

뒤이어 우리는 서재로 자리를 옮겨 훌륭한 커피를 마신다. 레이디 블로필드도 커피를 칭찬하며 맛있는 커피를 찾기가 너무도 어렵다고 한다. 내가 진심으로 동조하면서 마침내 우리의 **관계가 회복될** 조짐이 보인다.

---

* 원제는 『George and Margaret』. 1937년에 초연된 영국 작가 제럴드 세이버리의 연극.

그러나 잠시 후 레이디 블로필드가 시계를 보며 나지막이 소리친다. 자기 위원회가 지금 자신을 기다리고 있어서 달려가야 한다나. 관계 회복은 다음으로 미룰 수밖에.

그녀는 (그리 빠르진 않게) 달려가고 나는 신작 소설의 시놉시스를 간략하고도 완벽하게 써볼 요량으로 '정숙실'에 들어간다.

정숙실에는 다른 회원 두 명이 앉아서 조용히 대화하다가 내가 들어가자 못마땅해하며 입을 다문다.

그들을 등지고 책상 앞에 앉자 뒤에서 나를 향해 뿜어내는 분노가 느껴진다.

어처구니없는 일이니 상관하지 말자고 스스로를 굳건히 타이른다. 어쨌든 저렇게 떠들 생각이라면 정숙실이 **아닌** 다른 공간에 가야 하는 게 아닌가. 나는 여기서 시놉시스에 몰두하리라 마음먹는다.

시간이 3주쯤 흐른 것 같다.

언제나처럼 결국 눈앞에는 펜 그림이 완성돼 있다. 문득 직업을 잘못 택한 게 아닐까, 차라리 펜화 작가가 될 걸 그랬나 싶지만 거기에도 딱히 자신은 없다. 바지와 헐렁한 셔츠, 커다란 검정 나비넥타이 차림으로 파리 좌안에서 보헤미안처럼 살아가는 스물두 살의 나를 잠시 그려 본다. 함께 그림을 배우는 열성적인 학생들에게 에워싸인 채 미술 전람회에 전시된 내 작품을 보러 가는 장면에 이르렀을 때, 왜인지 모르지만 갑자기 로버트와 아이들이 떠오르면서 상상 속의 장면들과는 썩 어울리지 않는다는 것을 깨닫는다.

다시 시놉시스로 돌아간다.

왜 이렇게 집중하기가 어려운지 모르겠다. 그러다 문득 이곳 분위기가 유난히 적대적이고 아까 속닥거리던 회원들은 내가 죽어 버리길 기도하고 있으리라는 것을 깨닫는다.

조심스레 그들 쪽을 돌아보니 한 명은 곤히 자고 있고 다른 한 명은 온데간데없다.

(어떻게 사라졌지? 문을 여닫는 소리도 못 들었는데. 아마도 내가 생각보다 더 집중하고 있었던 모양이다. 하지만 **무엇**에? 도무지 떠오르지 않는다.)

예고 없이 영감이 찾아온다. 나는 어느 정도의 돈을, 운이 좋다면 파운드가 아닌 기니 단위로 안겨 줄 만한 짧고 가벼운 글을 구상한다.

한껏 들떠서 버킹엄가로 돌아간다. 하지만 막상 글로 써서 다시 읽어 보면 기대가 산산이 부서질 게 분명하다. 한참 지나서야 애초에 계획한 시놉시스가 여전히 존재하지 않는다는 사실이 떠오른다.

집에 도착하자 세레나가 와 있다. 푸르딩딩한 얼굴을 하고는 죽을 것 같아서 바람을 쐬려고 한 시간 휴식을 신청했다고 한다. 바람을 쐰다는 사람이 창문을 꼭 닫고 전기난로를 켠 채 주전자에 물을 끓여 아주 진한 차를 듬뿍 들이켜고 있다.

나는 세레나를 위로하며, 그렇게 고되고 비위생적인 환경에서 나라를 위해 일하고 있으니 버티기 어려운 게 당연하다고 한다.

저도 같은 생각이에요. 세레나가 말한다.

그럼 다른 일을 해보는 건 어때요?

좋죠. 그런데 **무얼** 할 수 있을까요? 세레나가 되묻는다. 제가 아는 사람이 전부 무언가를 하려고 하지만 모두가 곧 필요할 거라면서도 당장은 일을 줄 수 없다는 얘기만 듣고 있어요. 능력 있는 사람들이 무급으로 청소와 설거지라도 하겠다고 애원하는데 그런 일조차 주지 않는다니까요.

이건 나도 부인할 수 없다.

세레나는 계속 말을 잇는다. 그리고 또 있어요. 제가 공습 대비 기지를 떠나면 바로 그 순간에 런던에 공습이 일어날 것 같아요. 그러면 저는 몇 주 동안 아무것도 못하고 다른 사람들과 똑같이 지하실에서 겁쟁이처럼 웅크리고 있겠죠. 그사이 보핍 할머니가 폭탄을 다 맞을 테고요.

나는 무슨 말인지 알지만(진심이다) 내가 보기에 보핍 할머니는 틀림없이 재난의 한가운데로 풍덩 뛰어들었다가도 똑같은 기백으로, 아니 오히려 더 위풍당당하게 빠져나올 거라고 위로한다.

그러니까 보핍 할머니 걱정은 하지 않아도 돼요.

세레나가 짜증이 난 듯한 투로 말하길, 딱히 그런 얘기를 하려던 건 아니에요. 보핍 할머니하고는 전혀 상관없는 일이에요.

그럼 뭐가 문제예요?

세레나는 대답 대신 흐느끼기만 한다.

안쓰러워서 위로의 말을 건네고 입맞춤을 해주며 브랜디도 권해 보지만 전부 다 소용없다. 현실에서나 문학에서나 수없이 접한 스파르타 이론이 떠오른다. 히스테리는 짧고 날카로운 명령으로 금세 제압할 수 있으며 심한 경우에는 세차게 한 대 때리면 해결할 수 있다는 이론 말이다. 두 번째 방법은 영 내키지 않고 첫 번째 방법이라도 써보지만 세레나의 울음은 더 커질 뿐이다.

스파르타 이론은 믿을 게 못 되는 듯.

1층 현관 초인종이 울리자 세레나는 어머, 누가 왔어요! 하더니 얼른 침실로 들어간다.

알고 보니 타임스 북 클럽이다. 평소에는 1층에 책을 놓고 가는데 이번에는 굳이 계단을 올라와 3페니를 요구한다.

나는 돈을 주고 날씨 얘기와(비가 오네요) 전쟁 얘기(아직 진짜 전쟁은 시작되지 않았죠), 최근에 일어난 히틀러 암살 기도 얘기(다음에는 좀 더 운이 따랐으면 좋겠네요)를 간단히 나눈다. (마지막 의견은 타임스 북 클럽 쪽에서 나왔지만 나도 거들었다.)

타임스 북 클럽이 타닥타닥 계단을 내려가자 나는 그가 가져온 책을 살펴본다. 무척 흥미로워 보이는 니컬러스 블레이크●의 살인 이야기와 나는 잘 모르지만 평이 좋은 작가가 쓴 역사 소설이다.

세레나가 다시 나온다. 코에 바른 허연 파우더가 눈보라 치는 알프스 몬테로사를 연상시키지만 당연히 그런 얘기는 하지 않는다. 그녀는 정말 미안하다며 이제 괜찮아졌다고, 왜 그렇게 바보처럼 굴었는지 모르겠다고 한다.

내가 힌트를 준다. 너무 피곤하고 잠도 못 잔 데다가 신선한 공기도 못 마셔서 그런 게 아닐까요?

● 영국의 계관 시인 세실 데이 루이스가 탐정소설에 사용한 필명.

세레나는 그런 것과 상관없다고 하지만 내가 보기엔 무시할 수 없을 것 같다.

세레나는 또 한 번 (최근에 내게 자기 문제를 물어본) J. L. 문제를 물어본다. 모든 게 너무도 어렵고, 솔직히 어떤 결정을 하든 둘 다 불행해질 게 분명하다고 하지만 나는 이번에도 잠자코 있기로 마음먹는다.

그러고 나자 세레나는 한층 밝아진 모습으로 내가 무척 친절하며 큰 도움이 되었다고 하면서 다정하게 작별 인사를 한다.

여자는 대개 오랫동안 긴장한 상태로 지내다 보면 감정적으로 무너질 수밖에 없다는 점을 철학적으로 숙고해 본다.

11월 11일

지난 전쟁의 종전 기념일이다. 과거와 현재에 대해 많은 생각을 하게 된다. 개인적으로 나는 미래를 자연의 섭리에 맡겨야 한다고 생각하지만 일간지와 주간지에 궁극적인 평화 협정과 전반적인 세계의 재편에 관한 기고가 쏟아지는 것을 보면 보편적인 견해는 다른 모양이다.

로버트에게 전화한다. 별다른 얘기는 없지만 내 목소리를 듣고 반가워하는 것 같다.

로빈에게서 편지가 왔는데, 새로운 이데올로기에 관한 흥미롭고도 학구적인 내용만 가득할 뿐 내가 시급하게 물어본 새 겨울 조끼에 대해서는 답하지 않았다.

11월 12일

오늘은 저녁 대신 오후 시간에 매점에서 근무하는데, 사교계에 갓 데뷔한 소녀가 신경쇠약에 가까운 증상을 보여서 어머니가 데려갔다는 소식을 듣는다. 곱슬머리 뮤리얼도 사라졌지만 아무도 모르고 있다가 리버풀스트리트역까지 운전하는 임무가 주어지자 한바탕 난리가 벌어진다. 결국 세레나가 솔직하게 털어놓는다. 지독한 감기에 걸려 아무에게도 알리지 않고 사흘 전에 집에 쉬러 갔다는 것이다.

세레나는 어차피 아무것도 하지 않는 상태라 아무도 모르게 다녀올 수 있다고 생각했다며 뮤리얼을 두둔한다.

다른 사람들도 처져 있고 세레나는 전보다 더 파리해 보인다.

지휘관이 닫힌 문 안에서 자기야에게 격노하는 소리가 들린다. 사람들 말에 따르면, 지휘관은 이런 불복종이 또 일어나면 사임하겠다고 했단다. 사실 지금 당장 사임할 수도 있는데, 아무도 모르는 것 같지만 지금 **영국은 전쟁 중**이니 어쩔 수 없다고 했다나.

그 말을 듣고 나는 지휘관에게 물어볼까 진지하게 고민한다. 혹시 아직 전쟁이 시작되지 않았다는 얘기 못 들으셨나요? 그렇다면 기록에 남을 일이네요.

너무도 따분한 오후다. 내게 주어진 중요한 임무는 물어보는 사람들에게 버터 바른 빵과 토스트를 추천하고(이건 진심으로 할 수 있는 일이다) 번 얘기는 최대한 자제하며 잼 타르트 근처에도 못 가게 하는 것이다.

피코크 부인이 엎어 놓은 상자의 절반을 권하자 나는 그녀의 옆에 앉는다. 우리는 멋진 사진이 가득한 현대적인 그림 주간지 최신판을 본다. 독자 통신란도 흥미롭게 읽는다. 대부분이 지난 호에 관한 의견인데, 그중 3분의 2는 지난 호 그림 기사가 매우 부적절하다고 생각하고 나머지는 무척 예술적이라고 생각한다.

피코크 부인과 나는 이 개탄스러운 기사를 놓친 것을 몹시 아쉬워하다가 지금이라도 한 부 구할 수 없을까 궁리한다.

피코크 부인이 말하길, 아니, 뭐, 그런 걸 **좋아하는** 건 아니에요. 오히려 딱 질색이죠. 그래도 요즘 언론이 어디까지 나가는지 궁금하잖아요. 사람들이 이렇게 충격받을 일이 아직 있는 줄 몰랐네요.

나는 그렇게 부정적인 입장은 아니라고 솔직하게 털어놓는다. 그래도 꼭 보고 싶어서라기보다는 요즘 젊은 세대가 어떤 것에 노출되는지 봐두면 좋잖아요.

피코크 부인과 나는 제각기 이런 변명을 늘어놓다가 서로를 보고 웃음을 터트리며 사실은 둘 다 궁금한 게 틀림없다는 우울한 사실을 인정한다.

피코크 부인은 무모하게도 차 두 잔을 주문한다. 우리가 차를 받아서 엎어 놓은 설탕 상자에 앉아 마시려는 찰나, 카운터가 바빠지기 시작하더니 여태 한 명도 보이지 않던 손님들의 요구가 급격히 늘어나 절정에 이른다.

주문을 다 처리하고 사용한 컵과 접시, 잔 받침을 거둬 주방에 넘기고 나자 차는 다 식었고 기분 전환의 욕망도 사그라졌다. 피코크 부인이 말한다. 사는 게 다 이렇지 않나요?

버킹엄가로 돌아와 보니 관리인이 친절하게도 전화 메시지를 남겨 놓았다. 내일 1시에 미스터 피어먼과 점심을 먹을 수 있다면

슬론가 501번지로 올 것. 전화번호부에서 조널이라는 이름을 찾으면 주소가 나올 것임.

누구인지 전혀 짐작이 가지 않는다. 미스터 피어먼이나 조널이라는 이름도, 슬론가의 캐드월러더 하우스라는 주소도 들어 본 적이 없다.

관리인에게 좀 더 자세히 물어본다.

관리인은 아무래도 전쟁 때문인 듯 통화 상태가 무척 안 좋았고 이름을 세 번이나 물어서 더는 물어볼 수 없었다고 겸연쩍게 말한다.

그럼 피어먼이라는 이름도 확실하지 않은 건가요?

네, 확실하진 않아요. 처음에는 그렇게 **들렸는데** 자꾸 들으니까 모르겠더라고요. 하지만 그 여자분이 너무 성가실 것 같아서 더는 못 물어봤어요.

그럼 미스터 피어먼이 여자였어요? 내가 묻는다.

질문이 조금 이상하지만 어쨌든 관리인은 내 요지를 알아채고 전화한 사람은 여자였고 내가 잘 알 거라 했다고 한다.

이번에는 질문의 방향을 바꾸어 전화번호부에 '조널'이라는 이름이 있긴 하지만 혹시 잘못 들은 게 아닐까 묻는다.

이에 대해 관리인은 확고한 입장이다. 자기도 이름이 이상해서 철자를 일일이 되물었는데 전화번호부에 있더라는 것이다. A. B. 조널 준장. 그리고 캐드월러더 하우스는 슬론가 끝에 새로 생긴 아파트 단지다.

이제 남은 방법은 캐드월러더 하우스에 전화해 피어먼이나 조널을 찾아보는 것뿐이다.

전화해 보니 통화 중이다.

내가 되는 일이 없다고 하자 관리인(이름은 잊었다)은 무척 놀란 얼굴로 잠시 후에 다시 해보라고 제안한다. 합리적이고 당연한 해결책인 듯.

다시 전화하자 이번에는 건물 안내원이 받는다. 피어먼이라는 사람이 있냐고 물은 뒤 머뭇거리며 혹시 그와 비슷한 이름이라도 있냐고 덧붙인다.

철자가 어떻게 되죠?

나는 철자를 말해 준다.

안내원은 죄송하지만 그런 이름은 모른다고 한다. 혹시 웨인 부인을 말씀하시는 겁니까?

웨인 부인이 아니고 조널이요. 준장이라는 것 말고는 저도 아무것도 몰라요.

그러자 안내원은 조널 준장이 3층에 사는데 그의 조카가 신구와 함께 그 집에 묵고 있다고 한다. 조카는 미스 아미타지이고 친구는 미스 페어미드다.

아, 이제 알겠네요. 내가 말한다. 미스 페어미드에게 전화해 달라고 해주실래요? 안내원은 무척 차분하게 대꾸한다. 네, 알겠습니다. 옆에서 아직 기다리고 있는 관리인에게 미스터 피어먼이 사실은 미스 페어미드였다고 일러 준다. 관리인은 그럴 수도 있다고 생각했는데 아무래도 아닌 것 같았다고 한다.

따질까 생각하다가 관두기로 하고 수고해 줘서 고맙다고 인사한다. (사실 수고는 전적으로 내가 했는데.)

펠리시티 페어미드에게 설명을 듣는다. 런던에 딱 이틀 밤 머물게 되었는데 내가 모르는 친구인 베로니카 아미타지가 삼촌인 조넬 준장의 집에 묵게 되었고 그가 친절하게도 펠리시티까지 와서 지내도 좋다고 했다는 것이다.

펠리시티는 베로니카와 함께 모레 런던을 떠날 예정이니 내일 와서 점심을 먹으며 베로니카도 함께 만나 보라고 한다. 당연히 집주인인 삼촌에게 허락을 받았다.

나는 그러겠다고 한다. 펠리시티를 만나게 돼서 몹시 기쁘고 베로니카 얘기도 많이 들었으니 만나 보고 싶다. 물론 그 삼촌도.

11월 13일

펠리시티와 함께 (조널 준장의 비용으로) 점심을 먹는다. 펠리시티는 어두운 붉은색 드레스를 입고 머리를 멋지게 손질한 모습이 유난히 아름답다. 베로니카도 예쁘고 교양 있지만 심한 신경통을 앓고 이제 막 회복 중이라 푸른색 양모 모자를 썼다.

삼촌은 급한 일로 육군성에 발이 묶여 오지 못했다.

펠리시티는 예의상인 듯 내게 일자리를 구하는 일은 어떻게 됐냐고 묻더니(나라에 그닥 중요한 일을 하고 있진 않다고 대답한다) 곧바로 당좌대월 상태를 조심스레 물어본다.

평소와 크게 다르지 않다. 평소보다 낫진 않지만 가능한 한 모든 면에서 아껴 쓸 수밖에. 이렇게 답한 뒤 펠리시티의 상황을 물어본다.

펠리시티는 요즘 배당금이 잘 안 나온다고 한탄한다. 지난번 받은 배당금은 예상한 액수보다 25파운드쯤 적었는데 은행에 넣었더니 당좌대월이 순식간에 집어삼키고 한 푼도 남지 않았나. 그녀는 수심 가득한 얼굴로 덧붙인다. 참 이상해. 은행에 돈을 넣을 때마다 사라지는데도 당좌대월이 **도무지** 줄어들지 않아. 오히려 늘어난다니까.

자기 오빠에게 설명을 들었지만 전혀 이해하지 못했다.

내가 넌지시 묻는다. 혹시 오빠도 확실히 모르는 게 아닐까?

아니, 오빠는 분명하게 설명했어. 재무에 관해 잘 알거든. 내가 그쪽에 감이 없어서 그래.

나는 이번에도 공감하며 오래전 학창 시절부터 잘 알다시피 나 역시 그쪽은 도통 이해가 되지 않는다고 솔직하게 털어놓는다. 그런 뒤 베로니카는 어떠냐고 물어본다.

베로니카는 그런 건 생각하기도 싫고 너무 기운 빠지는 일이라면서 우리 둘이 쇼핑을 가면 기운이 날 거라고 제안한다.

자기는 아무리 작은 물건이라도 하나씩 사고 나면 기분이 무척 좋아진다나. 또 그래야 경제가 살아난다고 덧붙인다.

펠리시티와 나는 경제를 조금이라도 살려야 한다는 데 얼른 동의한다. 그러고 보니 스타킹도 몇 켤레 사야 하고 비키에게 케이크도 보내야 한다. 펠리시티는 봉투와 머리망을 사서 경제를 살리고 싶단다.

베로니카는 삼촌을 대신해 아주 훌륭한 점심을 내주고 커피와 초콜릿, 담배로 오찬을 마무리한다. 우리는 편하게 이름을 부르기로 한다.

펠리시티가 맞은편에서 나를 보며 눈썹으로 묻는다. 베로니카

어때? 나는 벌리 경*처럼 고갯짓으로 대답한다.

우리는 공습 얘기를 꺼낸다. 독일은 보복이 두려워서 런던 공습을 하지 않을 것이다, 봄까지 기다렸다가 할 것이다, 아직 런던 공습을 할지 말지 정하지 못했다, 등등의 의견이 오간다. 펠리시티의 오빠는 이번 전쟁이 지난 전쟁 못지않게 잔혹할 테지만 그때처럼 오래가진 않을 거라고 했단다.

베로니카에게 삼촌의 의견을 묻자 그는 육군성에 있지만 그런 얘기는 거의 하지 않는다고 한다. 기밀 유지를 위해서인지 정말 몰라서인지 모르겠지만 베로니카가 생각하기엔 후자 쪽이다.

얼마 후 펠리시티가 모자를 쓰고 멋지게 재단된 외투를 입는다. 그에 비하면 내 외투는 그저 몸에 걸친 것 같다. 우리는 푸른 모자를 쓴 베로니카에게 작별 인사를 건넨다.

해러즈 백화점에서 즐겁게 쇼핑을 즐긴다. 나는 비키의 케이크를 사고 스타킹 대신 검정 펠트 모자와 체크무늬 스카프를 고른다. 펠리시티는 최근 기회가 있을 때마다 양모 모자를 들여다보고 있다며 카운터에 전시된 모자들에 푹 빠져 나에게 코바늘로 뜬 모자와 대바늘로 쓴 모자 중 어느 쪽이 베로니카에게 더 잘 어울

---

* 말보다는 고갯짓으로 의사를 표현한 것으로 유명한 엘리자베스 1세 시대 정치가인 1대 벌리 남작 윌리엄 세실을 말한다.

릴까 묻는다. 나는 망설임 없이 대꾸한다. 내가 보기엔 둘 다 똑같고 어차피 베로니카는 아무거나 써도 예쁠 거야.

펠리시티는 내 말에 동의하면서도 모자들을 계속 살피더니 코바늘 뜨개와 대바늘 뜨개의 상대적인 장점을 상냥한 점원과 상의하기 시작한다. 그러더니 결국 직접 모자를 떠주는 게 좋겠다고 한다. 자신이 하숙하고 있는 시골집의 친구가 뜨개질을 많이 하는데 자기도 지고 싶지 않다면서 이렇게 덧붙인다. 어차피 지금은 누구에게든 **도움**이 되지 않고 전쟁을 위해 뭔가를 하고 있지도 않잖아.

나는 출산이나 요리를 할 수 있는 사람을 제외하고는 지금 도움이 되는 사람이 거의 없으며 (내가 알기로) 전쟁을 위해 뭔가를 하고 있는 사람도 없다고 지적한다. 그러곤 비키 세대는 우리와 완전히 다를 거라고 덧붙인다. 우리와 달리 할 줄 아는 게 많을 거라고, 요리와 집안일뿐 아니라 옷 만드는 일도 할 수 있을 거라고. 결국 펠리시티와 나는 해러즈 백화점 한가운데 흑백 타일이 깔린 홀에 놓인 초록 소파에 앉아 어린 시절의 특별한 기억을 주고받는다.

펠리시티는 어릴 때 혼자 어딘가에 갈 수도 없었고 언니와 자기를 돌보는 하녀가 따로 있었으며 요리는 배운 적도 없고 옷을 수선한 적도 없었다고 털어놓는다.

나도 가만있을 수 없다. 어머니의 하녀가 늘 내 머리를 손질해주었고, 아침에 한 시간씩 피아노 연습만 하고 나면 성실한 아이로 인정받았으며 이따금 초대장 쓰는 것을 제외하고는 내가 남을 위해 뭔가를 하길 기대하는 사람이 아무도 없었으니까. 스무 살이 한참 넘어서까지 이부자리를 정리할 줄도, 달걀을 삶을 줄도 몰랐다.

우리는 과거의 우리가 얼마나 무능했는지 새삼 깨닫고 깊이 절망하며 서로를 본다. 오늘날 세상이 이렇게 엉망이 된 것도 그리 이상한 일은 아닌 것 같아. 내가 말한다.

펠리시티는 한술 더 떠서 혁명이 일어나면 가장 먼저 목이 잘릴 사람은 우리일 거라고, 그렇다 해도 할 말이 없다고 한다. 그 말에 불편해진 나는 우리가 사회에 아주 중요한 자산은 아니더라도 스스로 고칠 능력과 의향이 있으며 수년째 이를 위해 거듭 배우고 있지 않냐고 반박한다.

펠리시티는 고개를 저으며 단언한다. 너랑 나는 달라. 넌 자식도 둘이나 있고 책도 쓰고 있잖아. 난 잉여 인간이야. 아무짝에도 쓸모없고 달리 고칠 방법도 없다는 생각이 자주 들어. 머리가 좋지도 않고 몸을 잘 쓰는 것도 아니고 예술에 뛰어나거나 집안일을 잘하는 것도 아니잖아. 특별한 재주도 없고 힘이 없어.

펠리시티의 커다란 눈과 괴로운 표정을 보니 자기 말대로 혁명이 일어나면 스스로 단두대에 올라야 한다고 생각하는 게 틀림없다.

나는 아주 솔직한 말로 그녀를 위로한다. 대신 무엇과도 바꿀 수 없는 장점이 있잖아. 늘 사람들에게 공감해 주고 사랑스러울 뿐 아니라 다정하다는 것. 무얼 더 바라겠니? 나는 화를 내며 덧붙인다. 네가 없으면 친구들이 몹시 아쉬워할걸. 네가 늘 기운을 북돋워 주어서 모두가 무척 고마워하고 있을 거야.

어째서인지 펠리시티는 조심스럽게 나를 보며 묻는다. 피곤한 것 같네. 차를 마시기엔 시간이 너무 이른가?

우리는 아니라고 하며 차를 마시러 간다.

그러다 갑자기, 너무도 뜬금없이, 깔끔한 새 가죽 케이스에 넣은 내 방독면을 잃어버렸다는 사실을 깨닫는다.

나는 황급히 펠리시티에게 물어본다. 혹시 내가 캐드월러더 하우스에 도착했을 때 방독면을 갖고 있었니?

펠리시티는 분명히 그런 것 같지만 확실하지 않다고 한다. 어쩌면 다른 사람과 혼동하는 건지도 몰라. 집에서 나올 때 갖고 나왔는지 기억나?

아닌 것 같은데. 하지만 나도 확실하지 않아. 그러고 보니 마지막으로 봤을 때 침대 위에 신분증과 같이 놓여 있었던 것 같아.

그럼 신분증도 없어?

침대 위에 없다면 잃어버린 거겠지.

우리는 잠시 수선을 피운다.

펠리시티가 캐드월러더 하우스에 전화해 보지만 거기엔 없다고 한다. 버킹엄가에 전화하자 관리인이 올라가서 침실을 들여다보고는 아무것도 없다고 한다. 조금 전 펠리시티와 내가 앉았던 흑백 타일 깔린 홀의 초록 소파에 가보니 예쁘고 세련된 젊은 여자 셋이 모자도 쓰지 않고 앉아서 담배를 피우며 속닥거리고 있다. 내가 혹시 방독면을 못 봤냐고 묻자 그들은 어리둥절한 얼굴로 나를 보며 못 봤다고 한다. 그렇게 큰 물건을 깔고 앉았다면 모를 리가 없으니 나는 미안하다고 하며 분실물 보관소가 어디에 있는지 물어본다.

분실물 보관소에서는 친절하게 맞아 주며 이것저것 물어본 뒤 방독면을 찾으면 연락할 수 있도록 이름과 주소를 남기라고 한다.

펠리시티는 그보다 훨씬 큰 문제는 신분증이라면서 정말 분실한 거라면 캑스턴 홀*에 직접 가서 신청해야 하고, 그런다고 해도

---

* 당시 다양한 행정 기관이 입주해 있던 건물.

임시 신분증이 발급될 거라고 한다. 마지막으로 어디서 봤는지 기억나?

침대 위에 방독면과 함께 있었어.

그런데 관리인이 침대 위에는 손수건과 세탁물 말고 아무것도 없다고 했잖아.

세탁물 밑에 있을지도 몰라.

그렇다면 좋겠지만 우리 둘 다 믿지 않는다. 그래도 일말의 가능성에 희망을 걸고 집으로 향한다. 도착해 보니 내심 예상한 대로 세탁물 밑에는 침대 말고 아무것도 없다.

집 안을 샅샅이 뒤지기 시작한다. 어느새 나는 말도 안 되는 곳까지 미친 듯이 뒤지고 있다. 이를테면 벽난로 위에 올려놓은 작은 에나멜 상자나 비스킷 통. 여기엔 비스킷 말고 아무것도 없다는 사실을 확실하게 알고 있는데 말이다.

그러고 있을 때 세레나가 들어온다. 그녀는 몹시 당황하며 위로를 표하고는 당장 지하 세계로 가서 찾아보자고 한다. 방독면과 신분증을 거기 두고 온 게 틀림없다면서.

나는 내 평생 둘 중 어느 것도 지하 세계에 가져간 적이 없다고 단언한다. 집에서 도보로 7분 이내의 거리에 갈 때는 방독면을 소지할 의무가 **없으며** 신분증은 지금껏 내 가방에서 벗어난 적이 없으니까.

그러자 세레나는 기막힌 아이디어가 떠올랐다는 듯이 묻는다. 혹시 가방은 **뒤져** 보셨어요?

나는 도와줄 수 없다면 혼자 조용히 찾도록 내버려두라고 애원한다.

11월 14일

캑스턴 홀을 방문한다. 베옷을 입고 목에는 밧줄을 감고 머리에 재를 뒤집어쓰고 가지 않아도 될지 모르겠다.

그러나 비행을 저지른 시민은 나뿐만이 아니다. 안내 데스크에서 지친 얼굴의 공무원에게 용건을 얘기하는데, 옆에서 노신사가 신분증을 외투 주머니에 넣고 클럽에 간 얘기를 장황하게 늘어놓고 있다. 겨우 5분쯤 등을 돌린 사이에 외투를 도둑맞았다는 것이다.

공무원은 그에게 신청서를 작성하라고 애원하면서 새 신분증을 발급받으려면 1실링을 내야 한다고 이른다.

노신사가 그럴 수 없다고 하자 나는 경악한다. 그는 1실링이 없다고 한다.

공무원은 아랑곳없이 말한다. **지금** 내시는 게 아니에요. 새 신분증을 받을 때 내시면 됩니다. 그러곤 친절하게 덧붙인다. 그게 더 편하실 겁니다.

노신사는 대답 대신 신분증을 잃어버린 사정을 처음부터 되풀이한다. 외투 주머니에 넣고 클럽에 갔는데 5분쯤 등을 돌린 사이에 외투를 도둑맞았다고. 공무원은 냉담한 얼굴로나마 참을성 있게 들어 주지만 나는 두 가지를 물어보고픈 충동에 휩싸인다. (a) 그 클럽 이름이 뭐죠? (b) 1실링도 없는데 클럽 회비는 어떻게 내나요?

나는 노인과 반대로 가능한 한 간략하게 얘기하려 노력한다. 혹시 이런 게 로즈가 자주 얘기하는 보상 심리 현상일까? 하지만 적당히 포장하기가 너무나 어려워서 신분증을 언제 어디서 잃어버렸는지 전혀 모른다고 솔직하게 시인한다.

공무원은 어쩔 수 없죠, 하더니 신청서를 작성하고 1실링을 내야 한다고 말한다.

나는 시키는 대로 하면서도 내 다음 차례인, 보닛과 베일을 쓴 할머니의 떨리는 목소리에 귀를 기울인다.

그녀는 몹시 분개한 어조로 설명한다. 신분증 발급을 위한 국민 등록법이 시행되었을 때 스코틀랜드를 방문 중이었는데 자신을 초대한 부부가 자기도 모르게 허락 없이 등록을 해버렸다는 것이다. 그래서 결국 배급 통장이 발급되었다. 자기는 배급 통장을 원치 않는다. 신청하지도 않았고 갖고 있지 않으려 한다.

애기를 더 듣고 싶지만 공무원은 내가 작성한 양식을 받고 1실링 영수증을 내준 뒤 신분증이 재발급되면 연락하겠다고 일러 준다.

뭉그적거릴 구실이 사라지자 할머니의 항의가 어떻게 처리되는지 보지 못하고 캑스턴 홀을 나선다. 영국 관료들은 대체로 무척 관대하다고 생각하며 걸음을 옮긴다. 독일 관료들에 관해 듣거나 읽은 정보를 최대한 떠올리며 걷다가 빅토리아가에서 버스에 치일 뻔하지만 지나가던 사람이 구해 준다. 그러고 보니 험프리 홀로웨이다. 런던 사람처럼 차려입은 탓에 얼른 알아보지 못했다.

놀란 마음에 바보처럼 멍하니 그를 바라보다가 마침내 정신을 차리고 말을 건다. 반갑네요. 여기 오래 있었어요?

아뇨. 그건 아닙니다. 숙소 관리 장교 복무가 끝나서 다른 일자리를 찾으러 왔어요.

그런 목적이라면 달성할 가능성이 아주 희박하지만 그렇게 말하고 싶지 않아서 데번 소식을 묻는다.

험프리 홀로웨이는 일요일에 교회에서 로버트를 만났는데 잘 지내는 것 같다고 한다.

블란셰 이모도 잘 계세요?

네, 그분도 아주 잘 지냅니다.

마리골드와 마저리는?

둘 다 잘 지내는 것 같던데요.

짧은 대답에 기운이 빠져서 좀 더 자세한 얘기를 끌어내 본다. 혹시 로버트가 공습 대비대 사무실 얘기는 안 하던가요?

그러자 그가 대답한다. 이름은 기억나지 않지만 로버트를 보조하는 여자가 짜증을 돋우는 모양입니다. 그리고 아직 방독면을 받지 못한 마을이 있는데 운이 좋다면 크리스마스 전에 받을 것 같다고 하던데요.

혹시 맨더빌 피츠워런 아니에요? 내가 경악하며 묻는다.

험프리 홀로웨이는 그런 것 같다고 한다.

나는 크리스마스가 오기 전까지 적군이 그 사실을 모르길 바란다고 대꾸한다.

우리 교구 목사님 부부와 그 집 피난민들은 어때요?

다들 잘 있습니다. 어쨌든 피난민들은 잘 지내는 것 같지만 목사님 부인은 과로를 하는지 안색이 안 좋던데요. 그리고 늘 여기저기 다니시는 것 같아요. 며칠 전엔 부모들이 아이들을 보러 내려오는 바람에 일이 더 많았을 겁니다. 그래도 대체로 성공적이었다고 하더라고요.

레이디 복스는 적십자 제복과 늘 집 앞에 세워져 있는 구급차에 걸맞은 환자를 아직 받지 않았고 미스 팬커톤은 격일로 저녁에 마을에서 체력 강화 수업을 열고 있다. 험프리 홀로웨이는 다소 놀랍다는 투로 사람들이 제법 참석한다고 덧붙인다. 가장 꾸준히 가는 사람은 블란셰 이모이고 마리골드와 마저리도 데리고 간다. 블란셰 이모는 편지로 내게 이 수업 얘기를 했지만 마리골드와 마저리가 도린 피츠제럴드와 함께 다닌다고 했을 뿐 자기도 간다는 얘기는 하지 않았다. 하지만 험프리 홀로웨이에게는 아무 얘기도 하지 않는다.

이어 그는 정보부 일로 몹시 바쁘지 않냐고 아주 정중하게 물어본다. 나는 평소처럼 솔직하게 아니라고 대답한다. 어쨌든 지금은 아니에요. 험프리 홀로웨이는 아, 아주 바쁘진 않군요, 하더니 여러 면에서 참으로 특이한 전쟁이라고 덧붙인다.

나도 맞장구치며 그와 헤어진다. 단, 그 전에 무모하게도 그에게 친구 한두 명을 데리고 내일 셰리를 마시러 오라고 한다. 그는 내 초대를 받아들인다.

11월 16일

카운터 너머로 세레나에게 내일 저녁 험프리 홀로웨이와 셰리를 마시려고 하는데 와서 도와줄 수 있냐고 물어본다. 놀랍게도 그녀는 이런 시기에는 술이라도 마셔야 한다면서, 정말이지 술 말고는 **아무것도 없다**고 대꾸한다. 차라리 우리 집으로 데려오실래요? 거기가 더 넓잖아요. 제가 다른 사람도 한두 명 부를 테니 함께 셰리를 마셔요. 나는 어리둥절해하며 말한다. 그럼 셰리 파티가 되겠네요.

세레나는 저돌적으로 묻는다. 그럼 어때요? 당장 내일인데 오늘 전화를 돌려 봐야 **진짜** 파티가 되진 않을 거예요. 등화관제 때문에 많이 오지도 않을 거고요. 그리고 우리 집에 묵는 유대인 난민 중에 공사관에서 일한 적이 있어서 샌드위치를 기막히게 만드는 사람이 있거든요. 그런 재능을 썩히기는 아깝잖아요.

내가 그렇다면 이건 세레나가 여는 파티이고 나는 험프리 홀로웨이와 함께 손님으로 초대받은 거라고 하자 세레나는 단호하게, 우리가 함께 여는 파티이니 나도 생각나는 사람을 모두 초대하라고 한다. 다행히 우리 집이 버스 정거장에서 1분 거리라고 꼭 얘기하세요. 특히 A 삼촌을 초대했으면 좋겠어요. 등화관제 따위로 망설이진 않으실 걸요(나도 같은 생각이다).

세레나는 내일 다 준비할 수 있을 거라면서 자기는 내일 일을 쉴 테니 나도 내일 저녁 매점 일을 쉬라고 한다.

부러운 얼굴로 우리의 대화를 듣고 있던 피코크 부인이 그러라고 하자 세레나는 그녀도 와야 한다고 우긴다.

피코크 부인은 반색하며 말한다. 파티에 가는 게 몇 년 만인지 모르겠네요. 최소한 전쟁이 터진 뒤로는 한 번도 안 갔으니까. 그런데 벌써 그게 몇 년 된 것처럼 **느껴**지네요. 남편도 함께 가도 되려나? 좀 염치없는 것 같지만 요즘 공습 대비대 일과 적십자 일, 그 밖의 이러저러한 일로 남편과 눈 한번 못 맞추고 살았거든요. 그리고 아직 다리가 **완전하지** 않아서 팔이 하나 더 있으면 좋을 것 같고요(괴상한 표현이지만 지적 능력이 있다면 명확히 이해할 수 있을 듯). 게다가 남편도 두 사람 얘기를 하도 많이 들어서 무척 만나 보고 싶어 해요.

이렇게 장황하게 얘기할 필요가 있을까 싶다. 세레나는 이미 황홀해하는 투로 **누구**든 **어떤** 남자든 데려오기만 한다면 너무 기쁠 것 같다고, 평소 파티는 여자만 가득하지 않냐고 소리치고 있으니까 나중에 내가 그리 적절한 표현은 아니었다고 지적하자 그녀는 수긍하면서도 진심이었다고 한다.

저녁 늦게 세레나가 또다시 와서 중얼거린다. A 삼촌과 J. L.까지 치면 적어도 남자가 대여섯 명은 되겠어요.

그럼 내 저작권 대리인도 부를까요? 그리고 괜찮다면 웨더비 부부까지 초대할게요. 웨더비 씨도 남자니까.

세레나는 웨더비 부부도 환영이라고 열성적으로 동의한다. 내가 보기엔 전적으로 웨더비 씨, 그러니까 아그리파가 남자이기 때문인 것 같지만.

12시 30분까지 근무가 이어진다. 그사이 적십자 간호사가 자신이 받은 마멀레이드가 2페니어치가 안 된다고 항의하는 통에 한바탕 짧은 설전이 벌어진다. 나는 내가 준 마멀레이드 2페니어치의 양은 '높으신' 분이 정한 거라고 설명한다. 말하고 보니 기독교 교리처럼 들리고 살짝 불경한 것 같아서 얼른 덧붙인다. 그러니까 주방장이 정했다는 뜻이에요. 적십자 간호사는 기막혀하는 얼굴로 같은 말을 되풀이한다. 2페니어치는 이 작은 병의 테두리까지 올라와야 하는데 이건 아니잖아요. 표정을 보아하니 필요하다면 심판의 날까지 똑같은 주장을 되풀이할 기세다. 그냥 양보하고 물러서는 게 쓸데없는 체력 소모를 줄이는 길일 듯. 그렇게 하자 내가 너무 물러터진 느낌이 들지만 어차피 이런 적이 처음도 아니고 이런 일로 저녁 내내 기분을 망치고 싶지 않다.

자정쯤 퇴근 준비를 하려는데 모의 공습이 시작된다. 나는 남아서 보고 가기로 한다. 지휘관이 이리저리 뛰어다니며 화산처럼 담배 연기를 뿜어대는 모습이 퍽 재미있다. 이것저것 지시하는 모습이 꽤 유능해 보이지만 한편으론 평소처럼 매우 위압적이다.

바지와 작업복 위에 두터운 외투를 입고 지하 세계 입구에 서서 여성 지도자의 능력에 대해 생각해 본다. 나라면 상식과 예의까지 더해 훨씬 잘할 수 있을 텐데. '태도는 부드럽게, 행동은 단호하게'라는 인상적인 명언을 떠올리는 찰나, 구급차 운전병이 내게 소리친다. 깔려 죽고 싶지 않으면 비켜요! 동시에 들것병도 소리친다. 빌어먹을, 통로를 막으면 어떡해요!

나는 얼른 집으로 향한다.

방독면은 여전히 못 찾았고 신분증도 임시증만 있으며 손전등 배터리를 가는 것도 깜빡했다.

침대로 가면서 생각한다. 만약 히틀러가 오래 기다린 런던 공습의 날로 오늘 밤을 택한다면 내 생존 확률은 그리 높지 않을 거라고. 그렇다면 비교적 편안하게 침대에 누워 최후를 기다려도 누가 뭐라고 할 수 없으리라.

11월 17일

히틀러는 어젯밤을 택하지 않았다.

    내게는 꼭두새벽 같은 시간에 세레나가 찾아와서는 오늘 저녁 파티에 관해 열성적으로 상의한다. 저는 집에 가서 잠깐 눈을 붙였다가 샌드위치 달인인 유대인 난민에게 부탁을 하고 셰리를 준비할게요. 꽃과 담배, 셰리 몇 병을 더 사 오실 수 있어요? 이 집에 있는 재떨이도 전부 빌려야 할 것 같아요.

    나는 말한 대로 다 하겠다고 동의한 뒤 손님들에게 초대 전화도 돌려야 한다고 지적한다. 세레나는 깜빡했다면서 몹시 초조한 투로 묻는다. 지금 할까요?

    아뇨. 아침 8시에 전화하는 건 실례죠. 나는 대신 함께 나가서 아침을 먹자고 제안한다. 내가 만든 커피보다는 라이언스 커피가 훨씬 훌륭하니까. (이 말에 세레나는 필요 이상으로 공감을 표한다.)

    라이언스로 가면서 나는 브라이턴의 푸른 바다를 연상시키는 세레나의 안색에 기겁한다. 오전에 잠을 자라고, 파티 준비는 내가 다 하겠다고 간청한다. 그리고 지하 세계에만 앉아 있지 말고 다른 일을 찾아 보라고 다시 한 번 제안한다. 거기에만 있으면 건강을 해칠 거예요. 지금은 딱히 유용한 일을 하는 것도 아니잖아요.

세레나는 누군가는 이 전쟁을 **어떻게든** 승리로 이끌어야 한다고 말할 뿐이다.

할 말은 많지만 세레나가 이 스트랜드 대로에서 히스테리를 부릴까 봐 아무 말도 하지 않는다.

아침을 먹고 세레나와 헤어진 뒤 나는 내 친구뿐 아니라 세레나의 친구와 지인에게도 전화를 돌린다. 셰리를 마시고 샌드위치를 먹을 거예요. 아니, 아니, 파티까진 아니고요. 유대인 난민이 공사관에서 일한 적이 있어서 샌드위치를 아주 잘 만든대요. 햄스테드이고 버스 정거장에서 1분 거리랍니다.

험프리 홀로웨이는 **장소** 변경을 군말 없이 받아들이고, 로즈도 꼭 참석하겠다고 한다. 하하, 사실 달리 할 일도 없고 생길 것 같지도 않거든.

웨더비 부부는 초대해 줘서 고맙고 아직 본 적이 없는 세레나에게도 고맙다면서 웨더비 씨가 제시간에 퇴근할 수 있다면 오겠다고 한다. 아마 갈 수 있을 거예요. 아니, 거의 확실해요. 하지만 언제 어디서 무슨 일이 일어날지 모르잖아요. 혹시 그런 상황이 생기면 웨더비 씨는 발이 묶여 꼼짝할 수 없을 테니 이해해 달라고 한다.

문득 튼튼한 줄에 발이 묶인 채 사무실 책상에서 급한 나랏일을 처리하는 아그리파가 떠오르지만, 알겠다고 대꾸하며 어리서고 경박한 상상을 밀어낸다.

 A 삼촌에게 전화하자 마우스 부인이 받는다. 상황을 다 설명한 뒤 A 삼촌에게 전해 달라고, 끊지 않고 대답을 기다리겠다고 한다. 그러나 2초도 안 되어 A 삼촌이 직접 전화를 받는 바람에 다시 활기찬 대화가 시작된다. 삼촌은 내 젊은 친구의 예의 바른 초대에 더없이 기쁘게 응하겠다고, 내게도 칭찬과 찬사를 보내며 어쨌든 꼭 갈 거라 전해 달라고 부탁한다. 등화관제로 컴컴할 때 오게 될 테니 길을 정확하게 설명하려 하지만 삼촌은 제대로 듣지도 않고 그저 대중교통과(켄싱턴 하이스트리트에서 버스를 타면 된다고?) 자기 다리만 있으면 갈 수 있다고 단언한다.

 계속해서 그는 요즘 거리가 평소와 달리 컴컴하니까, 아, 물론 그럴 수밖에 없지만, 어쨌든 특히 조심하라고 내게 당부하며 나와 내 젊은 친구를 만날 생각에 무척 설렌다고 한다. 내가 보기에 요즘 독일 상황은 위기로 치닫고 있는 것 같구나. 그 불쾌한 놈은 속된 말로 완전히 멀리거토니*에 빠졌다니까(속된 말이라고 하지만 A 삼촌만 아는 게 아닐까?). 나는 고맙다고 하며 전화를 끊는다. 고맙다는 말이 적절하기를 바랄 뿐.

---

* 향신료가 들어간 인도식 고기 수프.

얼마 후 단단한 상자가 배달된다. 집에 있는 연장은 작은 망치뿐이라 나 혼자서는 도저히 열 수 없어서 관리인의 남편에게 올라와 달라고 부탁한다. 열어 보니 A 삼촌이 애정 어린 메시지와 함께 셰리 여섯 병을 보냈다.

몹시 감동해서 다시 전화하지만 마우스 부인이 받더니 A 삼촌은 산책하러 나갔고 클럽에서 아침을 먹은 뒤 브리지 놀이를 한다고 했단다.

레이디 블로필드도 초대하지만 그녀는 고마워하면서도 언제나 그렇듯 지금은 사교계에 나갈 때가 아닌 것 같다며 거절한다. 이건 사교 모임이 아니라고, 그와는 전혀 다르다고 설명하지만 믿지 않는 듯 같은 말을 되풀이한다. 사교 모임이든 아니든 그녀와 아치는 지금 집 말고는 어디에도 갈 수 없으며 그저 주어진 운명을 기다릴 수밖에 없다는 것이다. (여기서 운명이란 불쾌한 일일 것이고, 최악의 경우에는 죽음을 말하는 것이리라. 즉 폭탄 투하를 의미하는 것이다.)

나는 속내와는 달리 무슨 말인지 잘 안다고 둘러대고는 그래도 그녀와 아치볼드 경을 볼 수 없다니 참으로 아쉽다고 덧붙인다. 레이디 블로필드는 금방이라도 울 것 같은 목소리로 그렇게 말해 줘서 **정말** 고맙다며 좋은 날이 오면, 그러니까 이 무질서한 세계에 그런 날이 오기나 한다면 그때 다시 만나자고 한다.

나도 그러기를 바란다고 대꾸하면서 지나치게 쾌활한 내 말투에 흠칫 놀란다. 그런다고 레이디 블로필드의 마음이 조금이라도 밝아지진 않을 텐데. 오히려 더 우울해지지 않을까?

마지막으로 저작권 대리인을 초대하자 그는 몹시 아쉬워하며 선약이 있다고 한다. 그나저나 새 소설은 어떻게 되어 갑니까?

그게, **아직** 그렇게 많이 쓰진 못했어요. 내가 대꾸한다. 마치 일주일만 더 있으면 절반은 완성되기라도 할 것처럼.

그래요? 되묻는 그의 목소리에 실망과 놀라움이 섞여 있다. 하지만 아시잖아요. 사람들이 책을 **읽기**에 가장 좋은 시기는, 그런 게 있기나 하다면 바로 지금이라니까요. 오락 시설도 거의 문을 닫았고 밤에 밖에 나갈 수가 없으니 **어쩔 수 없이** 책을 읽겠죠.

앞으로 얼마나 더 많은 사람이 이런 말로 나를 부추길지, 어째서 그런 말로 영감을 줄 수 있다고 생각하는지 궁금해진다.

옷장을 살펴보니 셰리 파티에 입고 갈 옷이 하나도 없다. 파란 드레스는 검은 드레스보다 조금 낫지만 둘 다 유행이 지났고 어울리지도 않으며 다려야 한다. 모자도 괜찮은 게 하나도 없고 새로 살 형편도 안 되니 쓰지 않기로 한다. 레이디 블로필드를 능가할 만큼 우울한 생각에 빠져 있을 때 초인종이 울린다. 나는 문을 열어 주고는 화들짝 놀란다. 익숙한 얼굴이지만 잠시 못 알아볼 뻔했다.

나의 옛 학교 친구 시시 크래브가 국방색 제복을 입고 서 있는 게 아닌가. 늠름해 보이긴 하지만 옷이 터질 것 같다.

시시는 우리 집 앞을 지나면서 그냥 갈 수 없었다고, 하지만 들어올 시간은 없고 조만간 후방으로 파견될 것 같다고 한다. 그저 축하해 줄 수밖에. 나도 그렇게 쓸모 있는 존재가 되면 좋겠다고 한다. 시시는 나도 원한다면 전쟁이 끝날 때까지 복무할 수 있다고 제안하지만 나는 못 들은 척한다.

그런데 고양이들은 어떻게 했어? 내가 묻는다. 그녀의 삶에 대해 기억나는 게 그것밖에 없어서다. 시시가 대답한다. 사랑하는 퍼시는 이 모든 상황을 **예견하기라도** 한 듯 뮌헨 협정 직후에 세상을 떠났고 한 마리는 와이트섬*으로 피난 보냈어. 그곳이 노리치보다 더 안전한 것 같아서. 나머지 한 마리는 아무하고도 어울리지 못하는 성향이었거든. 나와 떨어지면 하루도 살 수 없을 것 같아서 어쩔 수 없이 영면에 들게 했어.

그 말에 나는 경건한 마음으로 잠시 묵념한다. 시시 크래브는

---

* 잉글랜드 본토 다음으로 큰 남부의 섬.

이제 가야 한다면서 그래도 나를 한번 보고 싶었다고, 우리의 아름다웠던 5학년 시절을 잊을 수 없다고 한다. 혹시 "아시리아인이 습곡에 늑대처럼 내려왔네"*를 암송하다가 세 번째 연에서 막힌 거 기억나?

기억나지 않지만 그렇게 말하자니 너무 매정한 것 같아서 그저 우리 모두 많이 **변했다고** 대꾸한다. 대단히 독창적이고 참신한 이 말을 끝으로 우리는 작별 인사를 나눈다.

시시가 부자연스럽도록 힘찬 걸음으로 스트랜드로 향하는 모습을 지켜보면서 또 한 번 절감한다. 여자는, 특히 마흔 넘은 여자는 제복이 참 안 어울리는구나.

오전에 나가서 담배와 꽃을 사는데 담배는 무척 비싸고 꽃은 너무나 싸다. 왜 이렇게 싸냐고 묻자 상인은 우울하게 대꾸한다. 이제 아무도 꽃을 사지 않으니까요. 카네이션과 장미와 가르데니아는 거저 드릴 수도 있어요. 하지만 실제로 거저 주진 않으니 돈을 주고 산 국화와 아네모네에 만족한다.

작은 옷 가게 쇼윈도에 현혹되어 잠시 구경하려다가 치명적인 일을 저지르고 만다. 지퍼 달린 남색 방공복에 홀딱 반해서는 더없이

---

* 고대 아시리아의 왕 세나케리브가 예루살렘을 포위한 사건을 그린 바이런 경의 시 "세나케리브의 파괴(The Destruction of Sennacherib)"의 첫 행.

실용적이고 따뜻하며 저렴할 뿐 아니라 꼭 필요한 옷이라고 스스로를 설득하며 세레나의 파티에 입고 가려고 덜컥 들어가 사 버린 것이다.

집에 돌아와 거울 앞에서 다시 입어 보니 어찌나 잘 어울리는지 아무리 충동구매라도 후회할 수가 없다. 얼마 후 세레나가 몇 가지 용건으로 전화한다. ⓐ 남자를 몇 명이나 긁어모았냐? 자기는 겨우 네 명 모았고 여자는 다섯 명인데 우리 둘과 유대인 난민은 뺀 숫자다. ⓑ 무얼 입을 거냐?

내가 방공복 얘기를 하자 그녀는 꽥 소리를 지르며 자기도 방공복이 있어서 오늘 입고 나를 놀래 주려 했다고, 우리 둘 다 입으면 멋질 거라고 한다.

정말 그러기를 기도한다.

최대한 꾸며 보지만 꽃과 담배를 무겁게 들고 일찌감치 햄스테드로 출발해야 하니 30분 전에 세레나의 거울을 보고 다시 매만지는 수밖에 없다. 채링 크로스로 가는 도중 A 삼촌이 보낸 셰리 상자를 깜빡했다는 것을 깨닫는다. 어쩔 수 없이 택시를 타고 돌아가 셰리를 갖고 다시 출발한다. 꼴이 말이 아니지만 택시를 타고 갈 좋은 구실이 생겨서 어찌나 반가운지. 단, 돌아올 때 택시 타는 건 생각할 수도 없다는 점이 아쉬울 뿐.

세레나의 집에 묵고 있는 유대인 난민들 가운데 가장 젊고 우아한 여자가 문을 열어 준다. 매력적인 분홍색 체크무늬 옷 위에 프릴이 달리고 주름이 진 앞치마를 두른 모습이 연극에 나오는 시녀 같고 그만큼 화장도 잘했다. 그녀는 나와 악수한 뒤, 제가 할게요! 하고는 내 짐을 모두 받아 준다. 고맙다고 하자 또 한 번 되풀이한다. 제가 할게요! 셰리 상자를 옮겨 주는 택시 기사에게도 이 시녀 유대인은 아주 매력적인 미소를 띠며 말한다. 제가 할게요. 제가 할게요! 그런 뒤 그녀가 나를 세레나의 응접실로 안내하자 우리는 응접실 문지방에 서서 또 한 번 똑같은 대화를 주고받는다. 고마워요. 제가 할게요!

세레나가 어두운 붉은색 방공복을 입고 흡족한 모습으로 나타나자(충분히 그럴 만하니까) 우리는 서로에게 칭찬의 말을 건넨다.

그 후 30분쯤 고된 시간이 이어진다. 세레나가 작은 아네모네 화병을 창턱에서 책장으로, 다시 창턱으로 다섯 번쯤 옮기는 탓이다.

그러고 나자 셰리를 유리병에 옮겨 담는 일이 남았다. 세레나는 코르크스크루와 씨름하다가 시녀 유대인에게 가위를 갖다 달라고 부탁하지만 그녀는 거절하고 코르크스크루와 셰리 몇 병을 모두 가져가더니 잠시 후 그중 두 병을 따서 가져와서는 앞으로

필요할 때마다 자기 할아버지가 따줄 거라고 한다.

난민 중 가장 나이 많은 분이 할아버지겠죠?

내가 묻자 세레나는 걱정스러운 얼굴로 대답한다. 저들은 다 혈연관계인 것 같은데 서로 어떤 사이인지는 모르겠어요. 아무렴 어때요.

나는 주저 없이 동의하고, 잠시 후 유대인 난민들이 한꺼번에 들어오자 우리는 모두 악수를 나눈다. 세레나가 셰리를 따르자 모두가 서로의 건강을 위해 건배하고, 곧바로 시녀 유대인이 잔들을 거둬 씻어 놓고 돌아온다.

세레나가 6시 뉴스를 켠다. 딱히 놀라운 소식은 없지만 우리는 이런저런 이유를 들며 히틀러 정권이 곧 붕괴할 거라고 서로를 위로한다. 그러나 세레나는 기이하리만치 현명한 투로 지나친 낙관은 경계해야 한다고 단언한다. 독일은 **결국** 붕괴할 테지만 당장 그렇게 되진 않을 것이고 그사이에 무슨 일이 일어날지 모르니 준비해야 한다는 것이다.

나는 비록 방독면을 잃어버리고 아직 새로 마련하지도 못했지만 준비가 되었다고, 대영제국은 오래전부터 준비해 왔고 히틀러의 기이하고 유례없는 신경전에도 영국의 사기는 조금도 꺾이지 않았다고 힘주어 말한다.

세레나는 멍한 얼굴로 '지배하라, 대영제국이여'● 하고 중얼거리더니 작은 분홍빛 크리스털 재떨이를 이 탁자에서 저 탁자로 옮긴 뒤 머리를 갸우뚱하며 그 효과를 가늠해 본다.

시녀 유대인이 샌드위치와 작은 소시지 꼬치, 이국적이고 낯선 음식들이 담긴 접시들을 줄줄이 내오면서 분위기가 바뀐다. 세레나와 나는 음식을 보고 동시에 흥분하며 소리를 지른다.

잠시 후 세레나의 손님들이 도착한다. 가장 먼저 온 사람은 J. L.이다. 그가 시녀의 할아버지로 추정되는 난민과 열띤 대화를 나누는 모습을 보니 그에게 좀 더 호감이 생긴다. 두 사람이 깊은 대화의 주제로 삼고 있는 듯한 영원의 본질에 대해서 나도 생각해 본다.

피코크 부인은 예상한 대로 피코크 씨와 함께 온다. 피코크 씨는 창백한 얼굴에 코안경을 썼다. 세레나는 그가 공습에 관한 얘기를 나누고 싶어 할 거라며 공습 대비대 소속의 예쁜 뮤리얼을 소개한다. 두 사람은 라디오 스타인 미스터 플로섬과 미스터 제트섬▲를 화제로 삼으며 웃음꽃을 피운다.

어느새 파티가 무르익고 두 잔째의 셰리가 들어가자 언제나처

● 영국군의 군가이자 비공식 국가의 제목.
▲ 1920~1930년대에 활동한 뮤지컬 코미디 듀오..

럼 내가 굉장한 달변가이며 옆 사람들의 이야기도 모두 재미있다고 여기기 시작한다. 그나마 흥이 달아올라서 망정이지, 아니었다면 윈터개먼 부인이 작은 모자를 비스듬히 쓰고 진녹색 양모 드레스 위에 작은 모피 망토를 두른 채 뜬금없이 나타났을 때 극심한 충격에서 헤어나지 못했을 것이다.

세레나가 초대했다고는 생각하지 않으련다. 윈터개먼 부인은 멀리서 내게 조그만 손을 흔들고는 커다란 의자 팔걸이에 걸터앉아 바닥에 닿지 않는 발을 허공에 대롱거리며 한꺼번에 남자 세 명과 활기차게 대화를 나누기 시작한다.

부아가 나지만 때마침 로즈가 평소처럼 아름다운 모습으로 나타나자 그나마 위안이 된다. 로즈는 놀란 듯 조금 창백한 얼굴로 내게 잉글랜드 북부에 있는 어린이 병원에서 흥미로운 일을 하게 되었고 보수도 적지 않을 것 같다고 귀띔한다. 나는 따뜻하게 축하해 주며 웨더비 씨에게 그녀를 소개한다. 하마터면 키 큰 아그리파라고 할 뻔했다. 잠시 후 두 사람이 네덜란드 빌헬미나 여왕 얘기를 하며 끊임없이 서로에게 동의하는 소리가 늘린다. 부디 이 둘의 **조합**이 성공적이기를.

A 삼촌은 그 어느 때보다도 더 능란한 외교가가 된 것 같다. 일찌감치 도착해 늦게까지 머물면서 통화관세의 암흑에서 길을

찾는 데 전혀 어려움이 없었다고 내게 단언한다. 또한 국제 정세에 낙관적인 견해를 보이며 웬만한 평화가 구축되기까지는 몇 년 걸리겠지만 결국에는, 그러니까 10~15년 뒤에는 아주 다른 유럽, 유혈 사태나 독재에서 벗어난 자유로운 유럽을 보게 될 거라 믿어 의심치 않는다고 한다. A 삼촌은 세계의 재건을 직접 도우려 한다는 점을 분명하게 밝히는데, 나는 이런 삼촌의 기대가 실현될 거라고 믿는다.

삼촌은 세레나와 말이 잘 통하는 것 같다. 두 사람은 구석 자리에 앉아 오랫동안 둘만의 사담을 나눈다. 그사이 J. L.과 내가 술과 음식을 돌린다. (J. L.이 낙담한 듯 보여서 기운을 북돋워 주려고 플라톤 얘기를 꺼내자 요즘 자기는 톨스토이를 읽고 있다고 한다. 물론, 프랑스어판으로요, 하고 그가 덧붙인다. 나는 그의 눈을 똑바로 보며 그야 당연히 그렇겠죠, 하고 태연한 척 말하지만 이런 연기로는 아무도 속이지 못할 것이다.)

원래 이 파티의 '레종 데트르' 즉 존재 이유였던 험프리 홀로웨이는 나타나지 않고 전화로 정말 미안하지만 사정이 생겨 올 수 없다고 한다.

별수 없지만 나도 모르게 로버트나 하다못해 블랑셰 이모라도 있다면 얼마나 좋을까 여러 번 생각한다.

보픕 할머니도 나와 같은 생각을 했는지 이제 폭동에 가까워진 대화 소리보다 목소리를 높여 내게 그 점을 전달하며 한껏 짜증을 돋운다.

자기 남편이 오지 않아서 **어째**! 그녀가 소리친다. 남편이 왔다면 내가 훨씬 더 행복했을 게 분명하다나. 내 얼굴에 다 쓰여 있다는 것이다. (이 말에 나는 본능적으로 표정을 바꾼다. 성공한 것 같지만 윈터개먼 부인이 이가 아프냐고 걱정스럽게 묻는 걸 보니 얼굴이 흉측하게 일그러진 모양이다.)

그리고 우리 가엾은 블란셰! 그 친구도 나와서 사람들을 만난다면 얼마나 위안을 받을까? 윈터개먼 부인은 자기 얘기를 많이 하고 싶진 않지만(대체 언제부터?) 친구들이 끊임없이 자기에게 얘기한단다. 퍼시, 네가 **바로** 파티 그 자체잖아. 넌 어딜 가든 넘치는 활력과 재치로 사람들을 웃게 하고 신기하리만치 모두가 함께 어우러지게 하니까 **그곳**이 바로 파티가 되지. 지금은 고인이 되었지만 훌륭한 친구였던 런던 주교님이 나한테 그랬다니까요. 나는 터무니없는 소리라며 혼쭐을 냈죠. 사실 나는 그 주교님에게 무슨 얘기든 할 수 있었거든요. 정말 **무슨** 얘기든 할 수 있었죠. 그는 늘 내게 샴페인 한 잔만큼 기분 좋은 사람이라고 했답니다.

주교의 말 치고는 무적절한 것 같아서 그렇게 밀할까 진지하게 고민하지만 윈터개먼 부인은 틈을 주지 않는다.

그녀는 계속해서 사랑하는 블란셰의 큰오빠가 왔다고 들었는데 만나고 싶다고 한다. 혹시 저기 세레나와 얘기하고 있는 저분인가?

맞아요. 내가 대답한다. 윈터개먼 부인은 누가 소개해 주지 않아도 직접 말을 걸 게 분명하다.

그녀가 원하는 대로 해주자 A 삼촌의 말동무가 세레나에서 그녀로 바뀐다.

세레나는 속삭이는 소리로 뭐라고 한참 얘기하는데 내가 알아들은 거라곤 몇 가지뿐이다. 파티가 꽤 성공적인 것 같아요. 혹시 제 얼굴이 보랏빛이에요? 아무래도 그런 것 같은데. 무슨 일이 있어도 가시면 안 돼요.

나는 갈 생각이 전혀 없다.

모두가 함께 전쟁 얘기를 시작한다. 전쟁이 오래가지 않으리라는 것이 중론이다. 로즈는 심지어 2월이면 끝날 거라고 하지만 J. L.은 봄까지 유예 상황이 계속될 거라고 한다. 그 말에 나는 혼자 중얼거린다. 연이은 공습으로 봄이 시작되겠지. 아무도 못 들었기를 바라지만 J. L.이 짤막하게 대꾸한다. 정말 참담하겠네요. 히틀러는 절박한 상황이니 당장 어디로든 무시무시한 공격을 퍼부을 겁니다. 주요 표적은 런던이 될 거고요.

J. L.은 마치 베를린에서 직접 정보를 듣고 확실한 소식을 전하기라도 하듯 단정적으로 말한다.

그나마 긍정적인 태도를 보이는 사람은 웨더비 부인뿐이다. 그녀는 런던 공습이 일어나도 금방 복구될 것이며 독일인들의 사기가 유지될지 의심스럽다고 지적한다. 독일인들은 이미 혁명을 코앞에 두고 있고 체코인들과 오스트리아인들도 더 이상 참을 수 없는 상태에 이르렀을 거란다.

그런 뒤 그녀는 그만 가야 한다면서 분위기를 깨고 싶지 않으니 아무도 일어나지 말라고 당부한다.

그녀가 떠나자 분위기가 흐트러지면서 파티가 끝난다. 그래도 이만하면 성공적인 파티였다.

나는 세레나와 유대인 난민들과 함께 불빛 하나 없는 깊은 암흑 속으로 떠나는 사람들을 배웅한다. 세레나가 말한다. 다들 다리가 부러지지 않으면 다행이죠. 지금은 병원들이 환자를 전혀 받지 않으니 다리가 부러져도 갈 데가 없으니까.

뜻밖에도 유대인 난민 중 한 명이 그녀에게 귀띔한다. 등화관제는 아무것도, 정말 아무것도 아니라고. 빈은 언제나, 매일 밤, 수년 동안 이렇게, 아니 이보다 더 컴컴했다고.

세레나와 나, 유대인 난민들은 남은 샌드위치를 마저 먹는다. 세레나가 그들에게 담배를 권하자 그들은 보답으로 접시와 잔 들을 모두 치우고 설거지와 뒷정리까지 하겠다고 고집한다. 제가 할게요. 두 분은 아무것도 하지 말고 쉬세요. 제가 할게요. 제가 할게요.

고마워요. 고마워요.

제가 할게요. 제가 할게요.

11월 21일

글 쓰는 일을 맡아 달라는 통지를 받고 어느 때보다도 놀란다. 심지어 외국으로 가게 될 수도 있다고 한다.

일을 하면서 일기를 계속 쓸 수 있을지 모르겠지만 그럴 수 없을 만큼 중요한 일이라 믿고 싶다.

전쟁이, 그러니까 우리가 알고 있는 고전적인 의미의 전쟁이 마침내 시작되는 걸까 자문해 본다. 오클랜드 게디스 경*이 라디

● 영국의 학자이자 군인, 정치가, 외교관.

오에서 어느 정도 답을 주었다.

오클랜드 게디스 경은 머리 위에서 적과의 교전이 벌어지는 상황에서 지금처럼 항공기를 구경하겠다고 거리로 달려 나가는 행동은 바람직하지 않다고 했다.

히틀러가 우리 영국인들이 자신의 극악무도한 노력에 얼마나 놀랍게 대처하고 있는지 듣게 되기를 바랄 뿐이다.

끝.

옮긴이의 말

부디 모두 안녕했기를

1938년 9월 30일, 영국을 포함한 강대국들은 유럽의 평화를 위한다는 명목으로 체코의 일부를 히틀러에게 넘기는 뮌헨 협정을 맺었다. 약소국인 당사자를 철저히 배제한, 비겁하기 짝이 없는 이 협정은 야망에 눈이 먼 히틀러의 야욕을 겨우 1년여 유예했을 뿐이다. 11개월 뒤인 1939년 9월 1일, 독소 불가침 조약으로 고립된 폴란드를 독일이 침공하면서 인류 역사상 가장 큰 인명 및 재산 피해를 낳은 전쟁의 포문이 열렸다. 그로부터 이틀 뒤 영국과 프랑스는 독일과의 전쟁을 선포하지만, 사실상 준비 부족과 여타 사정으로 폴란드를 적극 지원하지 못했다. 그사이 독일은 폴란드 공격에 집중하면서 취약했던 서부전선 병력을 보강했고, 영국도 항공전에 대비한 방어 체제를 강화하기 시작했다. 그 결과 이듬해 5

월 본격적인 런던 공습이 시작되기 전까지 영국에는 개전 휴전 상태가 이어졌다. 이 폭풍 전야 같은 시기를 '가짜 전쟁(Phoney war)'이라고 부른다.

그 시기에 쓰이고 출간된(1940년 초) 이 작품은 허구라고는 해도 그 후에 일어날 참상을 전혀 모르는 사람들이 '그때 그곳에서' 들려주는 이야기이다. 당시의 상황은 기록이나 매체에서 많이 다뤄지지 않았으므로 이해를 돕기 위해 부연 설명을 하려 한다.

작품 속에서 여러 번 언급되는 공습 대비대(Air Raid Precautions, ARP)는 공습으로부터 민간인을 보호하기 위해 전국 규모로 조직된 다양한 기관과 지침을 모두 아우르는 일종의 민방위 체계다. 전운이 감돌던 1937년에는 폭탄 투하를 감시하는 공습 감시대가 조직되었고, 1938년에는 전국 각지에 공습 대피소가 마련되었다. 공습 대비대 감시원과 전령, 구급차 운전병, 구급대, 연락병 등을 모집하는 책임은 각 지방 의회에서 맡았다.

영국 여인의 첫 일기에서도 알 수 있듯이 독일이 폴란드를 침공한 9월 1일, 영국에서는 등화관제가 시작되고 공습 대비대 감시원들이 점검에 나섰다. 모든 가정집과 상업 시설은 불빛이 새어나가 공습의 표적이 되는 것을 막기 위해 창문에 두꺼운 커튼을 치고 어두운 종이를 덧대었다. 이듬해 런던 대공습이 시작되면서 공습 대비대는 공습 상황 보고 및 수습, 공습경보 관리, 대피소 안내 등을 추가로 맡았고, 1941년에는 민방위대(Civil Defence Service)로 이름을 바꿔 전쟁 기간 내내 활동을 이어 갔다.

초창기 공습 대비대는 여성들을 모집하는 데 어려움을 겪었다. 이에 영국의 정치인 겸 오랜 자선사업가의 아내인 레이디 레딩이 세상을 떠난 남편의 역할을 이어받아 1938년 6월에 여성 의용대(Women's Voluntary Services, WVS)를 조직했다. 전쟁이 끝난 뒤 국가 의용대(Women's Voluntary Service, RVS)로 이름을 바꿔 현재까지 명맥을 이어 오고 있는 이 조직은 원래 공습 대비대에 여성 대원을 모집해 달라는 내무성의 요청을 받고 '공습 대비대를 위한 여성 의용대'로 출범했다.

2차 세계 대전은 여러 면에서 엄청난 재앙이었지만, 첫 대전에서 활약한 뒤 가정으로 돌아간 수많은 여성에게는 억눌러 온 사회 진출의 욕구를 충족시키는 기회였다. 여성 의용대는 라디오 홍보와 같은 효과적인 방법을 활용해 사회 활동에 목말라 있던 여성들을 매료시켰다. 각 지역 당국이 전쟁 준비 단계부터 이들을 다양한 방면에 투입해 활용하면서 그저 모병 기관이었던 이 조직의 역할 범위가 크게 확대되었고, 전쟁이 시작되었을 무렵에는 '민방위 여성 의용대'가 되어 엄연한 공습 대비대 조직의 일부로 인정받았다.

전쟁 직전과 초기에 여성 의용대는 도시의 아이들을 시골로 피난시키고 공습 대비대의 식사 지원을 책임지는 등의 임무를 맡았다. 작품 속에 나오는 공습 대비 기지뿐 아니라 병력 이동의 거점이 되는 기차역 등지에서도 활동했다. 공습이 시작되고부터는 폭격 현장이나 피해 지역에서 지역민들과 구조대원들을 지원하며 더욱 적극적인 활동을 펼쳤다.

1차 세계 대전 당시 20대였던 E. M. 델라필드는 데번주의 간호 봉사대에서 일했고, 이 경험을 토대로 1917년에 첫 소설을 발표하기도 했다. 2차 세계 대전 당시에는 1940년부터 정보부에서 선전 관련 일을 맡아 프랑스로 파견되었다. 작품 속 주인공이 결국 해외로 파견될지도 모를 일자리를 얻는 것을 보면 이 시리즈의 전작들에서와 마찬가지로 주인공은 여전히 작가의 페르소나라고 추정할 수 있다. 실제로 작가가 정보부에 들어가기 전까지 공습 대비 기지에서 자원봉사를 했는지, 또 아델피 근처 사보이 호텔 지하에 공습 대비 기지가 있었는지 여부는 확인되지 않지만, 당시 런던에는 이 같은 기지가 몇 군데 있었다고 하니 그중 한 곳의 생활상이 작품 속에 녹아 있을 가능성이 높다.

2차 세계 대전을 재현한 문학이나 영화는 수없이 많지만 대개는 전선을 따라가거나 홀로코스트를 조명한다. 런던 대공습 이전의 영국 상황은 다루지 않거나 아주 짤막하게 요약하고 지나갈 뿐이다. 이 시기 런던과 지방 소도시 시민들의 삶을 이토록 상세하고 생생하게 묘사한 기록이나 작품은 드물지 않을까 싶다.

《어느 영국 여인의 일기》전작들에서는 주인공의 삶의 행적과 일상 위에 시대적 배경이 그림자처럼 일렁였다면 이번 이야기에서는 역사적 사건이 좀 더 깊숙이 그녀의 일상을 파고들었다. 전쟁은 모두의 삶을 크게 뒤흔들었지만 소소하게나마 늘 사회를 변화시키려 노력해 온 우리의 주인공은 자진해서 전쟁 속으로 깊이 뛰어들었다. 더욱 놀라운 점은 그녀와 비슷한 사람들이 '아델피 지하 세계'를 가득 메웠다는 사실이다. 게다가 그들은 가장 먼저 달려와 자리를 맡았을 뿐, 저 밖에는 수많은 사람이 전쟁에 뛰어들기 위해 줄 서 있다. 이들의 열정이 무색하리만치 아무 일도 일어나지 않는다는 점이 시종 농담의 소재가 되지만, 날마다 공습이 닥칠까 두려워하며 방독면과 손전등을 옆에 놓고 잠자리에 드는 것은 결코 가벼운 희생이라 할 수 없다.

물론, 여기에는 나라를 위해 싸우겠다는 순수한 열망 이외에 다양한 이유가 작용했을 것이다. 주인공은 전쟁 기간 내내 시골집에 머물러 있으면 세상과 단절된 기분이 들 거라는 속내를 털어놓는다. 불과 10여 년 전에 여성의 완전한 참정권을 실현한 이들은 국가적인 위기 앞에서 더는 물러나 있기를 원치 않는다. 그들은 이제 목숨을 걸고서라도 사회의 온전한 일원으로 참여하고 싶어 한다. 1차 세계 대전에서 활약했던 여성들은 다시 찾아온 기회에 오히려 들뜬 듯 보이기도 한다.

실제로 전쟁 초기에는 이처럼 여성들이 자원을 했지만 1941년부터는 점진적으로 여성 동원령이 내려졌다. 전쟁이 본격화되면서 전선에 동원된 남자들을 대신해 자동차 정비와 수리, 군수품 관리, 공습 감시, 버스 및 소방차 운전 등을 맡을 인력이 필요했기 때문이다. 처음에는 30세 미만 미혼 여성만 동원되었지만 1943년 중반에 이르면 미혼 여성의 약 90퍼센트, 기혼 여성의 80퍼센트가 다양한 전시 노동에 참여했다. 당시에는 공주였던 엘리자베스 여왕 역시 1944년에 18세가 되면서 여성 육군 보조여단에 자원입대해 자동차 정비와 운전 기술을 배우고 짧게나마 임무에 배치된 것으로 잘 알려져 있다. 2005년, 엘리자베스 여왕은 런던 화이트홀가에 세워진 2차 대전 참전 여성 기념비를 직접 대중에게 공개했다. 전쟁 당시 여성들이 입었던 다양한 제복을 나란히 배치해 놓은 약 6미터 높이의 청동비이다. 작품 속에서도 가끔 언급되듯이 여성 의용대에 자원한 여자들은 역할에 따라 요구되는 제복을 직접 마련하는 비용과 수고도 아끼지 않았다.

2차 대전 때 공습으로 사망한 영국의 민간인은 대략 4만 명으로 추산된다. 이런 사실을 몰랐더라면, 아니, 그런 일이 일어나지 않았더라면, 그저 소문으로만 존재하는 허상을 끊임없이 두려워하는 해프닝으로 유쾌하게 즐길 수도 있었을 것이다. 이 책을 출간 당시에 읽은 독자들은 그렇게나마 혼란스러운 시기에 위안을 얻었다면 좋겠다.

세상 많은 일을 유머와 풍자로 승화하는 이 여인의 일기를 읽다 보면 등장 인물들이 이 전쟁을 지겨운 일상에서 잠시 벗어나는 탈출구로 여기는 듯 보인다. 불안한 나날이지만 그 속에서도 나름의 위안과 오락거리를 찾고 국가에 이바지한다는 보람을 느끼기도 한다. 그러나 그 후에 일어난 참상을 알고 있는 후대의 독자로서는 한없이 즐거워할 수만은 없다. 우리는 순수한 코미디를 빼앗긴 대신 역사책에 기록되지 않은, 소소하지만 결코 사소하지 않은 사료를 얻었다. 우리가 누려 온 평화가 얼마나 허약한 것이었지 절감하는 요즘, 우리와 크게 다르지 않은 그 시대 '보통 사람들'의 이야기는 어쩌면 주류의 역사보다 더 유용한 통찰과 위로를 준다고 하겠다.

부질없는 바람이겠지만, 작품 속의 정든 인물들만큼은 부디 가혹한 공습에서 무사히 살아남았기를 기도한다. E. M. 델라필드는 전쟁이 끝나는 것을 보지 못하고 50대 초반이던 1943년에 병으로 세상을 떠났다. 역자로서 영국 여인의 여정을 오랫동안 함께해 왔지만 조금 더 이어 갔어도 좋았을 텐데 하는 아쉬움이 남는다. 모두가 전쟁을 무사히 넘겼는지 알 수 있다면 좋을 텐데. 아니, 어쩌면 그건 그저 소망으로만 품고 있는 편이 나을지도 모르겠다.

박아람

E. M. 델라필드 E. M. Delafield

본명은 에드메 엘리자베스 모니카 대시우드, 결혼 전 성은 드 라 파스튀르로, 1890년 잉글랜드 남동부의 서식스주에서 태어났다. 아버지는 프랑스 혁명기에 잉글랜드로 이주한 백작 가문의 후손이며 어머니는 유명한 소설가였다. 1차 세계 대전 당시 데번주 엑서터의 간호 봉사대에서 간호사로 일하면서 1917년 첫 소설 《Zella Sees Herself》를 발표했다. 1919년 토목기사인 아서 폴 대시우드 대령과 결혼한 뒤 잉글랜드의 데번주 켄티스베어에 정착하여 지역 사회의 주요 인사로 활동했다. 진보적 정견과 페미니즘을 기치로 내세운 영국의 주간지 〈시간과 조수〉에 꾸준히 기고했고 1927년 이 주간지의 이사진에 합류했다. 1929년부터 〈시간과 조수〉에 연재된 자전적 소설 《어느 영국 여인의 일기, 1930》으로 큰 상업적 성공을 거뒀으며 이후 세 편의 속편을 더 발표했다. 1943년 50대의 비교적 젊은 나이로 생을 마감할 때까지 왕성한 작품 활동을 했다.

옮긴이 박아람

전문 번역가. 영국 웨스트민스터 대학에서 문학 번역에 관한 논문으로 영어영문학 석사 학위를 받았다. 주로 문학을 번역하며 KBS 더빙 번역 작가로도 활동했다. 에드워드 리의 《버터밀크 그래피티》, 다이앤 엔스의 《외로움의 책》, 앤디 위어의 《마션》, 메리 셸리의 《프랑켄슈타인》(휴머니스트 세계문학), 라이오넬 슈라이버의 《빅 브러더》 《내 아내에 대하여》 《맨디블 가족》, J. K. 롤링의 《해리 포터와 저주 받은 아이》 《이카보그》, 조지 손더스의 《12월 10일》을 비롯해 70권이 넘는 영미 도서를 우리말로 옮겼다. 2018년 GKL 문학번역상 최우수상을 공동 수상했다.